本书由德州学院专著出版基金资助

新移民文学
融合与疏离

丰 云◎著

中国社会科学出版社

图书在版编目（CIP）数据

新移民文学：融合与疏离/丰云著．北京：中国社会
科学出版社，2009.8

ISBN 978-7-5004-8025-9

Ⅰ．新…　Ⅱ．丰…　Ⅲ．文学研究—世界　Ⅳ．I106

中国版本图书馆 CIP 数据核字（2009）第 124939 号

责任编辑　李炳青
责任校对　王雪梅
封面设计　回归线视觉传达
技术编辑　张汉林

出版发行　中国社会科学出版社
社　　址　北京鼓楼西大街甲 158 号　　邮　编　100720
电　　话　010 – 84029450（邮购）
网　　址　http：//www.csspw.cn
经　　销　新华书店
印　　刷　北京新魏印刷厂　　　　　装　订　广增装订厂
版　　次　2009 年 8 月第 1 版　　　　印　次　2009 年 8 月第 1 次印刷
开　　本　880 × 1230　1/32
印　　张　8.25　　　　　　　　　　　插　页　2
字　　数　240 千字
定　　价　25.00 元

序

　　自 20 世纪 80 年代以来，海外华人文学研究在包括内地和港澳台在内的中国学界逐渐发展成为一个热门研究领域，迄今已取得了不菲业绩。进入 21 世纪之后，华人新移民文学研究又渐渐形成为一个新的热点，构成海外华人文学研究的一个重要部分。丰云博士的新作《新移民文学：融合与疏离》，为这一新热点的持续与升温，再添一份薪火和热能。

　　中国人移民海外的历史源远流长，改革开放后，新一轮的海外移民再涌新潮。三十多年来，由中国内地出发的华人新移民几乎遍布世界各个角落，中华文化和中国文学也随着新移民的脚步被带到越来越多的异地域、异文化之中。于是，在跨界的生存域，在文化的交汇处，开始生发出华人新移民的文学。这种文学从文化质地和审美品格上看几乎是先天地具有一种双向融合的混杂化特质，这使它区别于本土的中国文学，也区别于所在国的文学，甚至也区别于此前的海外华人文学。海外华人文学研究领域的众多学者，对新移民文学的双向融合性一直以来都投入了较多的关注，也催生了不少有价值的研究成果。但作为文化交汇处生发的文学，新移民文学不仅有它的双向融合性，同时还有其双向疏离性——与居住国文化的疏离，与故土文化的疏离。对这种双向疏离，研究者们尚未给予足够的关注。丰云博士的这部论著则从融合与疏离的背反或双重视野，既对新移民文学的双向融合性进行了更为细致的阐释，也格外关注了新移民文学的双向疏离性。新的视野聚焦出新的理论识认，该书对新移民文学创作中女性性别意识的重构和男性心理优势的失落的分析，关于新移民文学既具有文化的翻译与整合的立场与特性又在语言表述上存在混杂性与二元性的总体概括与探讨，无不充满了新意。特别是作者提出的"混杂化与二元化并存"的观点，对新移民作家在语言表述上的"非在地化"的判断，从一个新的视角切入了对新移民文学的解析，应该说是对新移民文学研究的一个拓展。

华人新移民写作者数量众多，遍布欧美、澳洲等多个区域，至今尚未有研究者能对这一写作群体的全貌做出准确、详实的描述。因此，新移民文学研究在作品的搜集、作家背景的了解等方面存在着不小的研究难度。丰云博士几年来始终关注这一领域的研究进展，通过各种途径搜罗了大量的新移民文学作品，并对其进行了认真的研读。所以，她的这本书是建立在广泛的阅读和深入的思考之上的，一方面其理论概括和阐发以新移民文学的创作文本和她的阅读经验为基础和支撑，另一方面她也总是企图并努力从自己特殊的阅读经验中形成一些不同既往和他人的新识新见。除去上述由于新的视野所相应带来的新见和拓展之外，本书还有两个突出的特点值得阅者瞩目：一是作者对新移民文学与海外华人新移民的族群关联以及新移民文学与海外华人文学、海外华文文学、世界华文文学、华文文学、留学生文学等的联系与区别进行了清楚明确的梳理和界分，并在这种梳理和界分的基础上对新移民文学的总体概况和内部差异，作出了有分有合、分和互显、点面结合的观照、透视和阐发。二是引入新近兴起的"飞散"写作理论，将新移民文学的研究置于一个更具有世界性语义关联的学术空间中，体现出全球化时代人类共有的现实生存与文化书写境况。"飞散"写作理论的引入揭橥出新移民文学超出华人写作的文化意义和审美价值，有力地提升了这部著作的理论品位。

该书是丰云博士在其博士学位论文的基础上修改而成的，其博士论文原题《论华人新移民作家的飞散写作》，曾受到匿名外审专家和答辩委员会诸位学者的较高评价。修改后的这部著作比之原先的博士论文在材料的翔实、视野的拓展、理路的畅达、观点的圆通诸方面有了更大的进益。当然，由于新移民文学是一种正处于初始性发展阶段的新的文学存在样态，不仅其当下的存在已经展现出多样性的文化风貌和美学品相，而且其未来的发展更有着多样的可能和不确定性，因此对它的研究必然也不会是一蹴而就的，不会在短时期内即形成结论性的确定性的论断。正如作者所言，"华人新移民作家群体既可以说是一个正在形成中的写作群体，也可以说是一个始终处于变动中的写作群体。随着全球化进程的加快，去国离家成为一种司空见惯的行动，新移民每天都在增加，相应地，也就不断会有新的作家出现在这个群体中。这个群体中已有的大部分作家正处于创作的旺盛期，其写作的风格与成就都有待假以时日的进一步发展和评论界与读者的充分检验。因此，从文学史的角度概括、评判他们可能为时尚早"。但新移民文学毕竟已经在当今的世界华人文学的整体格局中开始显现出自己的独特文学表征和文学价值，因此，关注其发展，解析研究其文化蕴意和审美特征，对世界华人文学的整体研究而言当是有其不容忽视的价值的。相信这本书的出版可以对新移民文学、乃至世界华人文学的研究有所促进，同时也期待丰云能够以本书的出版为契机，再接再厉，在新移民文学研究中取得新的收获。

　　是为序。

谭好哲

2009 年 6 月 16 日于山东大学

前　言

　　"（华人）新移民文学"发端于 20 世纪 80 年代初的"留学生文学"，随着留学生中的一部分人由留学生转变为留居者，"留学生文学"也开始渐渐脱却其学生生活写照的面目，演进成为研究者今日所指称的"新移民文学"。"新移民文学"从 20 世纪 90 年代开始日趋繁盛，由是，一个具有自己写作特点的作家群体开始浮现在学术界的研究视野。虽然"新移民文学"在命名上至今存在着很多争议，但其指称的内涵在众多研究者那里也已经得到了一个基本的认定，即由 20 世纪 70 年代后期、中国实行改革开放政策之后，自中国内地移居到其他国家、目前已加入所在国国籍的华人新移民所创作的文学作品。

　　新移民群体与传统的中国移民在来源、知识背景、移民目的等方面都有着较大的区别。而且，虽然在定居国他们与土生华裔、与来自港澳台及其他地区的华人移民同属一个大的族群，但由于政治经济制度、意识形态、文化演进过程等诸多方面的差异，他们在定居国的生存状况、心理感受、精神追求、价值信仰等各个方面都有着独特的群体性特征。因此，我们在研究海外华人的文学创作时，如果仅仅是笼统地将各个群体都置于同一个大的评析框架之内，就有可能抹杀或忽略其中的各个群体的独特性。笔者非常赞同深圳大学钱超英教授所倡导的,对海外华人文学的研究,除了已有的国别维度之外,还需要建立分期、分群等更多的维度,才能更加有效地对这一领域进行研究。因为"在不同的历史情景中,不同种类的华人虽然很少否认自己的华族来源,但又往往有不同甚至相反的政治立场、行为方式和心理倾向,从而使'海外华人文化'的含义极难'一言以蔽之'。过去的研究似乎较多关注华人作为异族社会里的'族群'之一的共同性。但我们今天所面对的海外华人,已是包含多个'亚群'的高度含混的'群集',它们在各种特定环境下对身份有着分化性的建构取向"。所以,"只有标出一定的时间坐标和历史条件,绘制出群体分布的多样化拼图,海外华人文学才会获得确切的理解;从而,那些个别的杰出作家和作品所携带的群体标识意义,也才能获得展示的有效背景"。①

华人新移民的移居行为,是全球化时代世界性的飞散潮流的一个局部,在这样的大背景下形成的新移民文学,"面对全球性和区域性都呈强化之势的文化语境,他们的放逐之痛、寻求之声,也往往既回应着全球化浪潮,又偏爱于族裔、边缘、传统一类的话题。因为这样一些话题产生在全球化的语境中,可是又要求着民族性、个体性的关注"。② 因此,在关注和研究新移民文学时,我们尤其要思考它与 20 世纪中期以来的全球飞散现象的不可切分的联系,并通过这种关联,触摸到全球化时代的华人文学、中华文化的发展脉络。

作为世界飞散群体的一个部分,以知识分子为主体的华人

---

① 钱超英:《"诗人"之"死"——一个时代的隐喻》,中国社会科学出版社 2000 年版,第 227 页。
② 黄万华:《"在旅行中""拒绝旅行"——华人新生代作家和新华侨华人作家的初步比较》,《中国比较文学》2003 年第 3 期,第 88 页。

新移民群体的去国离家，可以说是中国知识分子现代性追求的另一种形式。与此相对应，新移民文学也就超越了传统的移民文学的单纯乡愁和异域猎奇等常见的主题类别，呈现出种种新的意蕴。新移民对家园的重新定义、在文化认同上的多样和复杂、以新移民的特有视角对"文化大革命"所做的全新解读，等等，都与新移民群体的知识背景和移民目的之间存在着紧密的关联。新移民虽然没有彻底消尽乡愁，但更倾向于强调落地生根与永生漂流。他们在追寻梦想的过程中把自己塑造成了世界公民。当新移民置身于新的家园时，融化于血液之中的民族文化与新的异质文化，成为两股不同方向上的牵拉力量。作为所在国的少数族群，在主流文化与民族文化之间，如何寻求平衡和创造性的转化，是考验移民的生存智慧之处。面对这一考验，新移民群体需要秉持的是一种开放的、超越民族主义和东方主义的态度，才能既避免把自己族群的文化凝固化、本源化，又能够汲取移居国文化的优良质素，在定居地发展出属于移民群体的特有的混杂性文化。

越界生存赋予新移民双重的视角和开放的心胸，在一定距离之外，回望民族历史和文化时，会产生更为冷静的审视，从而形成新的认知。而移民经历中耳闻目睹的异文化对本民族形象的某些错误想象或蓄意歪曲，也在不断刺痛民族情感。许多新移民作家努力通过自己的叙述，拂去历史的尘埃，重新清理那些被遮蔽的形象，用新的言语和文本来修正和改写错误与歪曲。因此，对民族历史与民族形象的重新审视和叙述，成为新移民文学中极为重要的部分。

在新移民作家中，女性数量较多，大量的女性文本中存在着几种不同的性别意识重构方式，既有对自我的发现与肯定，也有对传统的复归，更有少数文本中存在较为极端的两性对立。通过解析这些文本，我们可以发掘华人新移民女性的生存状态、心理状态与她们性别意识重构之间的关联，以及与中国文化中性别认同之间的关联。与此相对应，新移民文学中的男性形象大多是由女性来塑造的，他们的面目上不可避免地涂抹着出自女性视角的色彩。这些色彩大多数时候是比较晦暗的。而男性作者的文本中，则几乎一致性地充满着对男女两性的双重批判。这种同质性的表达，透露出了男性移民的复杂心绪。在移民这个特殊的生命体验之中，男性的自信失落与困窘表现得格外突出。新移民文学中男性形象的塑造，无疑与中国几千年文化传承中的性别政治有关。当一种文化下形成的性别期待，置放于另一种迥然有别的文化中时，释放出的是五味杂陈的复杂气息。细究新移民作家的"文本自我"，可以从中见出华人新移民在飞散生活状态下，其精神维度上的微妙变迁，以及这种变迁在整个中华文化变迁的大背景之上所具有的参照意义。

华人新移民文学作为一种生长于文化交汇处的文学，几乎是先天地具有双向融合的混杂化特质。这主要体现于其混杂化的语言形式，其写作所具有的双向文化翻译价值等。虽然这种特质在各个具体作品中的表现各有不同，混杂化的程度不一。但不能否认，这是它有别于其他区域的华人文学的重要一点。对这一点，众多新移民文学的研究者关注度都很高，给予了大量的阐释解析。但与此同时，似乎少有人关注其疏离性。新移民文学在凸显出其混杂化特质的同时，其实也在很多间隙中流泻出其双向疏离的特质——与居住国文化的疏离，与故土文化的疏离。因此，新移民文学的混杂化是与其二元化并行的。这种疏离最直接地表现在新移民作家语言表述上的"非在地化"、二元化。这种语言、思维和情绪的"非在地化"，与新移民在居住地的生活方式有着一定的联系，也与其文化态度有着必然的联系。

　　新移民在居住地的文化态度当然因人而异，复杂多样，但统观之下，主要呈现两种相反的取向。一种是单向的趋同，以居住国文化习俗为标准参照体，极力地靠拢、努力地融入。另一种则是单向的区隔。相当多的华人新移民虽然并不聚居，但工作之余的生活却几乎主要局限于华人圈子，形成一种特殊的"聚居"，即所谓"文化社区"。这种"文化社区"是围绕着以中文学校、华语教会以及华人社区组织为核心而形成的一种特殊社区。这种"文化社区"的存在，无疑在文化上凝聚了华裔，但也在某种程度上使很多华人移民在这种母语文化的"社区"小圈子里自成一统，自觉、不自觉地与当地文化形成二元化区隔。单向的融入，使得新移民与母语文化在价值信仰等层面日益趋向疏离；单向的区隔，则使得新移民与当地文化始终存在一定程度的疏离。

　　与移居地的文化疏离是移民必须面对的精神挣扎，因为新移民这些脱离了母体的碎片，若要融入新的异质性的本体，或许要经历很久的挣扎、碰撞与砍削，直到他们落地生根，不再异质。与故乡的情感疏离更是移民在寻找新的家园认同、文化认同时必须接受的情感失落。故乡，虽然通常指代一个地理意义上的所在，但故乡其实不只是一个空间概念，同时也是一个时间的概念，它是一个游子在一定时间段中所栖居的那个空间。这样的时空，其实是无法真正返回的，它只能存在于游子的记忆和想象之中。任何重返故乡的行为，都只能是返回一个空间上的位点，而无法返回那一点上的时间。他们与故乡永远都只能隔着时间之河相望。这种双重的疏离作为新移民文学的重要特质之一，迄今尚未得到足够的关注与解析。

　　移民的过程是一个文化接触的过程，在这个过程中，既有文化冲突,也会有文化采借、文化同化。文化来源的多重性和矛盾性使移民作家的文化性格具有多元整合性,由此,新移民文学也呈现出双重融合与双重疏离共存的独特个性。

目　录

第 一 章

新移民与新移民文学

第一节　移民与移民文学

一、移民与新移民

新移民，一般而言就是指第一代移民，是个比较泛化的概念。但在国内文学研究和评论界，新移民是与新移民文学联系在一起的一个特指概念，即 20 世纪 70 年代后期、中国实行改革开放政策之后，由中国内地移居到其他国家、目前已加入所在国国籍的人群。

中国人移居海外的历史可以说源远流长，古代中国，好奇的人出海寻访仙岛和仙人的故事是中国向海外移民的最早记载。根据史学家的研究，中国向日本列岛的移民早在先秦时期就开始了，著名的"徐福东渡"的故事虽然缺少系统确切的历史记载，但近代中日两国学者的研究表明，其事并非附会，有许多的根据可以说明当时是发生过类似事件的。因此，"徐福"可以说是中国古代海外移民活动的先驱之一。宋元时期，由于海上交通与中外贸易的拓展，有不少中国人前往南洋地区（指东南亚诸国）谋求发展。19 世纪中叶，北美大陆发现金矿的消息传入中国，吸引了中国沿海省份的大批破产农民和手工业者前往淘金,即所谓"金山客"。随后,澳洲也发现金矿,澳大利亚成为华工们的"新金山"。

20世纪70年代末以后,伴随中国的改革开放政策,中国人移民海外形成了新一轮的高潮。据报载,从1978年到2007年,我国各类出国留学人员总数达121.17万人,遍布100多个国家和地区。而留学回国人员总数则为31.97万人。那么,除去正在学习的留学生,我们可以想见有相当数量的留学人员转变成为当地的新移民。历史上的传统移民除了少数定居在北美等地外,多数定居于东南亚诸国,根据统计,目前分布于世界各地(指中国两岸三地以外的地区)的华人大概有3000万人左右,其中80%是生活在东南亚诸国。而新一轮的移民潮中,以留学为主要形式和途径的新移民的目的地则主要是北美、澳洲、欧洲和日本等西方发达国家,而尤以美国为最主要的到达地。目前,在美的华人人数众多,根据美国2000年人口统计,华裔人口已有288万人,其中华人单一种群在美国的总人数为243万人,混血华裔有45万人,居亚裔人口首位。而在1980年,人口普查显示在美华人仅为80.6万人左右,1990年则为164.8万人左右,其中31%是美国出生的,30%是1980年以前到达美国的,39%是1980—1990年到达美国的。显然,1990—2000年,迅速增长的华人人口中,有很大部分是新移民,而这其中除了来自港澳台等地的华人移民外,相当大的比例是来自中国内地。当然,这一系列数据在2010年美国人口统计中肯定还会有更大的变化。

澳洲则在20世纪80年代中期以后,成为中国内地移民海外的另一个热门地区。1901年后,由于"白澳政策"的实行,曾使澳大利亚的华人纷纷离境,在20世纪初期,澳大利亚境内几乎没有华人存在。20世纪80年代,澳大利亚政府推行"教育出口"计划，吸引了中国内地大批学生和知识分子赴澳留学、访学，其中不少人转变成为移民。到 20 世纪末期，已有大约 5 万多来自中国内地的新移民定居于澳大利亚。与其毗邻的新西兰，也有相当数量的类似的新移民。目前，这种移民大潮仍方兴未艾，未来还会有大量的华人由中国本土出发，奔赴世界各地，加入到新移民的行列中。

二、移民文学与新移民文学

多年来，对世界华人作家的研究，主要包括两大类，一是对居住于外国（包括移民和土生华裔）、以所在国语言进行写作的华裔作家的研究；二是对居住于中国内地以外的、以汉语进行写作的华裔作家的研究。前者通常命名为某某国华裔文学研究，后者则常常命名为海外华文文学研究。而对华裔文学的研究，起初多集中于美国，后来扩展至加拿大，对其他国家的华裔作家涉及并不多，对居于欧洲、北美、澳洲之外的华裔作家的研究目前基本处于起步状态。海外华文文学研究，长期以来依地缘划分主要是包括三大板块，即台港澳、东南亚和欧洲、北美，近几年开始扩展至澳大利亚、新西兰、日本等区域。

这两大类，在命名和研究范围上一直存在分歧和争议。有些人认为不管是以何种语言写作，只要是华裔，就可以集结在华裔文学的旗下，这主要是以血缘为划分依据的。有人据此又提出了"华人文学"的概念，认为这一概念更为准确地涵盖了其研究范围。而海外华文文学在命名方面最为纷乱，有"台港澳暨海外华文文学"、"世界华文文学"、"海外华文文学"、"华文文学"等，在涵盖范围上也一直没有公认、统一的说法。有的认为主要包括居住于中国内地以外的以华文写作的华裔作家；有的认为除此以外，还应包括虽不是华裔、但以华文写作的作家，如澳大利亚的白杰明、韩国的许世旭、日本的新井一二三等;有的人则认为台港澳本来就是中国领土,其文学自然也是中国文学的一部分,不应该与其他国家的华文文学混为一谈。有些学者近年已放弃了"华文文学"的提法,如山东大学的黄万华教授主张使用"汉语文学"这一概念来整合所有以汉语写作的文学作品,仅以语言作为界定依据,而不涉及国籍与血缘,这样就无所谓"中国文学"与"海外文学"了。这显然是一种更为开阔、通达的视野。

而海外华人学者王德威教授则在《华语语系文学——边界想象与越界建构》一文中引进了一种新的提法——"华语语系文学",即 Sinophone Literature。他认为这个词组虽然也可以译为华文文学,但所谓华文文学"基本指涉以大陆中国为中心所辐射而出的域外文学的总称",其他所谓"海外华文文学"、"世界华文文学"、"台港、星马、离散华文文学"等说法都是这一概念的延伸。这一概念"相对于中国文学,'中央与边缘''正统与延异的对比'成为不言自明的隐喻"。而译为"华语语系文学"则同"英语语系文学"、"法语语系文学"、"西班牙语系文学"等称谓一样,"意谓在各语言宗主国之外,世界其他地区以宗主国语言写作的文学"。它们是由殖民霸权所导致的在地的文化变种,是"帝国文化的遗蜕",具有强烈的"嘲仿颠覆"色彩。当然他也承认"华语语系文学"一词相对于它同类的"英语语系文学"、"法语语系文学"等并不具有相似的殖民、后殖民色彩,而是域外各国中华人对于中华文明的自觉传承。但他亦指出:"我们无须因此浪漫化中华文化博大精深、万流归宗式的说法。在同文同种的范畴内,主与从、内与外的分野从来存在,不安的力量往往一触即发。更何况在国族主义的大纛下,同声一气的愿景每每遮蔽了历史经验中断裂游移、众声喧哗的事实。以往的海外文学、华侨文学往往被视为祖国文学的延伸或附庸。时至今日，有心人代之以世界华文文学的名称，以示尊重各别地区的创作自主性。但在罗列各地样板人物作品之际，收编的意图似乎大于其他。相对于'原汁原味'的中国文学，彼此高下之分立刻显露无遗。"① 目前，王德威教授的这一提法似乎并未引起国内学界的特别关注与共鸣。

新移民文学是近些年来才拓展的华人或华裔文学研究中的新领域，也是国内文学研究和评论界比较引人关注的领域。它在很长时间里一直是作为海外华文文学的一部分而存在的。因为研究者注意的主要是华人新移民中以汉语进行写作的作家及其作品，如查建英、严歌苓、虹影、张翎、陈谦、严力等。而对于新移民作家中以所在国语言进行写作的作家及其作品，如哈金、山飒、戴思杰、裘小龙、张戎、李翊云、李彦、闵安琪、巫宁坤等，起初一直被附属于某国华裔文学领域，主要是从事外国文学研究、比较文学研究的学者比较关注。这种研究经常是将他们与海外土生华裔，如汤婷婷、谭恩美、赵健秀、任碧莲等放在同一个评价体系中来进行的。

同为新移民作家，由于使用的写作语言不同，两类作家就一直被置放于不同的框架中进行评价和研究。这样一来，他们作为一个群体所具有的意义就没有得到充分的关注和研究。这是目前华人新移民文学研究中有待深化之处。因此，将二者进行有机的整合，是目前许多从事华人、华裔文学研究的学者，如山东大学黄万华教授、暨南大学饶芃子教授等人所倡导的。只有这样，才能"使华人文学的局部和全貌、历史和流变等长期被忽视的关

---

① 王德威：《华语语系文学——边界想象与越界建构》，《中山大学学报》2006年第5期，第1页。

系凸显出来"。①

新移民文学这一新的学术领域自出现起,其命名与界定一直存在众多争议。迄今为止,有关的命名有"新移民文学"、"新华侨文学"、"新华人文学"、"华人离散文学"以及"华人流散文学",等等。其中,"新移民文学"是使用比较多的一种。然而,尽管有相当多的学者一直在使用"新移民文学"的称谓,但这一称谓与其他几种命名一样并没有得到普遍的认同。很多学者或撰文或在各种学术研讨会议上发言,表示对这一命名的质疑,比如苏州大学曹惠民教授。曹教授在《华人移民文学的身份与价值实现——兼谈所谓"新移民文学"》一文中,就对新移民文学之"新",以及新移民所来自地区的限定,提出了质疑。

曹教授在文章中认为,"移民有先后,移民文学无'新''旧'。特别标示出'新'移民文学,实无学理的必要性。"而将"新移民文学"中指称的新移民作家限定于来自中国内地的范围,则更是逻辑上不通的事情。对此,笔者有一点小小的不同看法。曹教授在这里所质疑的"新移民文学"之"新",显然是用来限定"移民文学"的,但就我所见的大量相关研究文章来讲,提及新移民文学时,"新"仅是限定移民,即:"新移民"与"文学"是两个部分,新移民文学的含义约略是指新移民的文学或新移民创作的文学等。因此,曹教授的第一点质疑,显然与多数学者的理解不同。对曹教授的第二点质疑,笔者是认同的。确实,"将'新移民'作家定位为80—90年代以后由大陆移民他国(如美、加、澳、日、欧等)甚至港澳者,并不是严谨、科

---

① 赵庆庆:《海外(非)华文文学研究的比较整合新论》,《和而不同——第十五届世界华文文学国际学术研讨会论文集》,广西人民出版社 2008 年版,第 31 页。

学的界定，或许只能作为一种暂时的、过渡性的称谓"。①

　　曹教授在文章中主张使用"华人移民文学"的概念。如果我没有理解错的话，曹教授的言下之意应是指这一概念不仅可以包括目前所指称的新移民作家的创作，也可以将 20 世纪 60—70 年代，由中国台湾、香港等地赴欧美留学的白先勇、於梨华等人在由留学生变为移民后的创作包括在内，更可以将目前以及今后各个区域的各种身份的华人移民的文学创作包括在内。应该说，这的确是一个内涵很丰富的概念。但笔者尚有一点困惑。在这一概念涵盖下的几部分华人移民作家是否就可以不再做群体的区分，仅以华人移民的身份这一点来标识呢？目前所指称的来自中国内地的华人新移民作家与白先勇、於梨华一代的来自港台的华人移民作家，以及目前和今后来自中国内地之外的其他区域的华人移民作家之间难道没有创作上的群体性不同吗？如果承认他们的不同，那么，单单指称其中一部分时，是否仍然需要一个明显的群体性标识呢？这样一来，新移民文学的概念虽不确切，则似乎仍有保留的必要。否则，我们将很难准确地言说。

　　2008 年 10 月末，在南宁召开了第十五届世界华文文学国际学术研讨会，除内地学者外，尚有来自世界 15 个国家和台港澳地区的华人作家和华人文学研究者参加了会议。在会议所设定的分会场中，第二分会场的议题即为"国际新移民文学的新思考"。由此可以看出，目前学界依然在约定俗成地使用"新移民文学"这一命名。同时，在这次会议上，新移民作家融融携刚刚出版的《一代飞鸿——北美中国大陆新移民作家短篇小说精选述评》（2008 简体升级版）参会，并在会议上郑重

---

　　①　曹惠民：《华人移民文学的身份与价值实现——兼谈所谓"新移民文学"》，《华文文学》2007 年第 2 期，第 37 页。

推介。这说明,"新移民作家"这一指称,也仍是目前学界所接受的说法。

因此,鉴于目前这种状况,本书为表述的方便,仍将使用这个尚存争议的命名——"(华人)新移民文学"。如果今后学界寻找到更为科学准确的、为大多数学者所认同的新的命名,笔者将欣然遵从。如同曹惠民教授所言:"概念的厘清和辨析之所以必要,是为了给学术研究提供一个有共识的前提,并且力图使概念显示确切的内涵与外延,这才可能在学理的层面上深化相关的研究,但概念的界定不应成为研究的出发点与终极目标。研究的出发点应是丰富生动的事实(作家作品、文学现象),其目标应是对这些事实的准确认知(包括对本质、规律的概括)。"① 因此,本书在进入研究之前所做的概念辨析,也是为了更好地确认研究的立足点。这种辨析虽然对当前有关这一概念的争议并无太多裨益,却是本书立论的基础,所以,是不得不做的工作。但其后的研究并不会纠缠这些概念上的分歧,而是关注具体的作家作品,从中探寻(华人)新移民文学的文化内涵、文化价值及其发展趋向。

另外,需要指出的是,虽然在国内文学研究界指称的新移民作家,一般而言是指改革开放后移居国外的,他们构成了目前新移民作家的主体。但笔者也注意到,中国向国外派遣留学生其实在 1973 年就已经开始了,当时"文化大革命"并未结束,改革开放尚未开始。而从新中国成立后,也一直陆续有少量人通过各种途径移居国外。他们中也有少部分人从事写作,发表过作品。比如,写作《天谴——一个中国青年的手记》的凌肯是 1968 年

---

① 曹惠民:《华人移民文学的身份与价值实现——兼谈所谓"新移民文学"》,《华文文学》2007 年第 2 期,第 37 页。

通过偷渡辗转赴美的，他的这部作品出版于1972年。《天一言》
的作者程抱一、《落叶归根》的作者严君玲等人则都是在1949
年前后离开中国的。不过，程抱一是1973年才加入法国国籍、
成为真正意义上的华人移民的。那么，这些人应当如何归类呢？
笔者认为其实也是应该从属于新移民作者群体的。因此，在本书
中，对新移民作家和新移民文学在时间上的界定并不是严格的，
只在区域上限定为来自中国内地的。不过，在本书中进行文本细
致分析的作品，一般是符合学界所认定的新移民作家的时间和区
域界定的。

第二节　华人新移民群体的写作概况

在华人新移民群体中，从事写作的人数量很多，几乎凡有华
人留居的城市，就有华人写作者存在。但这是否意味着华人新移
民写作者群体在文学成就上就能称得上是蔚为大观呢？当我们仔
细检视这一写作群体时，会很容易地发现，写作者数量上的繁盛
与其文学成就并不成比例。造成这一状况的原因，很大程度上是
由于新移民写作中存在明显的"非文学倾向"和题材上的类型
化、叙事上的简单化。

一、作品的"非文学倾向"

美国耶鲁大学的康正果教授，作为华人新移民的一员，对
新移民群体的写作有着比较清楚的认识。他在《海外文学的文
化建构》一文中指出了新移民写作的"非文学倾向"的三种
表现：

其一是新移民写作是最大限度地非职业化，也极度地个人爱

好化，"对绝大多数既不能靠写作谋生，也未能在读者中造成影响的写作者来说，发表作品的效果多为同仁间的互相交流，其意义主要表现为活跃华人圈内的文化生活，以各自的文字写真集构成聚餐品尝式的阅读飨宴。这一类型的写作偏重抒写个人移居生活的甘苦，异国见闻中能让国内读者倍感新奇的情事景致，以及渐行渐远中生出的漂流感和乡愁。其明显的非文学倾向表现为大量的日常随笔和旅游札记取代了重立意、讲究文字美的文学散文"。其二则是以非虚构的自传、回忆录取代小说创作。其三是以大量"文化批评、时政评论、调查访谈"等针砭时事、立场明显的评论性文章取代了政治讽喻杂文。①

康教授的这种看法，我们可以从目前国内出版的新移民文学中的大量随笔集和在美、加等国出版的数量颇多的华人自传作品中得到验证，而近年在国内出版界和各种媒体上备受关注的林达、薛涌、李雾、方舟子等人的写作则印证着康教授所说的第三种表现。

对于这种新移民群体写作中"非文学倾向"如何认识与评价，在评论界一直有争议。康教授将其命名为"非文学倾向"已经说明了他的态度。持同样观点的还有同样身居海外的赵毅衡教授。他在1998年提出"新海外文学"的概念时，指明不包括汉语和非汉语创作的回忆录、家族史和经历报道式作品，他认为这些作品不属于文学艺术。他只认同在国内时就已经得到承认的作家在海外的创作。钱超英教授对这种看法表示异议，他认为，赵毅衡教授的这种区分，是把这些作家作为海外华人文学的一种"异数"来看待的，这种区分"强化了一种把这些'文学异类'剥离于海外生活背景、剥离于中国人走向西方世界时所面临的历

---

① 康正果：《海外文学的文化建构》，《华文文学》2006年第1期，第9页。

史困境的倾向——一种精英化倾向。而我恰恰认为，全部海外文学的故事，其中的一个基本主题正是对这种精英化倾向的消解。"因此，虽然无须拔高这种经历报道式作品的美学价值，"但也不必总是固守精英视角，否则不仅无法看清海外文学的生命格局，追踪它的真实机理，而且也无助于透过这些'文学异类'从中国到海外的历程，解读出全球化时代的文化风景"①。其实，这些文本是否称得上是文学作品，与目前对文学的界定有关。随着互联网这个自由的写作与发表平台的出现，诞生了大量"非文学倾向"的文本。即使是传统的平面媒体上，也充塞着数量极多的这种"非文学倾向"文本。如何定义它们的类属，是一个值得探讨的问题。目前，除了自传、回忆录外，其他一般是泛称散文的。但正如康正果教授所言，它们又是不同于文学散文的。无限制地扩大散文的内涵与外延是否合适，应该引起文学研究者的关注和思考。在"'文学'这项自命优越的帽子也很难继续包容新变层出的写作形式"的现状下，文学研究如何确认自己的研究对象也已经成为研究者要思考的问题之一。②

新移民写作中的"非文学倾向"导致杰出的文学文本的数量与写作者的数量之间的明显失衡。这使得很多关注新移民文学的研究者在进入较深层的研究时无奈地发现，他们所能选取的有代表性的研究对象其实是很有限的。一些新移民作家对此也有清醒的认识，比如一直在倡导"灵性文学"的施玮，在《开拓华语文学的灵性空间——"灵性文学"的诠释》一文中，就尖锐地指出："当代华文文学流于平面和琐碎……我不反对一叶知秋，从小见大的写作原本是上乘之选，但最致命的就是今天的文

---

① 钱超英：《流散文学：本土与海外》，海天出版社 2007 年版，第 142 页。
② 康正果：《海外文学的文化建构》，《华文文学》2006 年第 1 期，第 9 页。

学‘一叶’后无‘秋’，无四季、人生、宇宙之感怀与哲思，中国古典文化思想中的精华已经被我们引用诠释得越来越表面、越来越浅薄。”她把这种文学称之为“无根亦无翅”的文学，既飞不起来，也深入不下去，是一种平面的文学。①

目前在西方世界获得成功的华人作者，大部分是凭借自传、回忆录作品而成功的，如凌肯（美国）的《天谴——一个中国青年的手记》（*The Revenge of Heaven*：*Journal of a Young Chinese*，1972）、郑念（美国）的《上海生死劫》（*Life and Death in Shanghai*，1986）、拂朗（Lo Fulang）的《晨风》（*Morning Breeze*：*A True Story of China's Cultural Revolution*，1989）、张戎（英国）的《鸿：三代中国女人的故事》（*Wild Swans*：*Three Daughters of China*，1991）、闵安琪（美国）的《红杜鹃》（*Red Azalea*，1993）、巫宁坤（美国）的《一滴泪》（*A Single Tear*：*A Family's Persecution*，*Love*，*and Endurance in Communist China*，1993）、李彦（加拿大）的《红浮萍》（*Daughters of the Red land*，1995）、严君玲（美国）的《落叶归根》（*Falling Leaves*，1997）、王露露（荷兰）的《莲花剧院》（*The Lily Theater*，2000）、刘维隽（新西兰）的《荒漠玫瑰》（*Desert Rose*，2004）、巫宁坤的女儿巫一毛（美国）与 Larry Engelmann 合著的《暴风雨中一羽毛——动乱中失去的童年》（*Feather in the Storm*：*A Childhood Lost in Chaos*，2006）等。他们在获得成功后，大多很少再有文学作品出版。而且，自传作为一种非虚构文本，自然也具有“非文学倾向”。

新移民写作的“非文学倾向”以及作者多而作品少、尤其是杰作少的现状，也许是已经展开了一段时间的新移民文学研究

---

① 施玮：《开拓华语文学的灵性空间——“灵性文学”的诠释》，《海南师范大学学报》2008 年第 6 期，第 12 页。

至今尚无重大突破的主要原因。由于目前对于如何界定新移民写作的这些具有"非文学倾向"的文本尚无一致认识，因此，在本书中，虽然它们依然属于新移民文学的范围，但一般不作细致解读。

二、题材的类型化和叙事的简单化

新移民写作"最大限度地非职业化"、"极度地个人爱好化"，也直接导致了新移民文学中的另外一个重要倾向，即题材的严重类型化。汉语文本多写生存艰难与异域见闻，以及异域爱情，非汉语文本则集中于自传，其中绝大部分涉及"文化大革命"。

1. 汉语文本的类型化

对大部分新移民作者来说，写作更多的时候是偶一为之的行为，是由于生活使他们积压了一些无处诉说的感慨。新移民在移居国打拼的初期，大多数人有相当长的一个时期内是处身于社会主流之外的，与周围世界的发达、富有相映照的是自身物质生活的窘困。加上职业上的压力、与周围群体的交流障碍，都使得他们时时充满着焦虑，心灵处于一种恐慌的悬挂状态。他们因而有着极强的表达欲望，表达是他们释放自己焦虑与恐慌的途径。写作，特别是以母语写作，就是这种表达的方式之一。

因此，直白地表达心中郁闷与感慨，以及异域文化带来的震撼与冲击，是新移民群体在最初阶段写作的最常见模式，尤其是汉语文本。新移民文学汉语文本中有大量作品是描写移民的生存困境，包括经济的拮据、打工的艰辛、语言的障碍、文化的冲突、居留身份的获取的艰难以及由于这些而滋生出的怀乡忧郁或是成功之后的心理满足等，很多作品都是所谓半自传体，如周励（美国）的《曼哈顿的中国女人》、殷茵（美国）的《纽约的天空》、老六(美国)的《丫头,你嫩嫩地嫁了吧》、安苹(美国)的《拉斯维加斯的中国女人》、李小牧(日本)的《歌舞伎町案内人》等。更多的是所谓纪实文学,如刘观德(澳大利亚)的《我的财富在澳洲》、武力(澳大利亚)的《娶个外国女人做太太》、少君(美国)的《人生自白》、大陆(澳大利亚)的《悉尼的中国男人》等。

改革开放初期,东西方之间无疑存在着巨大的政治、经济、文化的差异。当新移民怀揣梦想,漂洋过海后,他们不仅是跨越了地理上的疆域,同时也跨越了时间上的分期,从一个发展中国家,到达了一个发达国家。他们在短时间里就经历了与以往的生活经验迥然相异的大量事情,感受着不同文化的熏陶,新鲜、震惊、感慨无处不在,即使是极小的生活细节上的差异,也能让他们欷歔不止。这种情况下,诉说自我的渴望是很强烈的,虚构成为不必要的隔离。因此,他们在迫不及待地叙述自己的感慨时本能地采取了纪实性、报道性的叙事方式。而且新移民群体中的很多写作者原来在国内时就从事记者、编辑等传媒工作,熟悉和擅长纪实性的、新闻报道式的叙事方式。在这种背景下,从20世纪80年代直到今天,这种叙事技巧简单的新闻特写般的作品源源不断问世。由于具有很大的信息量,这些作品吸引了相当多的读者的注意力。

改革开放以来,在中国内地,赴外留学是一股始终没有退潮的激流,准备出国的人不可计数,对域外信息的需求十分旺盛。而改革开放之初,国人对过去在种种宣传中一直以负面形象出现的西方资本主义国家的了解十分有限,同时,我们的传媒业尚没有今天这样发达、开放、自由,对域外信息的传播有着很大的选择性、局限性,使得人们的需求不能得到充分的满足,而这类具有纪实性的报道式作品,恰恰起了对传媒的补充作用,满足了人们的这种需求。这些作品往往讲述自身或朋友、熟人的亲身经历，其中既有引人入胜的故事，也有在国外生活所应该了解、掌握的风俗习惯、法律差异、各类手续办理的流程等认知性的内容，更有主人公从亲身经历中总结出来的或成功或失败的经验教训。所以，包含如许信息的作品大受读者追捧，也就毫不奇怪了，再加上大量的商业炒作，更使它们在图书和期刊市场上大行其道。但这些作品虽然信息量大，却由于直接取材于时事和周围的世俗生活，过度地贴近现实，而缺少精神价值上的提升，因此其文学价值一直没有得到评论家们的肯定。

比如在网络上成名的少君，其代表作品《人生自白》系列包括 100 篇小文章（2003 年在江苏文艺出版社结集出版时，收入了其中的 39 篇），每篇都不超过 5000 字，每篇开头都有一个作者关于故事来源的小说明，其后是故事主人公的自叙。这些文章其实都是一个主题，就是人生中的一段坎坷经历。由于少君的人生经历十分丰富：曾就读北京大学声学物理专业、美国德州大学经济学专业；先后任职中国《经济日报》记者，美国普林斯顿大学研究员、匹兹堡大学副研究员、美国 TII 公司副董事长等，因而其《人生自白》中的人物也就涵盖了许多领域，既有在美国、澳大利亚等地的华人留学生、移民，也有国内各行各业的三教九流。主人公一般都是倾诉在国外求学、恋爱、生活的波折与困苦。比如《大厨》，主人公小吴在国内时是科技大学的高才生、科研院所的研究人员，为了追求所谓的"自由"，盲目地跑到了美国的一个地处偏僻的野鸡大学，由于无法忍受学校的艰难生活而辍学到中餐馆打工，成为一名大厨。由于没办法把妻子办到美国，于是陷入离婚官司。其唯一的愿望就是存上一笔钱再继续学业。《洋插队》中的女主人公是上海滩上无数不甘于平淡生活人群的一分子，自费留学到了澳大利亚，却只能成为卖力、卖身的廉价劳工，由于面子原因还不能回国，只能在异国的土地上过着背叛丈夫和家庭的艰苦生活。《新移民》、《下岗》、《歌星》等一些篇什，都是大同小异的内容。其实，主人公的这种诉说中不乏对自己悲情的放大，对他人苦难的漠视，是在一遍遍舔食与展示自己的伤口中无力自拔的一个群体。另一部分篇什的主人公则都是较为顺利、成功的人，故事的内容也相应的是主人公介绍自己的成功、发迹历史，比如《大陆人》的主人公是凭借个人努力留在美国大公司的高级研究员，收入丰厚，对美国社会的机会平等赞不绝口；《图兰朵》里的女演员经过艰苦的努力终于实现艺术梦想；《愿上帝保佑我们》中的盲人王韧，在美国各种教会组织和教徒的帮助下，顺利学习和工作，立志永远侍奉主。而《康哥》、《假画》、《棚儿爷》、《导演》、《记者》等篇什则是国内的各色人等在各行各业，以各种合法、非法的手段发财致富的故事。

《人生自白》的这些故事叙事视角单一、结构简单、口语化的语言平直而缺少变化，呈现出某种生活原生态的特点，而且各篇之间很雷同。作者在《序》中说，这些故事从 1988 年开始写作，陆续发表于网络，后来在美国华文报纸《达拉斯新闻》上连载，"凑成了一百篇"。在网络上流行的文字，由于其即时性、随意性，所以大多缺少文字的润饰和细致的谋篇布局；在报刊连载，同样由于篇幅限制而无法充分展开。使得这些作品呈现出相似的面目。

20 世纪 90 年代以后，出国潮中裹挟的有相当多的是仅仅为了追逐金钱等物质利益的一大批人，因此，描写商业成功、个人事业成功的纪实作品相当畅销。《曼哈顿的中国女人》和由于同名电视剧的热播而更加畅销的曹桂林的《北京人在纽约》等作品都属这类题材。这类作品针对的是"被捂的躁动而太容易好奇的大陆民众，越是肤浅地炫耀加盐添醋的个人经历，越是指导性地提供在异国生活的门道，便越能喂养大众的梦想"。① 所以，这类作品层出不穷，但永远有足够的市场接纳，从 20 世纪 80 年代，一直延续到近几年，比如乔乔（美国）的《我在纽约十八年》（人民文学出版社，2003）、程宝林（美国）的《国际烦恼》（花城出版社，2003）、杨小桥（加拿大）的《移民家庭》（华艺出版社，2003）、周丽萍（英国）的《挑战极限——妈妈笔下的留英男孩》（中国国际广播出版社，2003）、夏小舟（美国）的《我在美国的流浪生涯》（花城出版社，2004）等都出版于 21 世纪。这些作品在内容和手法上没有多少出新之处，依然是关于在留居国怎样当保姆、怎样做侍者、怎样搬家、怎样出行、怎样与邻居相处、怎样与警察打交道之类的日常琐屑事务的记载。在《挑战极限》这本书的书末，还附录有怎样在英国申请读高中、读大学，以及英国各大学的排名和它们的地理分布等，足见这类书的信息传播价值大于其文学价值。当然，这些作品已不可能再有当初那种轰动性的影响了。

还有一些游荡在自传边缘的文本，虽然并非完全意义上的纪实，但风格和文学价值很难与那些自传性、纪实性的作品相区别，这类与纪实相差无多的、介于自传与虚构之间的文本，基本就是从不同的角度讲述同一个故事——"洋插队"的辛酸、悲苦，诉苦成为唯一的目的。

当然，很多报道性、纪实性作品的作者并非都是为了商业利益而写作，也有自己的诚恳。武力就曾经宣称要"用心血写出第五代留学生的心路历程"，他说："我打算打破一切旧有的常规的写作手法，希望找到一个在看似浅显、粗俗、平常的题目

---

① 康正果：《身体与情欲》，上海文艺出版社 2001 年版，第 156 页。

下，如《嫖客》、《赌徒》、《冤家》……去表现那些普普通通的生活中的那些安安静静的普通人内心的那份不平衡，那份撕心裂肺的深刻和它所表现出的这一代海外游子那独特的，绝非国内的一些作家、记者可以'坐家'凭空编织的一种来自生活本身的特有的深刻①"。但《娶个外国女人做太太——旅澳中国留学生口述纪实》可以说与少君的《人生自白》大同小异，全书由28个小短篇组成，作者或者说第一叙述者都是呈现采访者的面目，在前言中交代故事的来源。每一篇也都有一些简单的主人公背景介绍，然后由主人公简短地口述自己的悲欢故事，要么一步登天、幸福从天而降或是短暂的曲折后终于成功（如其中的《娶个外国女人做太太》、《女人》、《我和瑞纳》、《他当上了"二老板"》等篇）；要么是历尽磨难、走投无路（如《不惑》、《赌徒》等）。其中，第一篇《娶个外国女人做太太》就是取材于作者本人的真实生活。这些故事有着同样的结构布局，完全相同的语言表述。过度的重复使得作品很难产生动人的力量。

因此，不管创作者的动机如何，客观上，这一类作品却是集体呈现出文学价值的贫乏特征。尽管他们有着切肤的体验，但对经验的表述，如果仅只停留在"新闻报道"的层面，而没有更深入的洞察和思考，就无法变成真正意义上的文学书写。"只有一个超越于感怀身世遭际的人才有可能对历史生活的客观趋势做出坚韧的承认和强大的概括"。② 对以语言文字作为传递媒介的文学作品来说，形式的意义更加不容忽视，没有优美传神的文字表达，单靠内容的"意义"是难以呈现出作品的魅力的。所以，

---

① 武力：《娶个外国女人做太太》，天津人民出版社1993年版，前言。
② 钱超英：《流散文学：本土与海外》，海天出版社2007年版，第3页。

"真正的小说家并不把个人的特殊经历作为写作的唯一根据，也不会全凭热门的题材去吸引读者。他们也写热门题材，但更热衷于探索自己梦想的讲述形式。他们也写自己的经历，但更懂得如何消失在自己的作品之后。对于真正的小说家，写个人的经历，绝不是为了向好奇的公众及时报道耸人听闻的事件，那只是一个发现的过程，是通过写作摸到和揭示出存在的不为人知的一面"。① 显然，这种直接来源于当下现实生活、缺少必要的审视距离、却过分泛滥个人的情绪宣泄的纪实文本的文学价值值得商榷。也因此，这类纪实性、报道性文本虽然在新移民文学中具有很大的量，在相当长的一段时间里也占据着阅读市场的主要份额，但并未被视为新移民文学的主流。

2. 非汉语文本的类型化

新移民文学中的非汉语文本的题材类型化，则集中于自传或家族史，其中相当大的比例涉及"文化大革命"，如前所述的凌肯的《天谴——一个中国青年的手记》、郑念的《上海生死劫》、拂朗的《晨风》、张戎的《鸿：三代中国女人的故事》、闵安琪的《红杜鹃》、巫宁坤的《一滴泪》、李彦的《红浮萍》、巫一毛的《暴风雨中一羽毛——动乱中失去的童年》、刘维隽的《荒漠玫瑰》等均涉及"文化大革命"。郑念的《上海生死劫》叙述的是她在"文化大革命"中遭到迫害、监禁，女儿死于非命的一段经历。拂朗的《晨风》、凌肯的《天谴——一个中国青年的手记》和闵安琪的《红杜鹃》、刘维隽的《荒漠玫瑰》都是"文化大革命"参与者的叙述，"社会主义教育运动"、"大串联"、残酷的"武斗"、"上山下乡"、"生产建设兵团"、"赤脚医生"、"样板戏"，等等，是它们共同的叙事元素。而巫宁坤和

---

① 康正果：《身体与情欲》，上海文艺出版社 2001 年版，第 156 页。

女儿巫一毛的作品则是"文化大革命"受害者的叙述,从父女两人的不同视角展现出家庭的苦难,被歧视、被审查、被劳改、被诱奸……整个家庭浸泡于苦难之中十几年。

张戎的《鸿》和李彦的《红浮萍》作为家族史,主要是透过家庭中三代人的人生遭遇映照中国近代以来的沧桑历史,这其中也包括"文化大革命"的历史。"家族的演变只是历史的注脚和符号,传递历史的信息"。"民间叙事对庙堂叙事的解构,正是从具体的描述人物命运和家族命运开始的"。"家族史是民间历史的主要载体"。① 因此,家族史是文学创作中的重要一环,从其特殊的视角展开了对历史的艺术化记录。如同陈思和教授所言,中国新文学在其产生之初只有家庭小说,而无家族小说。只有到了当代,家族小说才出现于作家的笔下,通过家族的兴衰来演绎历史的演变。新移民作家的家族史文本,同样是基于这样的叙事动力和美学追求。

西方在 20 世纪 80 年代中期至 20 世纪末的很长一段时间里,延续着一股华人自传作品的出版高潮,上述这些作品大多出版于这一时期。这些作者在写作时,在所在国都已经基本拥有了稳定的生活,他们留在国内的过去又都是跌宕起伏、惊心动魄的。在人到中年、甚至是老年的安静时光中,往事定然是常常在清晨的梦醒时分或黄昏的寂寥落寞中不期而至。那些记忆是丰富的,也是痛楚的。所以,他们曾经有意识地将其深锁在大脑中的某个隐秘角落,因为他们无法承受回望那些时光的锐利刺痛。但梦魇般的过去并不因躲避而消失。彻底治愈创痛的办法或许只有将之完全吐露给世人。倾诉是心理治疗的最佳方式。

---

① 陈思和:《"历史—家族"民间叙事模式的创新》,《当代作家评论》2008 年第 6 期,第 90 页。

这些自传无疑均是回溯往昔的，然而我们注意到，其中并无乡愁。忆昔与乡愁，在英文中当然是同一个词汇，Nostalgia，但在汉语中，语意却有一定的区别。这些作品中充满的是作者的一种复杂情绪，不堪回首，偏又回首，爱恨交织，涕泪交流。这种情愫，与通常意义上的乡愁距离是很大的。这提醒我们，想当然地以为新移民文学最重要的主题是"乡愁"的想法并不切合实际。忆昔并非乡愁，这是一种为了忘却的纪念。

有关"文化大革命"的自传作品以亲身经历的大量细节，从个人的视角记录了"文化大革命"这场浩大的民族灾难，有其不可忽略的文献价值（关于新移民文学中"文革叙事"的价值，我将在之后的章节中加以解析）。遗憾的是，由于情绪上的怨愤，使得其中的部分著作在观点、态度上不乏争议之处。这也是这些作品中的大部分至今在大陆没有中译本正式出版的重要原因。而且，对作为语言艺术的文学而言，叙述方式的选择，有时远比题材的选择更为重要，"个人的记忆中无论多么生动感性的材料，一旦按照公众记忆的语法书写出来，往往就弄成了媚俗的东西"。[①] 由于这些自传类作品，大多具有十分一致的情绪基调——怨愤与控诉，其中相当多的作品还是站在西方的立场上来控诉与指责中国的政治生态，因此，其文学价值也始终受到质疑。连同为新移民作家的严歌苓，在谈及这些自传作品时，也不无嘲讽和批评。

一个值得注意的现象是，在同时期新移民文学的汉语文本中，多为以半纪实面目出现的现场报道式作品，反映的是新移民在所在国的经历见闻，打工、读书、发财、异国恋情，等等，纯粹的自传类作品相对较少。时至今日，除了虹影的《饥饿的女

---

① 康正果：《身体与情欲》，上海文艺出版社 2001 年版，第 165 页。

儿》、李南央的《我有这样一个母亲》、沈宁的《泪血尘烟》等少数作品外,在数量极大的汉语文本中依然少见纯粹的自传、家族史类作品。这是一种富有意味的对照。

出现这种对照性情形,笔者推测,最可能的原因也许是隐含读者的不同。以所在国语言写作的作品,其隐含读者当然是所在国的主流阅读群体、乃至操同一种语言的世界其他国家的读者。而汉语作品的隐含读者则是所在国的华人群体和故国的读者群。面对母语,使得很多汉语文本的作者很难完全从精神上摆脱故国文化的笼罩和制约,来坦然暴露自己与家族的一切,那总使他们有面对乡里乡亲的感觉,也就难免要顾及"家丑外扬"或"自我吹嘘"。中华文化自古就是一种与西方的"个人主义"文化相对照的"集体主义"文化,个人的情感需求始终被抑制在家族、村落、单位、民族、国家等层次不同的集体之下。所以,任何时候在面对公众时,言行的装饰性都是必不可少的,"光宗耀祖"的威慑力远大于倾诉的冲动。因此,大多数汉语文本的作者即使是以自身经历和家族历史为蓝本的写作,也一定要冠以"虚构"的名堂,才敢面对同文同种的读者们。正因为如此,李南央能够在这种文化背景下写出《我有这样一个母亲》这种"家丑外扬",甚至有挑战母女伦理之嫌的作品,是非常不容易的。

而操异族语言写作的作者们,却似乎摆脱了这种制约。许多新移民作家在作品中表达过使用异族语言的奇特感受,"英语有时候真有面具的作用,好像用中文不好意思说的,换成英语,就好意思了。比如:I love you 比'我爱你'好出口的多"。[1] "英文使我鲁莽。讲英文的我是一个不同的人。可以使我放肆;不精

---

[1] 欣力:《纽约丽人》,作家出版社 2001 年版,第 200 页。

确的表达给我掩护。是道具、服装，你尽可以拿来披挂装扮，借此让本性最真切地念白和表演。另一种语言含有我的另一个人格。"① 也许这就是他们可以将自己和家族的过去和盘托出的重要原因。另外，以所在国语言写作的作品，若要获得成功，必须要投合隐含读者的阅读口味和思维模式。观看、怜悯一个来自对立的意识形态之下的移民的苦难过去，毫无疑问是西方世界一个恒久的阅读取向。因此，这些非汉语的自传文本在西方世界所获得的成功就不难理解了。郑念的《上海生死劫》1986 年在美国出版时曾轰动一时，畅销全美，后来的诺贝尔文学奖得主库切当时就曾在《纽约时报》上撰文推荐。闵安琪的《红杜鹃》1994年在美国出版时也非常畅销，所有主流媒体都进行了报道推介，称之为"杰作"。刘维隽的《荒漠玫瑰》出版后，风靡新西兰，她受邀四处演讲，成为新西兰最受欢迎的演讲人。但国内的很多研究者却表示了不同的看法。比如很多人质疑闵安琪的《红杜鹃》的真实性，特别是其中关于"文化大革命"之中同性恋的描写。更多的读者当然是对这种"非虚构文本"的文学性提出质疑。

西方世界对这些自传类作品的热衷"是某种合力的结果"。这种热衷不止涉及有关中国的作品，在美国黑人文学等西方国家的少数族裔文学中都存在大量自传作品。"从某种程度上说，对自传体裁的压倒性运用，成为各个边缘群体或少数族裔的显著特征。这一选择最初是无意识的、自然的，它使静默的或被压制的声音得到表达，对于促进少数族裔文学的发展功不可没。然而，在得到了主流话语的肯定后，对自传的偏好渐渐变成了一种既是被迫同时又是有意识的主动策略。族裔自传先在地规定了其主人

---

① 严歌苓：《人寰》，《严歌苓文集》第 2 卷，当代世界出版社 2002 年版，第 1 页。

公不是普遍意义上的人，而是某种具有特定身份的人，这样，书中人物的思想、行为方式和情感很容易被看作是这一具有特定身份的人群所特有的，从而被本质主义化。"① 具体到有关中国的文本，则更微妙的是由于意识形态。新中国成立后，在东西方的冷战背景下，在红色中国与西方世界之间的鸿沟中，混杂着好奇、偏见与敌意。西方世界中，既有激进的"左派"知识分子崇奉、向往红色中国，也有保守的势力敌视、诋毁红色中国。最多的则是充满无知与好奇的民众。这种状态在西方世界持续的时间很长，不只限于冷战时期。即使在全球化的今天，西方世界对中国的态度依然可以大致划分为好奇的向往、敌意的谩骂与完全的无知这三种态度。这也使得有关中国的文本具有比较旺盛的阅读需求。于是，写作者的倾诉欲望与读者的窥视欲望相互绞合，催生了大量的非汉语的自传文本。

自传是一种回顾性叙事，因此，其承载的就不仅是作者的故事与情感，更是与过去的时光相连接的一段历史。可以说，自传作品是一种介于文学与历史之间的体裁。很多具有历史影响的人物的自传都成为历史研究引用的资料来源。阅读者对自传的喜爱也往往来自于其中隐含的历史细节。这也是西方世界对有关中国的自传文本十分青睐的主要原因。他们希望借此获取关于中国的一些历史细节，比如"土地改革"，比如"文化大革命"，等等。

但同时，自传又是一种完全从个人视角出发的叙事，虽然"一个人的故事比一个民族、一个国家或一个阶级的故事少一点臆断性"，在其中"可以发现因与果的关系的第一手证据"，但这些"从现在的视角描写过去的经验的"作者无疑"经常从最

---

① 唐海东：《新移民的文革书写》，《华文文学》2008 年第 6 期，第 21 页。

好的角度描写自己。他们掩盖某些事实，认识不到他人的重要性"，而且，"当回顾往事时，观点的改变，如某种改宗经验或政治信念的改变，甚至可以全盘改变被回顾的事件的意义"①。所以，很多自传文本经常过分泛滥个人的情绪宣泄，自觉不自觉地扭曲某些事实，粉饰个人过去的观点和行为，以致偏离了客观的视角，根本无法承担起佐证历史的使命。正是由于这一点，这些在西方世界广受欢迎的自传作品，往往很难获得来自故国的肯定。每当一部这样的作品在西方掀起阅读狂潮时，也是它在故国受到激烈批判的时候。文学研究者和历史研究者各从自己的专业角度进行批评，于是，其历史价值和文学价值经常同时受到质疑。历史学者称其歪曲历史，向西方献媚。文学研究者称其为"自恋型文本"，认为"这些文本以激情倾诉为主要特征，以为一切的个人经历都含有历史的深意，在本该进行理性的成熟的思考的年龄和时代依然进行着青春的饶舌"②。这种评价虽不乏尖刻，但的确指出了某些自传文本在历史价值和文学价值上的双重匮乏。

当然，数量众多的自传文本不能一概而论。很多文本即使存在一些细节上的失真，但由于作者身处西方，愿意并敢于说出一些亲身经历的历史真相，因此而成为某段历史的重要参考文献。其文学价值则因作者本人的文学功底而异，流畅、感人的作品也并不少见。比如巫宁坤的《一滴泪》，就由于作者曾长期从事英语文学的汉译工作、具有深厚的文学功底而获得了较好的评价。

---

① ［美］华莱士·马丁：《当代叙事学》，伍晓明译，北京大学出版社 2005 年版，第 66、67 页。

② 唐海东：《新移民的文革书写》，《华文文学》2008 年第 6 期，第 21 页。

三、发展与突破

题材上的类型化尽管是制约新移民文学的重要因素,但是,我们应该看到,即使是写同类题材,也是可以产生杰作的,最重要的是能否开掘出这类题材中的新元素,能否将笔墨触及人性的深处、文化的深层次问题以及语言表达上能否有动人之处。其实,所有文学类别都是由不多的几大类主题所组成的,单是一个爱情,便写了几千年,单是爱情中的相爱而不得也有车载斗量、满坑满谷的文本。文学史写到今天,要想在题材上创新,几乎没有可能。但同时,又不存在绝对意义上的陈旧的题材,陈旧的只有形式,只有修辞。在新的框架之内,赋予旧有的题材以新的意味,正是文学得以不断发展前行的动力。华人新移民群体不能不面对自己与中国的关系,在异族的人群中,不可能无视在自己身上存在的生物学意义上的华人特征和在心理上存在的对中华文化所抱持的复杂态度。因此,他们很难摆脱书写中国。所以,华人新移民写作群体真正的问题还并不是题材上的过分类型化,而是很多人的写作并没有应有的深度,仅停留在讲一个中国故事,而没有以新的视角看待这种故事,没有从这类故事中发掘出不同以往的内涵,没有赋予故事动人的力量,没有确立属于他们自己的精神基点,因而这种写作"普遍呈现出巨大的盲目性与不确定感。他们有太多太沉重的直接来自当下生活的材料,却缺乏某个可以消化和统领这些材料的先验的思想框架"。[1] 因此,他们的写作也就很难达到较高的境界。

20 世纪 90 年代中期以后,新移民文学有了质的飞跃,日益

---

① 郜元宝:《谈哈金并致海内外中国作家》,《当代作家评论》2006 年第 1 期,第 71 页。

向纵深发展，产生了重要的突破，开始越来越多地走出纪实性、报道性叙事模式的局限，创作出真正具有文学价值的文本。哈金、山飒、裘小龙、李翊云、李彦、苏炜、严歌苓、张翎、陈谦、王瑞云、严力、林湄、施雨、吕红、秋尘、施玮、郁秀、范迁、韩景龙等一大批新移民作家引起了研究者的关注。他们的写作大多已经超越了新移民文学发展初期的主题严重类型化，以及叙事简单化的局限，不再仅仅停留在个体经验的层面上对自己的异域生活做表层的介绍性描摹、单纯抒发个人的苦闷，而是开始深度介入居住地的日常生活，在生活的纷繁细节中挖掘不同种族、不同文化对生命的感悟、对人性的透视。这些文本不与当下的现实完全交融，而是跳脱于现实之上，在虚构的世界里展开广阔的想象，于故事之中包蕴深邃的思索，探求人性的无限丰富性。

　　譬如严力的创作。他的作品既很少对故土的生活做回忆性叙写，也很少描写华人在定居国的新奇见闻，而是经常结构一些荒诞的故事来剖析人性的复杂以及在当今时代的异化。他的写作游走于小说与散文之间，长于思想、观念的解读，而不太注重故事的曲折和人物的塑造。他的《我在散文的形式里》几乎就是哲理思考的断片。可以说，他往往是从剖析某种观念，某种人性的痼疾出发而结构作品、设计人物的。因此，荒诞的情节下埋藏的是严肃的思考。如收在《母语的遭遇》小说集中的《最高的葬礼》、《血液的行为》、《药片与缘分》、《打赌》等篇都呈现这一特点。《最高的葬礼》以李力锋患癌症后的生存奇迹诠释了人的意志对于生命的意义。那场目前只能存在于幻想中的太空葬礼是人对于命运的一种挑战。在《血液的行为》中，作者以李雄用可口可乐换血这一荒诞的行为隐喻现代人被商业规则主宰的社会异化的现实。他的长篇《遭遇 9·11》是在"9·11"的大背景下，讲一个债务缠身的美国商人凯维的故事。这其中既有关于民族、种族、宗教以及文化之间冲突与融合的宏大叙事，同时也关注在现代社会中生活窘困的普通个体的欲望和梦想。当人面对难以解脱的困境时，渴望消失于人群、幻想重新开始自己的人生是时常的闪念。当有机会把闪念化为现实时，生活呈现出一种荒诞和怪异的戏剧性。严力在"9·11"后，感悟到生活中存在这样的可能并表现出这样的可能对人类生活的意义和价值所带来的困惑。

另一个目前备受关注的作家陈谦的创作也显现出新移民文学新阶段的特色。陈谦小说作品数量虽然还不是很多，但每一篇都比较精致。她的文字被评论家苏炜认为是"不动声色的，不露痕迹地流漫而过，沉潜深入的。写心理，写情感，写氛围，层层皴染而丝丝入扣，好像涓涓细流因为受到了沟壑的节制而蓄积出一种内冲的力度"。[①] 陈谦的作品与王瑞云等一样，已经跨越了新移民文学中书写生存艰难、文化冲突的阶段，她关注的是已经在定居国实现了"美国梦"，过上了安稳、富足、精致生活的白领中产阶层，特别是跟她生活经验切近的科技人员。这个群体已经在定居国度过了最初的艰难的适应期，生存问题不是他们关心的，他们在物质层面上已经融入了主流社会。因此，他们更加关注的是对人生价值和意义的思考和探询。她的长篇小说《爱在无爱的硅谷》和中篇小说《覆水》都是这类主题。陈谦通过苏菊、依群等事业成功、生活顺利的白领女性在爱情面前的选择和挣扎，为读者诠释了人在解决了最基本的物质意义上的生存后，所必然面对的精神困惑和对人生意义的叩问与追寻。这是人类亘古不变的困惑和烦恼，也将是人类永恒的思索。从这一点来说，

---

① 苏炜：《三个女人的戏台》，《世界华文文学论坛》2005年第2期，第75页。

陈谦的作品在新移民文学中就具有一种代表性意味，因为正在日渐走向成熟的新移民文学，也已经走过了它最初的粗糙，而向着文学更广阔、更纵深的地带跋涉，超越种族和文化的局限去发现人类共同的问题，并思考其解决的方案。

此外，施雨的《刀锋下的盲点》、余曦的《安大略湖畔》、曾晓文的《梦断德克萨斯》、裔锦声的《华尔街职场》、范迁的《古玩街——伯克莱童话》等几部长篇小说，都已经远离了新移民文学中泛滥的传奇爱情、打工辛酸和致富心得。它们都不再是局限于几个华人新旧相识之间的小圈子故事，而是已经真切地渗入到居住国的生活之中。这些作品中的华人新移民是真实生活在两种文化的交锋与融汇之间的，他们的职场搏杀、权力争取，甚至犯难冒险都是在与居住国的法制和文化规则的较量中展开的，因而读来惊心动魄、真切感人。这样的文学才是充分显现了移民文学的混杂化特性的文学。

虽然严力、陈谦、施雨、余曦、裔锦声、范迁等作家同样站在东西方文化差异和冲突的界限上，但却并没有仅仅局限于站在一个固定的视点上看问题，既没有过多地抒发个体的忧郁感伤，也没有想当然地去代表自己身后的民族文化，对新的异质文化做出简单的价值判断。而是从更宏大的视野里，透视处于不同文化之中的人们所共同面对的爱与痛的情感。应该说，这样的作品正是新移民文学日渐走向成熟、形成自己的话语风格的例证。

当然，不能回避，目前新移民文学中依然有大量的作品没有越出新移民文学初期的类型化局限，这主要是那些以市场取向为中心的通俗作品。它们一成不变地讲述着中国人在海外的奇遇，包括爱情奇遇，也包括发财致富的奇遇，继续对异域风情做着图片化的展示。这些作品中的一部分在炒作之下甚至非常畅销，但这些畅销的通俗作品并不能真正体现、代表新移民文学总体的发展趋势。

第三节　新移民文学的飞散本质

华人新移民文学本质上是一种飞散的文学。在飞散视角下关注新移民作家的写作，关注他们的创作在全球化时代所具有的文化价值，并思索其与全球化时代的飞散现象之间的有机关联，一方面是对华人文学研究的整体推进，同时也可借之考察中华文化在当今时代的发展变迁。因为华人移民在越界生存中必然要携带中华文化，并会在异域使其获得新的形式与内涵。

一、飞散概念的衍变

所谓飞散，是"diaspora"的中文译名。"diaspora"是近年来备受关注的文化现象。diaspora，是个古老的词，是个历史性的概念，有其产生、发展和衍变的历史。由于它与犹太民族历史命运的密切相关性，使得很多人认为这一概念是起源于犹太民族的被迫流散世界各地。其实，这一概念是缘起于希腊的，英国学者罗宾·科恩在他的 *Global diasporas：An introduction* 中，就梳理了这一概念的历史。

diaspora 起源于希腊文动词 speiro 和前缀 dia，其中 dia 即 o-ver，"跨越"，而 speiro 则是 to sow，"播种"。古希腊人主要用这个词汇表述古风时期在小亚细亚和地中海地区的殖民活动。当时古希腊人由于贫穷、城邦内人口过多和国内战争等方面的原因，大量向小亚细亚地区迁移，这种迁移主要是一种积极主动的殖民活动。通过劫掠、军事统治、殖民和移民进行扩张是希腊

diaspora 的主要特征。后来，这一词汇出现在希腊语《圣经》中，在《旧约·申命记》中，上帝对犹太人许诺，若他们听从耶和华的话，谨守遵行他的一切诫命律例，祝福就会降临到他们身上；而若是他们不听从耶和华的话，不遵行律例，那么诅咒就会降临；在一系列诅咒中就包括让犹太人在天下万国中漂泊流散，散居在万民之中，如第 25 节和第 64 节等处。公元 70 年，罗马暴君哈德良镇压了最后一次犹太起义，摧毁了耶路撒冷和第二圣殿，犹太人被赶出圣城耶路撒冷，从此开始了背井离乡、浪迹天涯的流浪，这即是犹太人的大流散时期。

在《圣经》使用这一词汇后，它就逐渐转化成一个专有名词，Diaspora，成为犹太人的印记与创伤，专门用于指涉犹太民族被迫离开巴勒斯坦地区、散居世界各地的流浪命运。由此，犹太 diaspora 所具有的悲情、漂泊、孤寂、疏离等色彩成为 diaspora 的核心元素，以至于离开犹太 diaspora 经验就很难理解和讨论 diaspora 这一概念本身。所以，diaspora 在 20 世纪 60—70 年代以前，在英美主要的英语词典中都是大写的，Diaspora，在学术研究中，它也基本上只在犹太研究和基督教研究领域中出现。

20 世纪中期后，人们除了仍以 Diaspora 这个大写的词汇专门指涉犹太民族外，开始更多地使用 diaspora 这个小写的词汇指称所有被迫或主动离开家园故土，生活于异地的人群。最早使用这一术语的是非洲研究领域，此后逐渐扩展，成为 20 世纪后半期国际学术界的时髦术语。学者们认为，这一概念由小写、大写再至大写、小写并存的衍变，并不只是其应用范围的变化，而是这一概念在意义上的不断重构。今天的 diaspora 一方面是部分地保留了它的本源含义，即有关迁移、移民的状况和对故土、家园的复杂情感；同时也拓展、衍生出很多新的含义，包括文化跨民族性、文化翻译、文化旅行、文化混合等含义。

对 diaspora 现象的研究，在 20 世纪 90 年代以后在后殖民研究中成为热点问题。因为进入全球化时代以来，资本的流通不仅带来生产的全球性流动，而且也带来文化与人的全球性流动。这使得 diaspora 问题越来越引人注目，因为 diaspora 的经常化、全球化，使得它成为一种文化现象。加拿大学者戴安娜·布莱顿说："流散，从一个鲜为人知、具有专门用途的词汇，现在已发展成为一种对当代经验的整合性解释，与全球化相提并论。"① 国外对这一现象的研究，涉及历史、社会学、人类学、传播学、文学、文化研究等诸多领域，如英国学者罗宾·科恩的 *Global diasporas：An introduction* 一书是在社会人类学领域研究 diaspora 的代表作，科恩在书中提出以下几类 diaspora 类型：victim diasporas（如亚美尼亚人）、labour diasporas（因劳务到国外的人）、imperial diasporas（指因帝国主义扩张而到第三世界的欧洲人）、trade diasporas（因商贸到国外的人）、cultural diasporas（如加勒比地区的混合型文化）。② 而美国圣克鲁兹加州大学的思想史教授詹姆斯·克利福德的 *diaspora*，则是从文学、文化研究角度研究 diaspora 的重要著作。其他如斯图亚特·霍尔的《文化身份的问题》、詹姆斯·克利福德的《二十一世纪末的旅行与翻译》、保罗·吉尔罗伊的《黑色大西洋：双重意识与现代性》、澳大利亚默多克大学的维杰伊·米施拉的《假想的散居族裔》、爱德华·萨义德的《知识分子论》、《文化与帝国主义》，阿里夫·德里克的《后革命氛围》、霍米·巴巴的《文化的定位》等著作中

---

① ［加］戴安娜·布莱顿：《后殖民主义的尾声：反思自主性、世界主义和流散》，《社会科学战线》2003 年第 5 期，第 184 页。

② ［英］罗宾·科恩（Robin Cohen）：《全球飞散：概论》（*Global diasporas：An introduction*），London，UCL Press，1997，p. x。

都有对 diaspora 问题的精辟论述。

罗宾·科恩说，diaspora 常常意味着一种集体性的创伤，即驱逐、流放，是人在流亡中梦想着家乡。但最近这些年，那些生活在异国、却保持着很强的群体身份意识的人，虽然既不是主动的殖民活动的代表，也不是被动的迫害行为的受害者，也视自己为 diasporas。罗宾·科恩虽然将 diaspora 群落划分为受害、劳工、商贸、帝国和文化 diaspora 群落，但他也指出不同的类型之间并非是迥然有别的，很多 diaspora 群落往往具有双重、甚至是多重性，而且会随着时间而发生改变。比如，犹太人不仅是受害diaspora 群落，而且也具有商贸 diaspora 群落的特性；与此相似，华人也不仅是契约劳工 diaspora 群落，同时还是成功的商贸 diaspora 群落；印度人也既是劳工 diaspora 群落，同时在贸易史上占据重要位置。所以，diaspora 在含义上区别很大。不过，罗宾·科恩还是找到了它的不同含义间的共同点，他认为，所有的 diaspora 群体都是生活、定居于他们出生的国土之外，都承认"祖国"这样一个深埋于语言、宗教、习惯或民俗中的概念的存在，都强调对"祖国"的忠诚和热爱。这种强调以或强或弱，或大胆或温和的方式，在一个既定的环境或历史阶段中得到表达，但一个成员对其所属的 diaspora 群体的忠实是通过他对自己过去的移民历史的接受、具有与背景相似的人群同宗同族的意识来显示的。[1]

二、汉语学术界中的飞散概念

"diaspora"进入汉语学术界的研究视阈，是由台湾地区开

---

[1] [英] 罗宾·科恩（Robin Cohen）：《全球飞散：概论》（*Global diasporas：An introduction*），London，UCL Press，1997，pp. 2-4。

始的。在 20 世纪 90 年代初期，"diaspora" 这一术语就已出现于台湾学者的研究论文中，集中于文学、文化研究、社会学、人类学、传媒研究等领域，一般被译为"漂泊离散"，如台北"中央研究院"欧美研究所的李有成教授的论文《漂泊离散的美学：论〈密西西比的马萨拉〉》（载《中外文学》第 21 卷第 7 期，1992 年 12 月）。也有译为"散居"的，如施以明翻译洪怡安的《不会说中国话——论散居族裔之身份认同与后现代之种族性》（载《中外文学》第 21 卷第 7 期，1992 年 12 月）。在文学研究领域中，又多与文化认同、身份追寻、族群意识等概念相联系，如 1994 年由单德兴、何文敬主编的《文化属性与华裔美国文学》。

　　20 世纪 90 年代中期，这一术语开始进入我国内地学术界，主要出现在历史研究、文学研究等领域，如 1999 年《华侨华人历史研究》发表了澳大利亚籍华裔学者王赓武教授 1999 年 2 月在澳大利亚国立大学中国南方散居者研究中心成立仪式上的演讲稿的中文译文《单一的华人散居者?》。王赓武教授长期致力于考察研究华人的海外移民历史及其发展情况，著有《中国和海外华人》、《海外华人：从依赖中国走向独立》等书，但他也是在 1998 年前后才开始使用"diaspora"一词称谓海外华人的，当时他在新加坡和 Wang Ling—chi（王灵智）合作出版了 The Chinese Diaspora：Selected Essays 一书，中国华侨华人历史研究所副所长赵红英老师在翻译他的这篇演讲时，将"diaspora"译为"散居"，他的这本著作就译为《华人散居者：论文选编》。这篇演讲也是较早在内地学术界引入"diaspora"概念的文章。文学研究和评论界较早开始关注这一领域研究的有清华大学的王宁教授、英国的赵毅衡教授等学者。王宁教授自承是在 1994 年 8 月的国际比较文学协会第 14 届年会（加拿大爱德蒙顿）上开始接触到这一概念的。① 此后，王宁教授开始关注国外相关的研究进展，特别是在文学范围内的。同时国内学术界、特别是在比较文学领域，也有越来越多的学者开始投入这一领域的研究。

这一术语进入我国学术界以后，一直没有取得比较一致的中文译名，不同的学者都是根据自己的理解来翻译的，出现了诸如"散居"、"族裔散居"、"流散"、"离散"、"飞散"、"漂泊性"等多种译名，得到较多认同的是王宁教授翻译的"流散"和赵毅衡教授、王德威教授等所认可的"离散"。一些学者认为，大写的 Diaspora，作为专门指涉犹太人散居于世界各地的词语，含有背井离乡、被迫离开家园故土的悲苦情感，同时这一词汇还包含着某种执著，流浪的犹太人为了表示对家园的怀念，无论在世界的哪一个角落，都顽强地保存和发展着自己的民族文化。在这种指称下，中文将 Diaspora 译作"流散"或"离散"，可以说是极其达意传情的。但除了犹太人、亚美利加人等受害 diaspora 群落以外的其他 diaspora 群落，如商贸 diaspora 群落、文化 diaspora 群落等则有着非常复杂的情况，并非都是满怀悲情、弃国离家的，相当多的人是为了追寻梦想、获得更美好的生活，而主动走出故土，走向更广阔的世界的。因此，就 diaspora 而言，与 Diaspora 相比，并非只是词形上的变化，而是转换成为一个新的概念，这个新的概念在含义上更加"强调跨国流通、多方向流动，以及占有多处地域的能力"。② 如果仍将其译作"流散"或"离散"，则在汉语语境中不能完全体现全球化时代这一人口的迁移活动所展现的新的意

---

① 王宁：《流散写作与中华文化的全球性特征》，《中国比较文学》2004 年第 4 期，第 2 页。

② ［加］戴安娜·布莱顿：《后殖民主义的尾声：反思自主性、世界主义和流散》，《社会科学战线》2003 年第 5 期，第 184 页。

义。笔者认为美国加州州立大学洛杉矶分校英语系的童明教授对这一词语的中译——"飞散"①，更能够体现小写的 diaspora 在今天的应用含义，更能体现它的希腊词源中植物繁衍的那层意义。其实，很多研究者在阐释这一概念的内涵时所提出的见解，也都是从不同角度阐明了 diaspora 的这种本源与深层含义。比如乔以钢、刘堃在《论北美华文女作家创作中"离散"内涵的演变》（载《南京师范大学文学院学报》2007 年第 1 期，第 90 页）一文中所提及的"反离散"，其实"反"的恰恰是旧有的"离散"或"流散"概念中的悲情内涵。而以"飞散"代替"离散"或"流散"，则正好可以凸显 diaspora 这个词汇的本源意义，与大写的专有词汇 Diaspora 区别开来。故此，我在本书中采用"飞散"的译法。不过，由于引用资料的需要，这几种译法都会出现于行文中。

具体到华人新移民的创作，则使用"飞散"的译法更是比较恰切的。自从新移民作家进入国内学术界的研究视野，在对新移民文学的解读中，虽然不乏对其乡愁与文化认同等问题的读解，但最重要的解读还是集中于对新移民文学的跨界性、混杂性的探讨上。新移民文学的这种特性正是"飞散"内涵的一部分。

移民文学，在文学史上经常被解读为、等同于流亡文学，因为流亡者也是远离故土家国的人。但通过如上所述的对飞散概念的内涵描述，我们完全可以把飞散概念与流亡区别开来。

流亡只是飞散的样态之一。流亡文学在文学史上往往更趋向于一种政治含义的解读。因为流亡者总是由于与故国的政权、意

---

① 童明：《飞散》，《外国文学》2004 年第 6 期，第 52 页。

识形态的相左见解而被迫出走的。因此，流亡与放逐相连。放逐，不仅仅是身体所在的地理位置上的异动，同时也是一种心理状态，是"一种迫不得已的远离中心和自身存在意义的边缘化。放逐中的人，是一株不由自己的向日葵，微仰着贫血的脸孔，节节转动朝向一个太阳——那十万八千里外的客观上存在或者早已不存在的中心。那个中心，有许多的名字：民族记忆、旧朝天子、血缘文化、母语、故乡……"① 被迫出走的流亡作家沉浸于浓浓的乡愁之中，因而尽力构建一个亦真亦幻的文学世界，并且把家、国、乡土等概念都道德化。

　　相对而言，"飞散"在很多时候却很像是一次充满希望和梦想的旅行或者迁徙，飞散者所寻求的是新的风景或新的立足之处。飞散是自觉自愿的离开。今天的飞散与旧日的被迫离乡背井之不同，还在于飞散者虽处于流动之中，但由于现代交通与传媒的发达，使他们从未真正地远离故土和母语文化。他们其实既有着稳固的后方与立足点，又有着面向世界的眼界。"混杂化"的身份曾使过去的飞散者成为被嘲弄、被怀疑的对象，但对今天的飞散者则不同。他们以远离故土或奔波于故土与客地两者之间作为代价，从过去的单一的民族文化的束缚之中解放出来，从而获得了文化选择的自由。其生存的空间、发展的空间也就相应地得以拓展。他们在母语文化与异文化的沟通中扮演着独特的角色，在全球经济文化交往中发挥着不可替代的作用。飞散群落的存在已经构成了全球化时代的一种引人思索的文化现象，给世界的文化发展带来了不能忽视的变动，正如阿里夫·德里克所说："其（指流散人口）文化必须在全球资本的意识形态中得到考虑……流散人口对民族界限与民族

---

① 龙应台：《干杯吧，托马斯·曼》，《读书》1996年第2期，第53页。

文化提出了严重挑战。"① 飞散这种文化现象的存在不可能不给文化研究、文学研究注入新的内容,产生新的文化意义,带来新的研究领域的拓展,"飞散写作"正是这其中的一部分。

三、飞散写作

飞散概念进入汉语学术界后,"飞散(或流散)写作"也成为比较文学研究领域中一个不够确定的概念。华人飞散写作的涵盖范围也是需要厘清的问题。清华大学的王宁教授在他的《流散写作与中华文化的全球性特征》一文中也提出了这一问题,但他并没有给出明确的解答,他认为无论是华裔文学、海外华文文学还是流散写作,都属于比较文学研究的大范围。透过他的行文,我认为王宁教授的观点显然是把居住于中国本土(包括台港澳)以外的华裔作家都纳入华裔流散作家的群体之中的,如以英文写作的美国华裔作家汤婷婷、谭恩美、赵健秀、黄哲伦等,也包括新移民作家哈金、裘小龙等,以汉语写作的虹影、严歌苓等。这一认定显然比较宽泛,但从 2005 年 8 月在深圳召开的中国比较文学学会第八届年会上的讨论来看,这一认定是得到学界比较广泛的认同的。赵毅衡教授则更为清晰地把华裔飞散写作群体划分为三个环,即"留居者华文文学、留居者外语文学、留居者后代外语文学"。② 王宁教授与赵毅衡教授对这一群体的范围认定基本是一致的,笔者也认同这一看法。

飞散作家是飞散群落中特别敏感、敏锐的一类人,他们把飞

---

① [美]阿里夫·德里克:《后革命氛围》,王宁译,中国社会科学出版社 1999 年版,第 97 页。

② 赵毅衡:《三层茧内华人小说的题材自限》,《暨南学报》(哲学社会科学版)2005 年第 2 期,第 45 页。

散生活的感受诉诸笔端，在故事的讲述中传达出飞散文化的特有内涵。伴随着世界性的移民活动的日益加剧，"飞散写作"正在文学研究界成为令人瞩目的命题，比如王宁教授（他将飞散写作称之为"流散写作"）说："随着全球性移民潮的愈演愈烈，'流散'现象日益引起人们的注意，而作为其必然结果的'流散写作'的崛起，尤其是华裔流散写作的崛起，则在某种程度上起到了对文化重建和文学史重新书写的作用。"他认为："流散现象的出现及流散写作的兴盛导致了传统的民族—国家疆界的模糊和语言的裂变：一个流散作家具有多重民族和文化身份已不足为奇，英语早已成为一种世界性的语言，而最近数十年来的华人大规模移民也致使汉语逐步演变成一门其影响力和使用范围仅次于英语的世界性语言。"[①]

虽然从大的范围上说，华裔作家的写作都可视为飞散写作，但就地域而言，生活于欧洲和北美、澳大利亚等地的华裔作家与东南亚诸国的华裔作家，由于地域和文化的根本区别，其写作中的文化意蕴也是纷繁复杂的。

在多年的海外华人文学研究中，东南亚诸国的华裔写作群体一直是一个重要的研究领域，80%的海外华人是生活在这一区域的，华人群体在这些国家有着相当的规模（在马来西亚，华人占人口的30%左右，在新加坡，更高达80%）。可以说，东南亚诸国"是文化中国的边缘社区。在这一带的'民族国家'成形过程中，华人经过若干世纪的族群迁移形成特殊社区。华文是在一定范围内通行的常用语"。[②] 对于出生并成长于东南亚诸国的

---

① 王宁：《"后理论时代"西方理论思潮的走向》，《外国文学》2005 年第 3 期，第 30 页。

② 赵毅衡：《三层茧内华人小说的题材自限》，《暨南学报》（哲学社会科学版）2005 年第 2 期，第 45 页。

华人留居者后代来说，他们在居住国的生存和文化感受与欧洲和北美等地的华人留居者后代是极为不同的，他们"在身份上已自然视自己为居住国国民，以一种较为纯然的国民心态参与着居住国的政治、经济、文化事务，已习于把关注的重心落在居住国的现状上"。① 而作为少数族裔生活于西方国家的华裔群体，虽然同样视自己为当然的居住国国民，但历史上的排华阴影、种族歧视、文化冲突等因素却使他们无法在思想意识上完全融入当地的主流社会，很多人都或多或少地存在着边缘心态。

除了地域上的区别以外，代际区别也是很重要的。在其居住国出生并长大的华裔作家即留居者后代，与第一代移民即新移民，在文化认同上有着极大的差异，他们的作品所体现的中华文化底蕴也有着程度上的巨大差异。即使单就第一代移民来说，也存在着诸多的分别，1949 年之前从大陆移居国外的华人、20 世纪 50—60 年代由香港、台湾等地区移居到国外的华人，和内地改革开放后移居国外的华人，在移民群体的构成、移民的心态以及他们在居住国的生存和发展状况等方面都有着很大的不同。

因此，华人飞散作家是个数量庞大、情况复杂的群体，需要经细致划分后分别论述。近年来，不少学者（如深圳大学的钱超英教授）也指出，对海外华人文学的研究，除了已有的国别维度之外，还需要建立分期、分群等更多的维度，才能更加有效地对这一领域进行研究。因为"在不同的历史情景中，不同种类的华人虽然很少否认自己的华族来源，但又往往有不同甚至相反的政治立场、行为方式和心理倾向，从而使'海外华人文化'

---

① 黄万华：《中国和海外 20 世纪汉语文学史论》，百花文艺出版社 2004 年版，第 316 页。

的含义极难'一言以蔽之'。过去的研究似乎较多关注华人作为异族社会里的'族群'之一的共同性。但我们今天所面对的海外华人，已是包含多个'亚群'的高度含混的'群集'，它们在各种特定环境下对身份有着分化性的建构取向"。所以，"只有标出一定的时间坐标和历史条件，绘制出群体分布的多样化拼图，海外华人文学才会获得确切的理解；从而，那些个别的杰出作家和作品所携带的群体标识意义，也才能获得展示的有效背景"。①

虽然华人飞散写作所涉及的各个群体都是极具研究价值的，但基于个人的研究兴趣和能力所及，笔者目前仅将研究范围限于华人新移民作家群体。而由于各国移民政策（比如，华裔人口占总人口30%的马来西亚，在1968年以后，对华人移民的政策十分严苛，赴马学习和工作的华人获得永久居留权、成为移民非常困难，直到2002年，才有第一例华人获得永久居留权）、经济和文化发展水平等各方面的因素，华人新移民的到达目的地主要是在北美和欧洲，以及澳大利亚，亚洲则主要集中于日本，而不是传统移民选择的东南亚诸国。另外，对中国人来说，自"五四运动"以来，西方就意味着民主与进步。因此，在改革开放后，以留学、访学为主要出国形式的新移民奔赴的主要目的地是发达的北美、欧洲和澳洲。由于分布的集中，较有成就的新移民作家也基本集中于这几个区域。因此，本书所细致解读的文本，也多出自这几个区域。

华人新移民与历史上移居海外的传统中国移民相比，有其特有的群体特征，正如钱超英教授所说，他们"在社会阶层背景、

---

① 钱超英：《"诗人"之"死"——一个时代的隐喻》，中国社会科学出版社2000年版，第227页。

中国历史经验、文化精神配备、投入移民过程的动机和过程乃至其在西方社会的境遇和表达诸方面",① 都和以往的华人移民以及从中国内地以外的地区移居的华人移民有着非常大的不同。华人新移民作家在写作中表达出了许多新的思想,这些思想超越了从前的移民作家大多局限于漂泊、乡愁等少数主题的状况,为我们展现出全球化时代中华文化新的发展趋向和华人群体新的价值选择。再者,飞散这个古老的词汇发展出新的内涵,也大概是从20 世纪70—80 年代这一时期开始的。因此,新移民作家的写作实践,可以说是全球飞散群体生存和发展状态的一个局部,在研究新移民文学的过程中,关注其飞散本质,显然是新移民文学研究的题中之意。

四、传播载体与飞散性的关联

华人新移民作家引起评论界的广泛关注是在20 世纪90 年代中期以后,也是在这一时期,评论界开始不再以留学生文学来指称他们的创作,而冠之以"新移民文学"的名头。新移民作家颇具特点的写作风格、他们为文坛不断呈上的杰出作品,使得他们开始以一个独特的群体进入研究者的视野。新移民文学似乎是在人们不经意的时候长成了一棵摇曳多姿的绿树。新移民文学在这一时期的迸现,除了新移民作家群体本身的努力写作外,还与他们作品采用的多样化的载体有关。在华人新移民作家群体中,虽然多数作者是业余写作,但他们的作品却有着十分通畅的传播渠道。因为他们不仅依赖我们熟知的传统渠道即他们所在国当地的华文报刊和两岸三地的中文报刊作为写

---

① 钱超英:《"诗人"之"死"——一个时代的隐喻》,中国社会科学出版社2000 年版,第227 页。

作载体，更重要的是他们还依靠互联网作为作品传播的载体。正是依靠互联网这个全新载体的迅捷传播性，使他们和他们的作品在不长的时间内为众多读者和评论者所熟悉，直接推动了新移民文学的渐成气候。

互联网的出现和其一日千里的发展速度，是全球化时代最突出的特征之一。由于网络通信"把巨大的距离和时间的瞬即性彼此结合，既使说话人和听话人相互分离又使他们彼此靠拢"，① 使飞散在全球化的时代具有不同以往的内涵。借助互联网的力量，飞散者随时随地都可以与故土、母语文化取得联系，而无须再饱尝离弃家园和亲人的痛苦。资源共享、实时传送的网络，使他们以最快的速度获取了最大量的信息，得以与最广大的地域和人群进行跨文化的沟通，他们情感历程的每一阶段由此得到了一定程度的缩短，对新事物、新地域、新文化适应性也就更强。新移民文学的书写中之所以思新多于怀旧与此不无关系。新移民的怀旧，似乎成为一种"伪乡愁"，因为没有通常意义上的思乡悲苦，而常常只是满足个人的诉说欲望和缔造一种想象中的浪漫情境，他们对怀旧的表述充满着新世界的文化符号。

在中国国内的网络写作十分发达的今天，再讨论新移民文学与互联网的关联性似乎已经没有太大的价值。但是，我们不能忽视的是新移民文学与互联网建立关联，在汉语写作中毕竟是处于先驱者的地位，而且这一关联与新移民文学的某些特性又是紧密相关的。因此，还是有必要对此作一个简单的描述。

20 世纪 80 年代，互联网技术在美国开始其民用化的过程，

---

① ［美］马克·波斯特：《第二媒介时代》，范静晔译，南京大学出版社 2001 年版，第 87 页。

于是,在北美地区及其他发达国家得到了迅速发展。在美国,大学和科研机构是除政府之外的第一批互联网用户。在其他国家,情形也基本如此。由"留学"变"学留"的新移民作群体,很多供职于大学和各类科研机构。因此,华人留学生群体和新移民群体,比中国国内的人们更早地接触到了网络,他们差不多是最早享受到互联网服务的华人群体。繁重的课业压力、维持个人生存的压力、文化冲击带来的震惊和困惑、远离母语环境的孤独寂寞都使留学生群体和新移民群体变成极度需要表达的群体。而互联网的出现,使得他们的表达有了一个最好的渠道。这种几乎没有任何门槛的发表行为,使得他们"自我发现和自我构建的潜能"① 得以充分释放。于是,从 20 世纪90 年代开始,在海外中文网上渐渐形成了一股汉语网络文学的浪潮。从 1991 年王笑飞创办海外中文诗歌通讯网、全球第一份中文电子周刊《华夏文摘》创刊,到今天存在难以计数的海外华人文学网站,新移民文学也伴随着互联网技术的进步而日渐成熟。可以说,汉语网络文学的发展几乎是与新移民文学的发展同步进行的。

大量的中文网络刊物,特别是文学网络刊物,造就了不可计数的写作者。这些借助于网络而实现写作梦想的人,他们的写作,更多的是一种自娱自乐、自我宣泄,并借以与同样感受的人沟通交流,分享快乐。所以,有人把网络写作称为"文学卡拉OK"。这种写作的性质,使得其在内容、风格等诸方面都呈现出与传统媒体上的文学作品截然不同的面目。

一是数量的极其巨大,这既包括文章的数量,也包括写手

---

① [美] 马克·波斯特:《第二媒介时代》,范静晔译,南京大学出版社 2001年版,第 53 页。

的数量。在人气高的网络，文章是海量的，新帖子不断在发布。一个没有新意、语言乏味的帖子很快就会沉下去，淹没在这海量的内容中。因此，能够在网络上被人注意到的写手，其作品通常都是被大量的人浏览、阅读过的。能够在这样大浪淘沙的过程中最终站稳脚跟，成名江湖，必然有着不一般的文学素养。新移民作家群体中，有许多人正是通过这样的淘洗，而从一个自我娱乐的写手，成长为通常意义上的作家的，比如少君、陈谦、王瑞云等，他们的许多作品，最初都是在网络上传播的。由于网络信息传输的即时和广大，其影响远远大于传统纸质媒体，使得他们最终能够被各文学杂志社、出版社发掘，从而促成作品在纸质媒体的发表和出版。他们也得以从网络走向平面媒体，从一个虚拟空间里不辨面目的 ID 转变成真实生活中的新移民作家。

网络写手的群体构成具有最大限度的随意性和随机变化性。所以，并非所有在网络上驰骋纵横的知名写手最终都能转变成通常意义上的作家。他们中的绝大多数，要么始终以一个虚拟世界的 ID 在网络上自由冲浪，满足于"文学卡拉 OK"的生活，要么由于厌倦、忙碌等各种难以确知的原因而最后离开了各个文学网站，在人们的视线里消失。当然，这种"消失"也许只是换了个登录 ID，或者是只浏览不发言，网络术语曰"潜水"。比如颇具传奇色彩的早期网络中文写作的著名写手图雅就是这样的一位。

图雅并非真名，是个网络 ID，也称涂鸦，昵称鸦。图雅的真实姓名、身份、生平等都不为人所知，有限的一点背景资料不过是：他 20 世纪 50 年代出生于北京，后赴美留学；他曾在 1993 年担任过《华夏文摘》的特约编辑；曾在 1994 年参与筹备《新语丝》，《新语丝》之名就出自他；1996 年，他从网上"消失"。图雅被称为"中文网络写作的前辈"，曾被方舟子列为当时的"网络八大家"之一，是传奇式的网络写手。图雅在海外中文网活跃的三年，被称为海外中文网非商业化的黄金时代，他也被视为那个时代的一个象征。所以，1996年他"封笔"离开后，怀念者甚众。2002年，现代出版社汇集他的所有网络作品，包括近40篇中短篇小说、散文和几首诗歌，出版了《图雅的涂鸦》一书，作为对他的纪念。很有意思的是，这好像是未经授权的出版。书的内封面上赫然印有寻人启事和悬赏启事，征求作者图雅的信息，邀请他领取版税。不知道这是书商的炒作，还是一种事实。

图雅的短篇小说，通常情节比较简单，人物也不多，但文字机敏诙谐，京味很足，在嬉笑调侃中包蕴尖锐的讥讽。他的《拱猪记》、《逐鹿记》等篇，对20世纪80年代中国内地高校的人浮于事、钩心斗角进行了辛辣的嘲讽。浓郁的京味幽默使他获得了"网上王朔"的称号。他的《拱猪记》以夸张的情节、幽默的语言将当年国内全民经商、留学生纷纷从事国际贸易的可悲、可笑现实做了逼真的描摹。情节荒诞的《画饼记》、《食客》和《曹操吃瓜》等则无异于寓意深刻的政治寓言。类似图雅这样倏忽而逝的写手，还有不少。在新媒体时代，虽然我们很难以传统意义上的作家定义他们，但他们的写作行为无疑丰富了我们的阅读经验，这也是互联时代日益纷繁的生活样貌之一。

二是文字的相对粗疏和结构的相对散乱。"信息方式促成了语言的彻底重构"，[①] 因此网络文学的兴起，为汉语文学的语言

----

① ［美］马克·波斯特：《第二媒介时代》，范静晔译，南京大学出版社2001年版，第83页。

更趋丰富性作出了贡献。但网络写作的特点,是随写随贴、片段发表,一篇完整的作品往往要历经多次间断性的"张贴"才得以完成。这就在客观上造成了许多作品在布局谋篇上缺少通盘考虑,结构相对凌乱,甚至情节和人物塑造出现前后矛盾。文字上也往往来不及细细推敲,摹人状物都常常不够贴切。即使被溢美为"网络语言大师"的图雅,其作品的水平也是很不平衡的。他的短篇一般比较精致,中篇则结构相对凌乱。虽然,一些作品在纸质媒体发表和出版时,经过了二度修饰,但源于网络写作的特性依然留有浓重的痕迹。

新移民文学与网络文学的同步发展,并从网络而向传统纸质媒体涌动的发展态势,与目前国内的写作情形非常类似。只不过因了科技水平的先进,新移民文学的这种发展走在了国内文学界的前面。国内的网络写作,基本上是在 20 世纪 90 年代末期才起步,最近几年才走向繁荣的。

在网络写作中,作者与读者之间进行着即时的互动,使得作者能最迅捷、最方便地获得读者的反馈,及时修正作品。因此,对于一个认真倾听读者意见的作者来说,当他的作品在网络上连载、更新时,往往是处于一种随时变动的状态。由于不断汲取读者的意见建议,常常使作品的情节以及其中塑造的人物发生方向性的重大改变。这改变了传统的纸质书写和传播所造成的"意义的固定性、作品的不朽性和作者的权威性"。[①] 风格各异的跟帖留言,携带着来源广阔的信息,丰富着作者的知识面和文学见解,在无意之中塑造着作者的写作风格。网络还具有一个十分突出的特点,即它的开放、自由和包容。这使得在传统媒体上没有

---

① ［美］马克·波斯特:《第二媒介时代》,范静晔译,南京大学出版社 2001 年版,第 100 页。

机会出现的许多言论、思想和另类的写作风格,都能够出现在网络上,给文学带来了远远大于过去的发展空间。这种倾向也在潜移默化之中影响着传统的纸质媒体,使整个社会的思想与创作自由比过去更为宽松、开放。

网络文学是文学与技术的一种结合,这使得文学越出了传统的界限,呈现出新的样态。在互联时代,"作者与读者之间的区分因电子书写而崩溃坍塌,一种新的文本形式因此出现,它有可能对作品的典律性甚至学科的边界提出挑战"。① 而越界,正是飞散的一种核心语义。飞散者是跨越国家、民族和文化界限的群体。全球化时代的飞散者,已经在某种程度上成为真正意义上的世界公民,漂流于世界各地的越界生活是他们能够平心接受的生命常态。在跨越界限的过程中,他们形成自己的混杂性的飞散思维。飞散思维使他们不仅能够在更宽广的文化坐标系中定义自我、故乡、家园等概念,同时也能够以跨民族、跨文化的新视角审视周遭的一切。因此,当新移民群体使文学越出传统界限、与最新的网络技术相结合而造就出网络汉语文学时,可以说,是飞散者以飞散思维创造了具有飞散性的事物。

互联网革新了人们远距离沟通和交流的方式,虚拟的时空有时让人们更为投入。这种借助技术而实现的互联网的仿真特性,现实生活与虚拟生活之间的巨大反差,构建出一种生活的二元化。这种二元化具有某种使人在现实生活中疏离身边环境和文化的倾向。特别是对移民而言,现实的生活与其文化背景的差异较大,而虚拟时空中的交流却好似置身家乡。这种倾向对造成华人

---

① [美] 马克·波斯特:《第二媒介时代》,范静晔译,南京大学出版社2001年版,第99页。

新移民文学的双向疏离性具有推波助澜的作用。而疏离与混杂，构成了飞散的两种主要内涵。

因此，新移民文学与互联网这种现代通讯传播方式的相关相连，是华人飞散者的生存方式在全球化时代的一个折射。

第 二 章

多元的文化背景，多样的主题表达

作为一种移民文学，书写怀乡的忧郁、生存的艰难、受排斥的屈辱、对居住地的新奇、文化冲击的震撼等，是一种必需的步骤，也是移民文学不可或缺的构件。但移民文学如果仅停留在简单陈述移居历程的现实层面，而不能透过现实，切入到人性的深处、文化的根底，不能从族群的局部透视人类的整体生存状态的话，那无疑是肤浅的、狭隘的。因此，随着乡愁和好奇在时间的流逝中逐渐淡化，新移民作家的写作也由最初对移居生活的肤浅的、芜杂的、模式化的表层记录，日渐走向对文化、人性、民族性的深度探索，在其多样化的主题表达之中闪动着飞散群体的混杂化印痕。

王德威教授说："在一个号称全球化的时代，文化、知识讯息急剧流转，空间的位移、记忆的重组、族群的迁徙以及网络世界的游荡，已经成为我们生活经验的重要面向。旅行——不论是具体的或是虚拟的、跨国的或是跨网络的——成为常态……两岸四地（大陆、香港、台湾、星马）还有欧美华人社群的你来我往，微妙的政治互动，无不在文学表现上折射成复杂光谱。"①

全球化的"位移"、"重组"、"迁徙"、"旅行"等正是华人新移民文学的关键词。由这些关键词组构的新移民文学在呈现出与两岸四地的华人文学之间的紧密联系的同时,也在鲜明地表现着它基于多元文化背景而呈现的独特文化意蕴。

第一节 落地生根与永生漂流:开阔的家园诠释

飞散者自然是远离故土的,故土、故乡这样的词汇,本来就是依托于远行和漂泊的行为才存在的。若没有离开,也就没有"故乡"之谓。一个"故"字,表达的就是留在身后的那个过去。故乡,这个记忆与想象中的时空,是远行者的一个情感节点。所以,有故乡的人,通常总是会有乡愁的。也因此,乡愁主题的作品是移民文学中最为多见的,尤其是那些被迫离乡背井者,怀乡几乎是他们拿起笔的最原始的冲动。因为,当人处在一个全然陌生的环境中时,必会有与周遭环境格格不入之感,他必会面临着生存的压力——即使没有经济上的窘迫,也有精神上的无所皈依。正如萨义德所言:"流亡是最悲惨的命运之一……因为不只意味着远离家庭和熟悉的地方,多年漫无目的的游荡,而且意味着成为永远的流浪人,永远背井离乡,一直与环境冲突,对于过去难以释怀,对于现在和未来满怀悲苦。"② 这种复杂的心态,会使新移民在离开故土的初期不自觉地把自己投入到怀

① 王德威:《华语语系文学——边界想象与越界建构》,《中山大学学报》2006年第5期,第2页。
② [美]爱德华·W.萨义德:《知识分子论》,单德兴译,生活·读书·新知三联书店2002年版,第44页。

想故地和回忆往事之中。著名的飞散作家纳博科夫认为人们具有倾诉自我经历的愿望,只有在这一愿望得到满足后,才可能放手去探索更美好的事物。所以,飞散作家如纳博科夫、乔伊斯等都曾花费大量笔墨描摹故乡,纳博科夫笔下的俄国流亡者系列生动感人,乔伊斯对都柏林的细致描写几乎是地图式的文学重现。

对于乡愁的反复吟咏,是移民在面对陌生环境之时的一种心理缓冲。在华人移民文学中,我们也可以见到许多这类作品,如于梨华的《又见棕榈,又见棕榈》、白先勇的《纽约客》系列等。孤寂、迷惘、幻灭与思乡之痛的交织是它们共同的主题,"在苍凉凄美的中国传统文化境界中写出了各种浪迹天涯者的大悲大恸"和"几代华人的无根放逐、寻根漂泊、落根无定中的苦苦挣扎"。① 乡愁在散文中更是处处弥漫,几乎每一个移民作家都写过怀念故土的凄美文字,展现着他们"离乡背井谋求生存的彷徨无所适从的人生状态,是抑郁与落寞,是传统中国人在他乡异土的心态外化"。②

但当我们检视新移民作家群体的创作时,我们惊讶地发现,传统的、单纯的乡愁作品似乎并不多见。虽然,我们可以看到大量的文本是关于新移民在打工、学习和婚姻生活中所遭受的痛苦的描写,但这些文本中的大多数在"血泪控诉"之后,并不是对故土的魂牵梦绕、日夜思归,而是"再苦也要挺下去"、"再难也不回头"的坚忍。在一些颇有成就的新移民作家的作品中,乡愁文本都比较少见。无论作品数量还是作品质量,在新移民作

---

① 黄万华:《20 世纪美华文学的历史轮廓》,《华文文学》2000 年第 4 期,第 44 页。

② 宋瑜:《特别的声音——对海外大陆女作家的文本透析》,《小说评论》1997 年第 6 期,第 12 页。

家中都堪称翘楚的严歌苓,似乎只有《方月饼》、《大陆妹》、《海那边》等寥寥几个短篇能称得上是抒写乡愁的。虹影、张翎、王瑞云、陈谦、刘索拉、苏炜、哈金、山飒等都少有对乡愁的纯粹抒写。当然,他们作品中也不乏对主人公们的艰辛、孤独和痛苦的表达,但很难找到对故乡的强烈思念。比如严歌苓的《栗色头发》,主人公作为刚刚赴美的女留学生,在打工生涯中不可避免地遭遇到种族上的歧视和偏见——残废少女对自己糟糕的画技毫无愧色,反倒认为中国人就长成那样子;"栗色头发"由于爱"我"而兴致勃勃地打算帮"我"摆脱中国人的"不文明、不礼貌、不整洁"等。但有意味的是,女主人公打工经历中最辛苦、最屈辱的一段,却是发生在由香港来美的商人郭先生家。因此,我们不难透过文本感受到作者的情绪倾向,异域生活固然艰难,但最难忍受的是在异国他乡依然遭遇到同文同种的族人的刻薄对待。而"我"送给李豪和孙燕的结婚对联——"休对故人思故国,且将新火试新茶",道出了留学生以及新移民的复杂的故乡情怀。

其实,"和中国的'想象的'关系,很大程度上决定于华人各自的际遇和追寻自己身份的独特方式"。[①] 新移民群体在追寻梦想、追寻自己的身份过程中,隐然呈现出多种不同的诠释家园的方式。

一、落地生根

历史上的华人移民,主体是文化修养不高的劳工阶层,通常来自贫困落后的农村,他们或者是被欺骗贩卖出国的"契约劳

---

① 钱超英:《"诗人"之"死"——一个时代的隐喻》,中国社会科学出版社2000年版,第228页。

工",或者是为躲避中国近代以来的战乱频仍、政治动荡而被迫出国谋生的。他们在留居国的生活大多不尽如人意,很多人长期从事洗衣、餐饮等行业,处于较低的生活阶层,缺少尊严和地位。加之交通的不便,通讯的艰难,使他们与故乡亲人的分离之痛难以纾解。因此,他们大多很怀恋祖国,心心念念的是叶落归根。所以,乡愁成为他们异域生活中的一种充沛情感,就毫不奇怪了。他们在对于遥远的故国的文化和政治认同之中,获得的是在居住地得不到的尊严和归属感。这种对记忆中的祖国的认同,也正昭示着他们在居住地的边缘和弱势地位。而新移民群体则不同,他们"在社会阶层背景、中国历史经验、文化精神配备、投入移民过程的动机和过程乃至其在西方社会的境遇和表达诸方面",① 都不同于传统的华人移民。因此,作为自觉自愿去国离家、追逐精神价值实现的群体,② 他们在异域生活中不再时刻氤氲在乡愁之中,同样也是毫不奇怪的。

作为社会的精英阶层,知识分子群体的移民行动有着更高层次精神追求的取向。特别是改革开放初期移民他国的一批人,多半对"文化大革命"有着复杂的感受,他们很多人来自知识分子家庭,作为在"文化大革命"中受到伤害最深的群体,这些饱尝痛苦的人几乎没有任何犹豫就选择要离开伤心之地。这种

---

① 钱超英:《"诗人"之"死"——一个时代的隐喻》,中国社会科学出版社2000年版,第227页。

② 当然,我们不能否认,每年从中国内地移民他国的群体中也是有相当数量的人是属于劳工阶层的,他们通过投亲、劳务输出,甚至偷渡,奔赴域外,唯一的目的就是赚更多的钱,获得更好的物质生活。这一群体中肯定会有一些人在到达国没有获得想象中的满意生活,从而对自己的移民行动萌生悔意,也相应地滋生乡愁。也许由于草根阶层的表达渠道不畅,我们无从全面了解他们的情感。但作为文学研究,我们面对的是新移民文学的文本,这里的任何判断都不等同于社会学意义上的判断和结论。因此,就总体而言,学界普遍认同新移民群体的主体是知识分子。

离开虽然带着很大的盲目性,却是许多人出国的最原始动机。在一个疯狂的时代后迅速逃离苦难之地,是民众最自然的选择。他们急切而又茫然地想寻找些什么,来抚慰伤痕累累的心灵,为今后的人生找寻新的方向。从刚刚打开的国门外传进来的些微信息,无异于一道乍现的灵光,吸引着他们奔向一个全新的世界。"当西方以历史的名义定义了'进步'的前景时,对历史发展'时间'之维的确认,便很容易转变为人身寄属的'空间之维'的漂移:'西方'于是在地理上体现为'许诺之地',正如它在第三世界发展的时间进度表上体现为'历史的终点'一样。"① 于是,通过时空的置换来拓展生命的价值、获取生活的额外报偿,就成为一种移民的最直接动机。专注于物质利益的人是以最朴实的语言表达这种置换的:"这就等于多活了一百年了。"② 知识分子群体虽然也不乏对物质利益的追求,但毕竟更注重精神的向度,他们的迁移行为,"是作为这些知识分子现代性追求的另一种形式的延伸与赓续,或者说,是作为这种追求的'屈折形态'或'替代形态'出现的。"③ 当他们到达之后,面对的这个世界的一切跟他们过往的生活经验根本无法对接,大大超乎他们的心理预期,短时间内大量涌入的新事物,使他们的心灵经受着前所未有的震荡——悬殊的物质生活水平、迥然相异的文化氛围、尤其是差距极大的政治体制,于是,几十年故国生活所建构起来的价值体系时时处于修正状态。

　　作为能够自由运用象征符号的动物,人类习惯于在行动中求

---

① 钱超英:《"诗人"之"死"——一个时代的隐喻》,中国社会科学出版社2000年版,第55页。

② 阎真:《曾在天涯》,人民文学出版社2005年版,第9页。

③ 钱超英:《"诗人"之"死"——一个时代的隐喻》,中国社会科学出版社2000年版,第55页。

索意义。尤其是知识分子群体,在解决物质意义上的生存的同时,更需要解决精神意义上的生存。这种意义的探询与体悟的结果需要纾解、抒发,于是写作成为他们物质生存以外的一种精神生存。

沉浮在异国他乡,作为所在国的边缘群体,乡愁抒写,原本应是他们写作中的重要内容。但新移民群体毕竟不是奔波谋生、躲避战乱的流亡者,而是自觉自愿的追梦人。追梦途中的艰难虽然使他们痛苦,但这痛苦却并非不可承受。他们的移民毕竟不是被迫的放逐,而是自我放逐,心境完全不同。他们的追寻行动原本就与厮守故乡是相悖的,他们所渴望实现的梦想原本就与滋养他们的文化传统是断裂的。飞散那种开枝散叶的内涵,本身就是与传统断裂的象征性表示。"他们放弃了其在文化母体中的依存角色(不论是情势所迫还是自觉的选择),转而追求个人在另一种文化中的生存、发展与成功。"① 因而,他们当然有对痛苦的抒发,但这抒发是有节制的;他们当然也有对故土亲人的思念,这思念也是有限度的。他们深知,这种弥漫着诗意的怀想,是由于时间与空间的阻隔而被营造出来的,是被自己有意、无意地过滤过了的。在这种较为理性的意识支配下,他们往往是一边回忆着、怀念着,一边毫不迟疑地前行,这成为新移民群体的经典姿态。这个以知识分子为主体的新移民群体对于家园的理解于是涂抹上了自己群体的特点,这些特点也折射着全球化时代的飞散者群体所具有的特点。

出于无奈而远离故土的人,不管是由于政治而流亡,还是由于谋生而出走,都把家园视为生命之根,他们由此出发走向世

---

① 钱超英:《"诗人"之"死"——一个时代的隐喻》,中国社会科学出版社2000年版,第55页。

界，同时也渴望着最终回到这里。家园与世界在他们心中是二元对立的。而对新一代的飞散者来说，家园并不仅仅是一个地理意义上的概念，它更多的时候代表了飞散者所向往的生活、所追寻的梦想，是可以让其精神安适的所在。这样的家园中包括了他们要探索的世界，家园与世界也就是结合在一起的。于是，他们可以在世界的任何一角找到家园。家园与世界是一致的，而非对立的。大量的新移民文学作品以乐观明朗的格调，在不断进行着这种诠释。张翎的《尘世》正是这样的代表性文本。

中篇小说《尘世》其实是张翎的长篇小说《邮购新娘》中的一个部分。《尘世》表层的故事是一个男人的爱情与婚姻抉择，但深究起来，却明白无误地是一个新移民的"家园"诠释。刘颉明的爱情寻觅过程，正是移民重新认识家园、重新定位人生的过程。刘颉明本来是陪妻子在加拿大读博士的"陪读丈夫"，不料妻子余小凡却车祸身亡。他把赔偿金的一半寄给岳母，一半拿来开了一家名为"思凡"的咖啡馆，定居在加拿大。咖啡馆的命名显然是为了纪念亡妻余小凡。岳母因为他的这种厚道和10年不曾再婚的深情，牵起了越洋红线，将自己的私生女江涓涓介绍给他。刘颉明回到久别的上海，见到了江涓涓并喜欢上她，决定把她带到加拿大一起生活。但在做决定的同时，他却一直惦念自己店里的那个精明能干而且主动追求自己的女雇员塔米。返回多伦多后，思凡咖啡馆意外遭遇火灾，备受打击的刘颉明急火攻心、病倒在床。非常时刻，能干的塔米为他打理了就医、索赔的繁杂事宜，并用索赔的保险金帮他规划了更美好的未来。百感交集的刘颉明终于让自己的爱情与婚姻的寻觅之舟停靠在塔米这里。因为：

曾经走进他生活的女人都让他联想起花朵——娇柔、温婉、开落无常,需要他时时刻刻的呵护关注。唯独这个叫塔米的女人让他联想起树木——一棵采集阳光采集水汽采集大自然一切力量的树,一棵在风雨里高扬着长矛般的枝叶的树,一棵在冰雪里孕育着来年生命的树,一棵在他疲惫的时候可以让他靠上去歇息片刻的树。①

　　故土曾经是刘颃明的依靠,多年前他离开这里去投奔妻子和由妻子所代表的那团温暖时把它叫做"后方"。多年后他又回到这里,寻觅另一个女人和另一团温暖时,却感到了生疏、惶惑和遗憾。故乡的女人固然温柔如水,让人眷恋,但也让人失去勇气、失去方位。异域的混血女人塔米虽不同文同种,却如健硕的母鹿,如生机勃勃的大树,可以成为他新的依靠,与他一起成就梦想。既已不能成为依靠,故土也就不再是"后方",曾经视做驿站的却原来便是真正的家园所在。于是,在身体移居多年之后,刘颃明的心灵终于真正地移居到加拿大,落地生根。同时,新的家园并不排斥故土,在新的家园中依旧能照顾来自故土的亲人——由于岳母的嘱托,刘颃明并没有因为选择了塔米而就此丢开江涓涓,而是准备把她作为亲人来照顾。外面的世界终于蜕变为家园,家园与世界再也不是二元对立的,它们和谐地组接在一起,成为刘颃明这个新移民生命中不可剥离的部分。

　　塔米的混血,在这里是一个很有意味的象征。她母亲是牙买加人,父亲是爱尔兰人。她的血统是混杂的。如果按照故事的逻辑发展,她以后会与刘颃明结合,则他们的后代血统更为混杂。混杂化是全球化时代的一个鲜明特征。随着资本的全球流通,文

---

① 张翎:《尘世》,广西人民出版社 2004 年版,第 45 页。

化与人也在全球流动。这些流动的人,他们的身份、他们所代表的文化都具有混杂化的特点,"混杂性是所有不同社会文化派别相遇时的共同特征"。①

移民的混杂化身份,使他们拥有了全新的视角、更为宽阔的视野,他们以远离曾经成长的故土或奔波于故土与新的家园之间作为代价,从单一的民族文化的束缚中解放出来,从而"把自我移植到那边,而把他者移植到这边,造成边界和界限的模糊混乱"。② 在模糊和混杂中,一种新的家园认同诞生出来。正如米兰·昆德拉所言:"移民生涯:对一个把自己的故乡看成他惟一祖国的人来说,是一段被迫在外国度过的岁月,但移民生涯延续着,一种新的对居住国的忠诚正在诞生;于是,决裂的时刻来临了。"③ 这种决裂,恰恰使移民由此获得了更加开阔的生存空间和发展空间,因此,决裂意味着新生。有论者认为:"大迁徙和流落他乡是极端的经历,但是在文化日益全球化的情形下却具有预示作用,反而追寻故乡现在成了倒退和阻碍。"④ 这种观点正是对新移民落地生根的家园诠释的注解与肯定。

刘颉明的爱情与婚姻抉择,作为新移民家园诠释的一个隐喻,昭示了华人新移民群体与传统的华人移民群体之间的鲜明分野。因为,始终将自己的居住国定义为客地,将自己的生活状态定位于客居,在故土与居住国间逡巡而不寻求新的家园认同,正

---

① [美]阿里夫·德里克:《后革命氛围》,王宁译,中国社会科学出版社1999年版,第92页。

② 同上书,第140页。

③ [捷]米兰·昆德拉:《被背叛的遗嘱》,余中先译,上海译文出版社2003年版,第102页。

④ [英]戴维·莫利、凯文·罗宾斯:《认同的空间——全球媒介、电子世界景观与文化边界》,司艳译,南京大学出版社2001年版,第167页。

是很多传统移民的生活样态。这种家园诠释,在严歌苓的《风筝歌》中有着意味深长的展示。

《风筝歌》是个内涵很丰富的短篇。一方面,母女两代的情感经历展现了由女性的性格弱点所导致的命运悲剧;另一方面,这个中西合璧家庭的失败生活,也隐约地表达了重新理解、定位家园的价值。英英,一个唐人街上的14岁的小家碧玉,在父亲严厉刻板的管教之下,对自由与爱情无限向往,于是追随大自己很多的流浪汉肯特离开了父母,最终却沦为马戏团的溜冰舞者。而她的悲剧某种程度上却是母亲海伦的人生的重演。成长于闭塞小城的白人女子海伦,当初也是这样追随比自己大20岁的"中国佬"梅老板——英英的父亲,离开了故乡,离开了父母,终生不能为家人谅解。而她付出惨痛代价换来的与梅老板的婚姻生活却是冷漠沉闷的。梅老板虽定居美国生活多年,内心深处依然视白人为"鬼佬"。他平日里温良、谦让,只是为了把专横积攒到一定的时刻阔绰地运用;嫁作华人妇的海伦看上去贤淑、恭顺,似乎已然被中国传统文化所同化,但激烈争执时的低沉语调和繁文缛节的客套词却令丈夫浑身发冷,流露出骨子里始终存在的种族优越感。由于缺乏真正的情感交流,海伦在家庭中淡漠消极,理解女儿对溜冰的爱好却不愿明确支持,明知丈夫思想守旧也少有拂逆。生活于这样的家庭中,英英既被娇宠又被压抑,对自由的强烈渴望终于被一双溜冰鞋诱导出来,走上叛逆父母的道路。毋庸置疑,没有了英英的家,会更无生趣,沉寂如死水。

这个悲剧,看起来是因为流浪汉肯特的出现而偶然导致的,其实却源于家庭生活的失败。梅老板与海伦其实都没有真正认同自己的家庭,他们的家只是在象征意义上存在着。在心灵深处,他们都是失却了家园与故土的漂泊者,因为他们"没有把内心

的'家'作跨民族的翻译"。① 梅老板把溜冰这样的消遣性体力
支出一律视作西方式无聊，除了生意外，把所有的情趣放在每年
一次为女儿生日而放飞的风筝上，花样翻新的风筝凝结着他对故
土的眷恋，"鬼佬"的土地从来就不是他的家园。他对溜冰的反
感，正是对居住国文化抵制的表层显现。海伦因为叛逆了父亲，
而被全镇的人否定了她在故乡的全部生命痕迹，20 年里压抑着
的思乡之痛，不能不在那个从故乡来的流浪汉身上过度地释放。
这种错位的情感释放，也正是海伦从未认同自己的这个跨种族、
跨文化的婚姻和家庭的明证。由于他们从未将心底真实的感受向
对方表达过，疏离与陌生也就从没有真正消失。家，也就从没有
成为他们情感的归宿，而是一处冷漠的异域时空。这个形式上跨
越了种族、文化的婚姻在内里并没有真正跨越这些鸿沟。飞散理
论认为，移民与家园的联系，并非意味着他要纯正地保持家园的
文化传统，"飞散经历的真正价值，是飞散者在世界中发现家
园，或在家园中发现世界"。② 只有让家园与世界在心灵中真正
对接、和谐共生，移居者才是真正的落地生根。

　　在新移民文学中，如《尘世》这样，通过婚姻爱情的抉择
来表达新移民落地生根的家园诠释的文本还有很多，比如纪虹的
《自由女神俱乐部》、老六的《丫头，你嫩嫩地嫁了吧》，等等，
至于通过自己的成功来表达对居住国的家园认同的更是多见，尤
其在自传和纪实类作品中，如新西兰刘维隽的《荒漠玫瑰》、乔
乔的《我在美国十八年》，等等。而查建英的《芝加哥重逢》，
对这种情感的表达简单而直白。

---

　　① 童明：《家园的跨民族译本：论"后"时代的飞散视角》，《中国比较文学》
2005 年第 3 期，第 163 页。
　　② 同上书，第 154 页。

《芝加哥重逢》是一个并不十分引人注目的短篇,但它对于留学生和新移民的家园认同与乡愁情感有着十分清晰的展现。主人公小边是个赴美两年的留学生,他在芝加哥接待自己来美国开会的大学同学小宁——他一直暗恋却没有勇气表白的梦中情人。临别前,当他鼓足勇气试图表白爱情时,却怅然得知,小宁已经准备结婚了。这是个情节、技巧都十分简单的短篇,与《丛林下的冰河》不可同日而语。我特别关注它,是因为在这个短篇中,查建英以非常直白的方式,表露了今日留学生、明日新移民这一群体对乡愁和家园的真实感受。小边在初见梦中情人小宁时,乡思涌动、沉湎往事,对自己因赴美学习而付出的代价——失去了单纯的心灵的满足与和谐以及是否还应该继续待下去等问题感到迷惘与失落。在得知小宁即将结婚时,他感情低落得像掉进了地狱,嫉妒、自嘲、愤怒、绝望、伤感等一切黑暗的情绪都在心中绞成一团。但第二天,他就恢复了理智。送别小宁后,他在感到孤独的同时,却清楚地知道"我没有真正的悔恨和胆怯……我失去的美丽的一切在世界的那一边沉着地存在。和谐与温暖,在岁月里更加成熟。而我,应该沿着自己的路,朝星星闪耀的地方走去"。① 同样在美留学的他的老同学林嘉丽,也与他有着相似的感受,林嘉丽对即将离开的南方小城依依不舍,视作"第二故乡",但她清楚地懂得"为了获得,必须失去"。从小边和林嘉丽的态度,我们不难推测,他们无疑是今日"留学",明日"学留"的一个群体。虽然他们不乏痛苦,两种文化的吸引力和离心力使他们感受到前所未有的压力和矛盾,但这痛苦是短暂的,有限的,他们更多的是庆幸自己的经历,是理智地选择自

① 查建英:《芝加哥重逢》,载《留美故事》,花山文艺出版社 2003 年版,第304 页。

己的道路。

从上述一些文本中,我们不难看到,对新移民群体而言,"家园"其实"既是实际的地缘所在,也可以是生命旅程的一站"。① 乡愁在他们的情感中并非没有,但却不像身居国内的人们所以为的那样丰沛、那样纯粹。丰沛的、纯粹的乡愁是对当下生活的一种拒绝。而乡愁在新移民群体的心中、在他们笔下却是一种有节制的伤怀,甚而只是一种短暂的"水土不服",他们更多的是朝向新世界的融入。他们超越了故土与异域的对立,对"家园"做出了全新的诠释。努力地谋求在居住地的永久居留权,就是这种诠释的直接呈现。

新移民群体谋求在到达地的最终居留,除了出于经济利益或政治因素等各种具体原因之外,还有"当代文化精神的原因,即作为观念出现的新华人对其世界处境的理解方式"。"是一个当代中国知识分子集团为自己的文化身份寻求定位的一种特殊形式"。他们这种文化理想的"形而上"追求,"可以暂时地表达为'世界主义',即一种抽象化了的超越'中国性'的局限寻求发展的意图"。而"'世界主义'的真正内涵,其实是'西方主义'"。钱超英教授将"西方主义"界定为"对西方的一种认识、想象或理解方式,它在性质上和赛义德的'东方主义'具有同构性,即出于自身确认的需要而对'他者'的建构,在这种建构中,异种文化或社会被不正确地或不完整地构想出来。但'西方主义'比之'东方主义',具有反向的效能,即它不是旨在对异种文化的'殖民',毋宁是对其

---

① 童明:《家园的跨民族译本:论"后"时代的飞散视角》,《中国比较文学》2005 年第 3 期,第 151 页。

魅化及趋同的理解。"①

正是这种魅化，使新移民群体在面对强势的西方文化时，不需太多的挣扎就能够坦然地服膺。于他们而言，"落叶归根"只是老一代移民的执著。因为老一代移民由于历史条件的限制和个体教育程度的限制，其生活半径主要局限于相对封闭的唐人街，这样的"一个源自中华文化传统的封闭自足性的特定社会结构，跨越着居住国的结构障碍和文化障碍，将中国传统奇迹般地凝结在异域土地上，但同时也坚定地对世界进程说着'不'"。②作为相对封闭性的族群，他们对居住国文化缺少深入的认知和主动的接纳，从而丧失了更多的文化选择的机会。认同记忆中的家园和祖国，几乎是他们唯一的选择。相反，新移民则由于知识背景的差异，具有更开阔的视野，更多的交流渠道，从而能够对自己的文化传统做出选择性的保存和发展。于是他们不再拘泥，他们把自己作为一粒种子，着落处便是根，便是家园。在新的家园中，他们可以更快捷地实现自己所追寻的精神价值。

这种观念其实不止存在于新移民中的精英阶层，即使是草根阶层，也作如是观。1980年移居美国，长期从事蓝领职业、生活于草根阶层的诗人刘荒田，虽然曾写过不少对故土文化表示认同和怀念的散文，但在他的"假洋鬼子"系列以及其他近期作品如《中年对海》中，我们看到更多的却是他对自己所生活的美国的认同和赞美。他认为自己这样的新移民，已经穿越了语言和文化的障碍，成为定居国家的理所当然的主人。他把自己生活的城市称作"继母般的城市"。显然，他所代表的草根阶层对于

① 钱超英:《"诗人"之"死"——一个时代的隐喻》，中国社会科学出版社2000年版，第49、52、53、54页。

② 黄万华:《"在旅行中""拒绝旅行"——华人新生代作家和新华侨华人作家的初步比较》，《中国比较文学》2003年第3期，第96页。

定居国的政治和文化认同与精英阶层并无二致,"继母"也是母亲,象征的当然是新的家园。高行健的"不是华人落在海外,而是华人落在世界",① 则从更高的层次上诠释了新一代华人移民落地生根的观念。

今天,科技的力量既然把地球已"缩小"为"村庄",世界的任何一个角落都可以在短时间内抵达,并且可以借助互联网在瞬息之间实现信息和感情的交流,那么,以距离的遥远、音讯的隔绝为基所产生出来的故土与异域之对立以及传统的乡愁情感都已失却其本来意义,而悄然发生着置换。

罗宾·科恩认为:"全球化提高了流散者实践的、经济的和情感方面的作用,显明他们是适应力特别强的社会组织形式。"② 因此,对全球化时代的飞散者来说,家园认同已不再与血缘、种族相联系,而是与经济利益、个人成功相勾连。因此,新移民群体才会费尽心机谋求在到达地的永久居留。"回家"不再是移民的终极目标,"留下"才是。传统的乡土、家园失去了对他们的情感牵拉力量,"他们的未来甚至决定于他们跟'历史'的告别"。③ 他们向着更加强势的文化毫不迟疑地俯下身去。他们以离弃过往的一切作为代价,决然地奔赴心目中的理想人生。高行健在台湾演讲时,曾坦率地说过:"我生活在法国,我就活在法国,我不活在记忆里。对作家来讲,活在记忆里对创作、对生活都是一种自杀。"④ 这种精神姿态

---

① 全球华人专业人士网络 www.networkchinese.com,高行健专栏。
② 转引自 [加] 戴安娜·布莱顿《后殖民主义的尾声:反思自主性、世界主义和流散》,《社会科学战线》2003 年第 5 期,第 184 页。
③ 黄万华:《"在旅行中""拒绝旅行"——华人新生代作家和新华侨华人作家的初步比较》,《中国比较文学》2003 年第 3 期,第 87 页。
④ 全球华人专业人士网络 www.networkchinese.com,高行健专栏。

或可代表新移民群体对新的家园努力融入,对于故土日渐远离的倾向。于他们而言,"从何处来"已不再重要,"在何处"才是重要的。

　　许多论者认为,新移民作家在非母语的国度中选择用母语写作,本身就是一种文化乡愁。诚然,我们不能回避,的确是有一部分作家把母语写作当作语言的原乡,作为纾解乡愁的途径。但我们同时也必须看到,在新移民作家的汉语文本中,弥漫着的却是西方价值观念主导下的伦理判断与命题,在每一个看似传统的中国故事、华人故事的背后,我们都能找到并不具中国传统的新的解释与论断。这说明,母语写作对新移民作家来讲,尽管有对"'母体文化'的依归",但这种'依归'并不是纯粹的'乡愁'表现,而是充分地渗透了西方对东方的文化想象和文化期待,这,也正是新一代'移民小说家'最鲜明的一个情感趋向特征"。①

二、永生漂流

　　就个体而言,移民的移民行为当然有着多种多样具体的动机。作为整个群体,追求一种更好的物质生活、实现一个执著的梦想,固然是大多数新移民去国离乡的目的。但也有为数不少的人,只是为了看世界、体验在路上的人生,或者是寻求一种摆脱某种精神制约的生活而选择移民。对于寻梦者来说,在梦想实现的地方落地生根是他们最自然的家园诠释。而看世界者,则赋予家园一种特别的意味。对他们来说,"任何一座城市,可以是

---

　　① 陈瑞琳:《冷静的忧伤——从严歌苓的创作看海外新移民文学的特质》,《华文文学》2003 年第 5 期,第 36 页。

家，也都最终不是家"。① 他们寻求的就是一种对陌生和新奇的体验，追求从一个外来者的视角认识世界的每一个角落。他们把人生视作一场浪漫的或自然的漂流过程：

> 人生就是一场漂流。从年轻到老，这是漂流的时态。无论在国内还是在国外，我们的生命一直在漂流。从一个地方到另一个地方，从一个职位到另一个职位，我们的内心和精神世界不断在更新，这种漂流乃是生命的本质。②

陈霆的《漂流北美》是这种理念的最好诠释。这是一部华人新移民的《在路上》。叙述者杨帆从身份上是个常规的华人移民——留学，然后留居。但她又不是个常规的移民，因为她没有通常的"美国梦"。她不勤勤恳恳地寻求体面、稳定的工作，不机关算尽地寻觅有钱、有绿卡的丈夫，也不筹划着攒钱买个大房子，然后养孩子、抱宠物。她心心念念要的是一场人生的漂流。她原以为自己最终是要回国的，所以应该先把美国看个够才不后悔，蝇营狗苟地谋划一个富足却平庸的人生不是她的理想。于是，她在硕士毕业后不久，带着不多的一点儿钱，开着借钱买的红色跑车，开始了独自在美国的漂流，没有明确目的地的漂流。只要是不一样的生活，不一样的地方，就能够吸引她的心灵，因为青春不能在稳定的工作、固定的住所和繁琐的生活细节中蹉跎掉，"总有些事，是必须在年轻时干的，否则老了就会后悔"。③

---

① 陈霆：《漂流北美》，人民文学出版社 1998 年版，第 144 页。
② 鲁鸣：《背道而驰》，中国社会出版社 2005 年版，第 23 页。
③ 陈霆：《漂流北美》，人民文学出版社 1998 年版，第 258 页。

　　杨帆先是从西到东，由洛杉矶出发，最后抵达纽约；然后又从东到西，从纽约出发，最后到达旧金山，两次驾车横穿美国。走走停停，随意安居。疯狂的赌城拉斯维加斯、壮丽的美国大峡谷、闻名遐迩的牛仔州得克萨斯、浪漫而放纵的新奥尔良、怀旧的亚特兰大、艺术而颓废的曼哈顿格林威治村、蛮荒野性的"坏地"和黄石公园，到处都留下了她的足迹，以及她的一次次浪漫爱情。长长的漂泊历程中，她越来越清楚地意识到，"最好的、最适合她的、最难忘的地方，就是在路上"。因为："在路上，你可以一无所有：一辆车，一点钱，一双眼睛，一颗坚强的心，足够了！生活，是那么地简单和浪漫！""生命的累赘越少越好。"于是，她知道，她再也回不去了，"一旦出来了，就再也回不去了"。故事的最后，她移民加拿大。但这里应该也不是她的最终驻足之处，因为她的人生"是一场永无止境的漂流"。①

　　杨帆的漂流者形象在新移民文学所塑造的众多华人移民形象中是与众不同的。她的漂流生涯为新移民文学的家园诠释主题提供了一个新的标本：永生漂流、处处为家。她是"为了活得精彩"，为成为"与其他人不一样的人"而离乡背井的，所以，她丝毫没有凄凉的飘零孤独之情，对海外华人的孤独感毫不认同："有什么可孤独的？如果你认为这个世界上只有中国人才可以交往，那么你来这儿干嘛？"在异国的土地上，她自信地宣称："这就是我的国家，我是一个世界公民。"她相信"在这些颜色、语言、口音各不相同的人里，一个人有太多的可能性"。② 为了

---

　　① 陈霆：《漂流北美》，人民文学出版社 1998 年版，第 8、194、289 页；扉页。

　　② 同上书，第 120 页。

尝试这些可能性,她热情地拥抱着异国的文化,异国的人。她的爱情既可以给予地道的白人,也可以给予纯粹的黑人,更迷恋混血的各色男性。她坦然地宣称:"我喜欢鬼子,喜欢黑人,对同性恋者也没有反感……生活在美国歌、美国歌星、美国文化现象中,我是那么自足。"这种热情、达观和开放,是与处处为家的漂流心态一脉相承的,不同于弱势者对于强势文化的那种盲目的崇拜与追随。因为她很明确地知道,"我属于中国人,又不属于中国人,在我眼里,大家都是一样的人"。① 在这种拥抱异域文化的热情中,散发着全球化时代华人飞散者的文化自信,彰显着他们开放的文化视野。

现在,更有许多华人新移民在获得了相对稳定的生活后,便频繁地回国,甚至大部分时间生活在国内,积极参与国内的各种社会活动,如著名作家严歌苓、虹影、卢新华、查建英等,还有一些作家、学者选择重返国内谋职,如诗人多多,学者朱大可等,皆如是。他们这种随时跨越地理与文化疆界的生活状态,在某种意义上也是在诠释一种处处为家、自由漂流的生活态度。随着中国日益融入全球化的经济大循环中,大量的华人移民都开始重返故土,谋求事业的发展。也有许多人,移民本来就只是为了多一重保障性的身份,事实上,其事业仍建基于本土。对这些人群来说,在两个国家间不断地往返更已经成为生活的常态,对他们来说,不存在什么"去国离家"的问题,移民只不过生活中多了一张证件,异域、故乡、乡愁云云是很少涌到心头的概念。作为"打飞的"的"太空人",他们对家园的定位、定义,无论如何也无法以传统的文化价值体系来标识。因此,永远的漂流,或许是全球化时代处处为家的飞

---

① 陈霆:《漂流北美》,人民文学出版社 1998 年版,第 95 页。

散者最合宜的家园诠释。

萨义德在《文化与帝国主义》中曾引用了 12 世纪的神秘主义者圣维克多的雨果在《解说》中的一段话来倡导超越边界的限制:

> 热爱自己祖国的人只是一个软弱的初学者;一个以他人的家园为家的人就有了力量;一个以世界为陌生之地的则是一个完美的人。一个软弱的人只把爱着眼于一个地方;坚强的人把自己的爱普济于世;完美的人则超脱于爱。①

华人新移民作为全球化时代的飞散者,正在努力超越民族的、国家的和文化的边界,他们在家园诠释上体现的态度,无论是落地生根,还是永生漂流,都是务实的、开放的,不拘泥于旧有的民族、种族与国家的观念。这其中既有新移民群体追求更加富裕、文明生活的具体渴望,也有全球化大背景下,飞散概念所发展出的日益丰富的内涵的显现。因此,在飞散视角下关注新移民文学的发展,对新移民文学研究的不断拓展具有相当的价值。

第二节 "文革"叙事:以新移民的视角

"文化大革命"结束已经 30 年有余了。作为我们民族历史中不可忽略的段落,它包蕴着太多的政治和文化内涵,理应是中

---

① [美]爱德华·W.萨义德:《文化与帝国主义》,李琨译,生活·读书·新知三联书店 2003 年版,第 477 页。

国文学表现的重要主题，因为文学始终都承担着对民族历史叙述的使命。而作为知识分子的"文化大革命"亲历者群体，更加有责任记录和反思这段重要的历史。20 世纪 80 年代，以"伤痕文学"和"反思文学"为主导，"文化大革命"曾经是当代中国文学中的最重要叙事主题。90 年代中后期，也曾出现过以中长篇为主的"文革"叙事的勃兴。进入 21 世纪，"文革"叙事在当代中国文学中虽然数量上明显减少，但叙事方式却更加丰富，从多个层次上表现了"文化大革命"。叙事方式的多样，对应着的是当代中国文学对于"文化大革命"历史的更深入、更理性的思考。

　　在华人新移民作家群体中，"文化大革命"也一直是一个重要的书写点。新移民作家中，相当多的人属于历经"文化大革命"的一代，这一中国历史上极为特殊的段落与他们的青春紧紧地纠结在一起，在他们身心上留下了深深的印痕，因此，对"文化大革命"这段刚刚过去的历史的不断审视、剖析成为他们写作中挖掘不尽的题材。章平的"红尘往事三部曲"——《红皮影》、《天阴石》和《桃源》；严歌苓的《白蛇》、《天浴》、《人寰》、《第九个寡妇》、《一个女人的史诗》及穗子系列；高行健的《一个人的圣经》；戴思杰的《巴尔扎克与小裁缝》、李南央的《我有这样一个母亲》、哈金的《等待》、陈谦的《特蕾莎的流氓犯》、喻智官的《福民公寓》、王小平的《红色童话》等都与"文化大革命"有关。尤其新移民作家的领军人物严歌苓，不仅整个 90 年代都在大量叙写"文化大革命"，而且直到今天，她的大部分作品仍然都涉及"文化大革命"，可以说，"文化大革命"是她多数作品的底色。

　　新移民作家的"文革"叙事与内地的同类文本，当然有其相似之处，因为面对的精神资源是同一的。但新移民作家的

"文革"叙事又绝不是内地同类文本的简单重复,它显然呈现着自己的独特立场和美学风格。应该说,新移民作家的"文革"叙事与内地的"文革"叙事构成了一种互补,共同构筑着中国文学中对于"文化大革命"历史的记录。

新移民作家,生活于两种甚至多种文化的交汇地带,异文化的感染,使他们在看取自己的民族历史时,获得了一定的心理距离。他们远离了地理上的故国故土,以及曾经的意识形态制约,也就相应地获得了一种新的言说立场。因此,他们的"文革"叙事与内地同类文本相比,通常更为大胆、直白,在内地作家们闪烁其词之处,他们往往一针见血。而新移民作家时有触及的一些领域,又是内地作家很少注目的。当然,新移民作家作为一个数量很大的群体,他们各自的"文革"叙事也是存在很大的差异性的。不同的人生阅历和个性,也赋予他们各自不同的言说方式。

许子东教授在他的《为了忘却的集体记忆——解读50篇文革小说》中,把"文化大革命"题材小说分为四个基本叙事类型,并认为每种叙事类型隐含不同的意义模式——

　　一、契合大众审美趣味与宣泄需求的"灾难故事":"少数坏人迫害好人";二、体现知识分子——干部"忧国情怀"的"历史反省":"坏事最终变成好事";三、先锋派小说对"文革"的"荒诞叙述":"很多好人合伙做坏事";四、"红卫兵—知青"视角的"文革记忆":"我也许错了,但决不忏悔。"[1]

---

　　① 许子东:《为了忘却的集体记忆——解读50篇文革小说》,生活·读书·新知三联书店2000年版,第167页。

应该说，这种区分虽不见得能涵盖所有"文革"叙事作品，但基本接近事实。以此为参照，我们可以发现，新移民作家的"文革"叙事，虽有部分作品在表面上看似可以置放于这个类型体系之中，但细究其里，却并非同一，更有很多作品与这几种叙事类型相去甚远。产生这些不同的最重要原因，应该说正是源自新移民作家所处的特殊区位，这种特殊区位赋予他们以特别的视角。

一、尖锐的怨怼与模式化的指控

"文化大革命"结束后，几乎所有的幸存者都把自己当作了受害者。曾经在"文化大革命"中遭受重大伤害的人，当然更具有强烈的控诉愿望，这正是当初"伤痕文学"繁盛的重要原因。出于同样的原因，在新移民作家中，也有相当多的作品是控诉型的，尤其是一些在内地引起非议的作品，如张戎的《鸿》、闵安琪的《红杜鹃》、高行健的《一个人的圣经》、李南央的《我有这样一个母亲》等。这些控诉作品，一方面与内地同类文本具有一种同样的激情和怨愤，但另一方面，它们的怨愤指向其实与内地作品区别很大。由于脱离了曾经的精神制约，新移民作家的表达往往比较大胆、直接、深入，他们很少简单地把灾难和悲剧归结为"少数坏人迫害好人"，或是"很多好人合伙做坏事"，而是径直把怨愤指向更形而上的层次，政治制度、意识形态、民族特性，等等。

高行健的《一个人的圣经》，叙事方式比较独特，叙述者把主人公分拆为"你"和"他"，"你"是活在现在的"他"，"他"是埋藏在记忆里的"你"。整个文本以过去的"他"和现在的"你"的两重生活、以两条叙述线索展开："你"作为一个戏剧家,在世界各地穿行,从法国到中国香港、澳洲、美国等,与各种女子邂逅,在与她们的相处中,不断记起"他"的生活,"他"从童年至"文化大革命"前后的经历。独特的叙事方式,使得文本中几乎不存在一以贯之的丰满情节和人物,整个文本中充斥的只有"你"和"他"的慨叹,慨叹的中心就是对自由的渴望,对极权的恐惧。尽管叙述者声称"你"要与"他"保持距离,"你"是没有主义的旁观者,活在社会边缘,只对"他"进行冷眼的观察和谛听,并不返回"他"的心境,不去体味"他"的感受。但在对"他"的生活进行叙述时,"你"的怨愤还是难以完全抑制的,"你应该把你的经历诉诸文字,留下你生命的痕迹,也就如同射出的精液,亵渎这个世界岂不也给你带来快感?它压迫了你,你如此回报,再公平不过"。① 由于叙述者的大段的议论,所慨叹的都是政治对生活的压制,因此叙述者声称的旁观其实仅仅是一种表象,整个文本呈现的是一个受伤者的亲历视角,宣泄的是受伤者的怨怼。"他"只不过是"我"的一种替代。这种怨怼的指向非常明确,那就是极权。

与《一个人的圣经》相比,李南央的《我有这样一个母亲》在叙事上相当平淡,是完全纪实的"口述历史",应该说是属于第一章中提及的具有"非文学倾向"的作品。但这部作品在国外发表时,反响很大,因为作者的父亲李锐曾是级别很高的中国共产党干部,作品涉及了一些高层人物。在内地发表后,也在读者中引发激烈的争论,除了内容的敏感,还有相当多的人认为作者如此表现自己的母亲,有违中国文化的伦理孝道。这部纪实作品在表层上似乎并没有多少"上纲上线"的指

---

① 高行健:《一个人的圣经》,敦煌文艺出版社 2001 年版,第 128 页。

控,主要是在控诉自己不太正常的母亲,描述她在"文化大革命"前后如何以自己乖张的个性伤害了所有的亲人。然而,透过细节的描述,我们看到,造成母亲变态乖张的深层原因,却不仅仅是性格、心理因素,更重要的是长期极"左"思想的浸染,以及革命女性在革命队伍中遭受到的诸如权力分配、婚姻选择等方面的不公正待遇。这些问题是以往反映革命和表现"文化大革命"的作品中极少明确表现的,因此震撼力格外强烈。我们不能不说,作者身处的区位,为她的大胆和深入提供了可能。遗憾的是,作为一种回忆,作者情绪激烈的宣泄式叙述,过多地集中于事实的陈述,而较少做深层的剖析。虽然如此,我们仍可以透过惊人的细节、激烈的语言,感受到许多作者自己也许并没有完全意识到的问题。王若水的《左倾心理病》一文(载《书屋》2001 年第 6 期),从"左倾"思想对人的心理的扭曲和异化解读了这部作品。崔卫平的《革命队伍中女性的不幸》(收入李南央的《我有这样一个母亲》,上海文艺出版社 2002 年 4 月第 1 版)一文,则从革命年代女性的地位与权力的角度解读出这部作品的不寻常所在。

新移民作家身处的特殊区位,为他们脱却了种种的束缚,可以从特别的视角透视"文化大革命",道内地作家所不能道,其控诉大胆而尖锐。但同时,我们也不能回避,由于身处西方,他们已经习惯于从西方的角度解读中国政治。因此,在他们的"文革"叙事中,也无法避免某种扭曲。就《一个人的圣经》来说,尽管作者和作者文本中的叙述者都反复强调自己没有主义,没有祖国,没有乡愁,但文本中对专制和极权的一再谴责和控诉,依然隐约地呈现出某种"主义"的样态,在这种"主义"的映照下,甚至不乏一些并不合乎现实的臆断。这些臆断显示出"你"或者说高行健对中国的印象与认识一直停留在过去的时

代。暨南大学的姚新勇老师把这种隐约存在的"主义",称为
"一种新的'翻身道情'的结构幽灵。一种西方的意识形态结
构:社会主义是黑暗的渊薮,西方世界是自由的乐土"。[①] 虽然
尖刻,但不无道理。

如果说,"文革"叙事作品在内地曾经呈现出公式化的面
目,那么,在新移民作家的一些文本中,也显然存在着一种新的
公式化。这种公式化无疑是单纯从西方视角来解读中国的政治、
历史和文化,解读"文化大革命",其中不无一些刻意迎合西方
的东西。在哈金、张戎、闵安琪、戴思杰等人的作品中,都可见
到一些脱离时空背景的明显符号化的细节。比如《巴尔扎克与
小裁缝》中,对山区老磨工的极端无知和极端贫困的描写。在
村长、村民们可以熟练地将"资产阶级"、"马克思"、"斯大
林"这样的词汇挂在嘴边的 1973 年,只有老磨工不知道北京是
什么地方。看守着磨房的老磨工居然只能以盐水泡石子来下酒。
这样的细节彼此矛盾,不乏夸张。这些与哈金在《等待》中刻
意突出的淑玉的小脚等细节一样,都从里至外地泛着某种迎合的
气息。

二、情感的疏离与冷静的追索

作为"文化大革命"的亲历者,严歌苓叙述了大量的"文
化大革命"故事。她早期在国内发表的《绿血》、《一个女兵的
悄悄话》和《雌性的草地》都是"文革"叙事,其中,前两部
作品都取自自己部队文艺兵的经历,因此,与当时国内大量的类
似文本一样,以亲历者视角,抒发着对于"文化大革命"经历

---

① 姚新勇:《艺术的高蹈与政治的滞累》,《海南师范学院学报》2004 年第 1
期,第 28 页。

的感慨,有隐晦的嘲讽、有不由自主的抒情。出国后,她继续在叙写着"文化大革命"故事,但叙事的视角发生了变化。地理的距离似乎使她从情感沉浸中超脱出来,这种情感上的适度疏离使她的叙述更多的是取一种冷静的旁观者视角。她的叙述绝少哭天抢地的控诉,也很少刻意去展示其残酷性,没有繁管急弦,只清清淡淡地道来。她将各种故事都只作为表层,作为框架,去探求在我们习见的人与事背后,在人性最深处到底蕴藏着多少我们并没有清楚地意识到的复杂莫测的、阴冷的、黑暗的、残忍的东西。她在呈现这些东西时,常常不动声色,静静地描摹,小心地不让自己的价值判断流露其间,在最为伤痛处戛然而止,就让那份伤痛无声地晾在人们眼前,由着人们自己去回味,去思索。

她的穗子系列(包括《白蝶标本》、《老人鱼》、《拖鞋大队》、《灰舞鞋》等),以女孩穗子的视角展开叙述,从她的幼年一直延续到少女时代。透过穗子的眼睛,我们看到了那个动荡的年代在孩子心头投射下的阴影,孩子的纯真善良与成人的虚伪世故、与整个社会群体的麻木和残忍形成一种有力的对峙。《白蝶标本》是这一系列中最让人震撼的。饱受摧残的名伶朱依锦自杀未果,赤裸的身体插满管子,躺在医院的走廊上,没有一个成人对她抱以丝毫的同情和怜惜,护士视她为一棵没有知觉的大白菜,许多心底阴暗的人来窥探她的身体。只有八岁的女孩穗子为她要来一床棉被遮羞蔽体,日夜守护她。年幼的穗子以个人的单薄之力在庞大的成人群体前守护人类最后的善良。穗子没有任何控诉的平静叙述,却让人无法不为之动容。

严歌苓的另一部名作,曾多次获奖的《天浴》,讲述了一个在草原上插队的成都女知青文秀的故事。严歌苓没有浓墨重彩地渲染故事的残酷,读者绝不至于涕泪横流。但读毕掩卷,却会由心的深处慢慢地升起一股凉气,凉到彻骨。在知青返城的浪潮中，没有靠山、没有门路的文秀为了能够离开草原，返回家乡成都，只能以身体去换取当权者给她批文件、盖图章，她付出女人最珍视的东西来交换的，只是本来就应当属于自己的回家的权利。男人们川流不息地来到文秀的帐篷，以他们真假莫辨的权力来无耻地索取，却最终没有给予她任何实质性的好处。唯一心疼她的只有那个面相凶恶的、丧失了男人资本的、被文秀视若牲口的藏族男人老金，他以共同赴死将文秀从肮脏和苦难中解救出来，也使自己超脱了生理的"不齐全"，达至人生的完美。严歌苓说："我创造了老金这位藏人来见证一场浩大牺牲的细部，因而使故事产生了可救赎的价值，可以让我忍受它的黑暗与残酷。"严歌苓在她的作品中多次塑造了藏民的形象，除了老金，还有《倒淌河》中的阿尕，《雌性的草地》中的柯丹芝玛、《卖红苹果的盲女子》中的盲女等。在她看来，藏民是身处政治社会之外的，有着天真的目光、单纯的心灵、耿直的个性和善良的心地，她以这些品质来对照身处政治社会之中的某些汉人的狡诈、伪善、卑劣和恶毒。她在这些藏族牧人的身上寄托着人性救赎的希望。《天浴》中那些在暗夜里出现的无耻男人，在白天未必就没有一副好面孔，也许是慈爱的父亲，也许是友好的同事、邻里，是最普通的人，未必大奸大恶。正是这样，才更让人心惊，更让人"有一种幻灭感——对于理想和情感的双重幻灭"。严歌苓展现这个悲剧的目的就是要让我们看到在人性深处隐藏着多少不为人知的黑暗和无耻，在堂皇的冠冕下，"人性可以退化到什么程度"。①

一件单独的罪恶是容易被制止的，但一个能不断激发出人性之恶的社会环境和民族文化却是不容易改良的。"文化大革

---

① 严歌苓:《严歌苓自选集》，山东文艺出版社 2006 年版，第 238 页。

命"中，国人在特殊情境下对罪恶的集体无意识的冷漠麻木，以及与罪恶同谋的欣快，是触目惊心的。在某种程度上，正是我们文化中的某些负面因素强化、扩大了"文化大革命"的灾难。反思"文化大革命"，仅仅停留在控诉某个人、某些人的错误与罪恶是远远不够的，而应当将刀子插得更深，剖出导致这一可怖时代出现的人性本身的、民族文化本身的质素。也许正是基于此，严歌苓的"文化大革命"叙述，绝少把解剖刀指向政治本身，而只是将其作为一种背景，她用力更深的是对人性与文化的追索。新移民作家，在远离故土的地方生存发展，在不断浸染异民族文化或者说是居住国文化的同时，才更清楚地意识到本民族文化的优势与劣势，更深刻地探察到人性与文化间的相关关系。

三、独特的视角与另类的关注

大量的"文化大革命"叙述文本包含了多种叙事追求。苏炜的《迷谷》和《米调》就是"文革"叙事中视角比较独特的一类，这两部作品虽然是以"文化大革命"作为叙事的大背景，但其叙事的着重点却不是对"文化大革命"本身的记录和追究，而是关注在"文化大革命"这个大背景下的一些亚文化形态，通过发生在远离尘世文明的深山、戈壁之中的几乎是超越现实的奇幻故事，来探究人的可能性，探究在远离现代文明的地方，道德、伦理的价值坐标是如何呈现的，探究在漫长的岁月风尘中，理想的荒诞和幻灭，以及在没有理想的时代坚持一种理想的意义和价值。

《米调》是一个关于寻找的故事，既是男主人公米调和女主人公廖冰虹的互相寻找，也是米调对"古代凶巴国"的寻找。米调曾是"文化大革命"中的红卫兵领袖，被称为"东方未来的格瓦拉"。为了坚持他的"革命理想",米调先后到过闽西山区、缅甸丛林,为各种主义和偶像而追逐、打斗,到处流浪。当他厌倦这一切,准备重返中国时,却为同伴所害,幸被一个佛门长老温玛所救。在温玛长老那里,他听到了关于被湮没的古代丝绸之路上的古凶巴国的片断历史。长老赐给他的新名字"索罗卡拉"就是古代凶族文字的遗留,本意为"祭牲",可以引申为"神明"、"根性"、"见证"、"祈愿"。从此,他决定去追索古凶巴国的历史。他与被遗弃的藏族姑娘潘朵和汉族孩子黑皮,组成了一个伦理规则奇异,但却非常和谐的流浪家庭,在大西北沙漠中苦苦地追索这段湮没的史迹。同时,他也在不停地寻找他当年的恋人廖冰虹。而廖冰虹也在20多年里,为了自己也说不清的原因数次深入西北,寻找米调。叙述者"麦克"作为赴敦煌旅游的掉队游客,在无意间充当了米调和廖冰虹的"联络人",由于他和米、廖双方的分别偶遇,终于使他们长达30年的相互寻找有了一个称得上完满的结果。

其实,米调和廖冰虹的相互寻找,并非是出于单纯的爱情,在30年的时间里,两个人的生活都经历了翻天覆地的变化,过去的爱情已然在岁月的风尘里风化、剥蚀。甚至,他们曾有过一次对面相逢的机会,却由于一时没有勇气面对过去而没有相认。他们说不出自己为什么天南地北地相互寻找对方,他们只是在不停地延续着这个"找"的过程。似乎,这个"找"本身就是他们的目的。也许,"找"的过程是他们的一种坚持。他们都曾是对"革命理想"顽强坚持的人,当曾经的"革命理想"破灭后,他们沉浮在平庸生活的河流里,迷茫而孤独。他们的相互寻找,其实就是慰藉自己孤独的心灵,为自己孤独的心灵寻找同行者。米调还另有一份坚持,他明知道在当下的时代,没有人相信他关于古凶巴国的研究,但他仍不放弃对这段湮没历史的探究。在追寻历史的过程中,在黄沙大漠的荒绝背景上,他思索出了关于时间的哲学。他认为对时间的狭隘功利的理解,是万恶之源。人类犯下的所有错误,都是为了在有限的时间轴线上,变出尽可能多的利益花样。于是,在贪欲、名位、阶级、为私欲而造设的圣言等重压下,人失却了人的根性。因此,米调对古凶巴国历史的寻找,并不是要一种别人的承认,而只是要做一个面对另一种时间尺度的"索罗卡拉"。也正如温玛长老所说的,一个人一生,能追索清楚一件事的根源,生命就已经是大圆满了。

米调的追寻是一种坚持,是在没有理想的时代对理想的顽固坚持。正是这种坚持,使他虽然混迹于底层、生活窘迫,但精神上却始终与底层生活的庸常保持着一种距离,正如他可以跟任何贩夫走卒相交融洽,但从不向任何人道出个人来历一样。米调,是特立独行的,米调的存在,是在物质主义时代对理想主义的诠释。

《迷谷》被称为"文革"小说中的《边城》,故事富于传奇性,甚至有一定的奇幻色彩。它在远离现代文明的热带雨林里,铺展出一个插队海南岛的知青路北平与当地的一个隐居深山的、结构奇特的流散户家庭之间的情感纠葛故事。路北平由于偶然捡到了一片小红纸折,而被迫成为队长家的"鬼女婿"。尴尬沮丧之下,他讨下了进山放牛的闲差,一个人驻扎到了蛇云缭绕的神秘的巴灶山。在这远离尘世的大野莽林中,在恐惧和孤寂中,他邂逅了一个由一个女人阿佩和三个男人八哥、阿木、阿秋以及三个孩子组成的奇异的流散户家庭。支撑这个家庭日常运转的伦理规则,完全不同于人们熟知的现代文明社会中主流的、常规的人伦规范,仿佛是处在母系社会。阿佩作为这个家庭的中心,与八哥、阿木保持着同等距离的性爱关系,三个孩子也都分属不同的父亲。这种在路北平看来匪夷所思

的、荒唐的、有悖伦常的家庭关系，在这个流散户家庭中却是
十分自然和谐。阿佩以她野性的率真、善良的包容、丰沛的情
感，特别是不受男性权力支配的自由意志，把几个生活艰辛的
流散人拢成一个温馨的家庭。以至路北平最终也成为阿佩的男
人，成为这个流散户的编外一员。唯一不属于阿佩的男人是阿
秋，这个出身书香门第、痴迷于紫檀木的忧郁青年，崇敬男人
之间的真纯情感，因而深深爱上了路北平，并最终为了这份同
性感情而出走，不知所终。

在这神秘蛮荒的深山中，在以性命搏生存的流散人的价值体
系中，情情爱爱、生生养养都是自然的、健康的，不需忌讳的。
他们只忌讳死亡，格外敬畏大自然中的神灵，所以，他们带着虔
诚面对大山中的生灵，绝不滥杀和破坏自然的一切。他们赤裸相
对、赤裸向天地，谓之"晒命"。这种山中世界的异样，却自有
一种质朴健康，反衬出山外世界在种种文明规则遮掩下的扭曲、
变态。作者所勾画的以路北平所代表的现代文明与阿佩的流散家
庭所象征的原始、自然的生活样态之间的对峙、融合，引导读者
去反思人与自然、情感与规则、美好与丑陋之间的界限，这是一
种最深层、最恒久的追问。

苏炜的"文革"叙事没有更多关注"文化大革命"本身，
却把目光投向"文化大革命"大背景下的亚文化形态，试图在
这些迥异于当时主流文化、被忽视的群体中寻找一种精神支撑。
这样的文本不仅记录了"文化大革命"历史的片断，更重要的
是它在当下这样的物质主义、实用主义的时代，为困境中的现代
人找到一个思想的探入点，让人们在所谓科技进步、知识进步的
虚荣浮泛之下反思自己的文明结构，反思人性的异变，对人本应
具有的纯洁情感、理想追索产生美的感应。这样的思考是源于生
命的感悟，超越现实的奇幻想象富于浪漫的激情，是远离任何潮

流和时俗的，也就更有它独特的价值。

王小平的《红色童话》则更是一部充分体现移民视角的作品，是把新移民文学中常见的两大主题——"文革"叙事与文化冲突结合在一起的作品。她把几个"文化大革命"中的中小学生放到当时的美国普通人的生活里，由此产生了非常强烈的喜剧效果。

1972 年，随着尼克松的访华，中美关系开始步入正常化。当年 6 月，哈佛大学教授、东亚研究中心主任费正清重访中国。他建议中国政府应该派出一部分人到美国学习，建议被周恩来总理采纳。于是，1973 年，中国就悄悄开始了公派留学的活动。当今的文化和娱乐界名人洪晃，当年仅有 12 岁，是北京外语学院附中的学生。她和其他 27 名学生一起被派往美国学习英语，成为新中国成立后最早赴美留学的学生之一。《红色童话》就是以这段历史为基础创作的。作品中的苏五月，隐约有洪晃的影子。

苏五月是个脑袋里花活特别多的孩子，个性很强，由于父母离异，难免承受周遭的非议。于是，她愈加特立独行，以骇人听闻的撒野报复大人们的舌头。出于跟同学林朵朵竞争的目的，苏五月这个外交部的子弟终于在妈妈的努力下得以进到外语学院附属学校就读，并以优异的表现而在中美建交后被选中作为小留学生赴美学习。与她同行的是同学兼对手林朵朵和九岁的男孩赵杰凯。于是，三个满脑子"文化大革命"思维的孩子，怀着少年的好奇心与"反帝反修"的警惕性，在纽约开始了啼笑皆非的留学生活。美国同学的休闲衣着被她们视为贫困，同学间的恶作剧被他们上升到政治斗争的高度。同学蒂娜的生日聚会邀请，也被他们的监护人、中国驻联合国代表处的郝阿姨解读为政治寓意丰富的外交事件。特别是当他们被分别送到不同的美国家庭中生活时，文化的冲突愈演愈烈，给双方都带来很多的困惑。在欢乐与苦恼的交织中，三个孩子逐渐适应美国的生活、理解美国的文化，身体与精神同步地成长着。

从孩子的视角展开"文革"叙事，当然并不少见，前述的严歌苓的《白蝶标本》、章平的《天阴石》等都是。而从孩子的视角展开东西方文化冲突的作品则不多见。《红色童话》以苏五月和林朵朵两个十二三岁女孩的视角，展开封闭的红色中国与"美帝国主义"之间从政治意识到生活细节的交锋，在充满着荒诞意味的喜剧中，又不乏一丝悲凉。两个在"文化大革命"中成长的孩子，其被灌输的与年龄不相称的政治警觉，在讲求个人主义的自由、民主的美国面前，被冲撞得七零八落。这种发生在孩子身上的冲突，其实也可以说隐喻着改革开放之初，刚刚走出"文化大革命"迷障的中国在对外交往中从生硬到灵活的转变。因此，《红色童话》可以说是一种特殊的"文革"叙事作品，是没有控诉和批判的另类表达，对于丰富当代汉语文学，以及华人文学的"文革"叙事，具有特别的价值。

"文化大革命"之于中国，如同第二次世界大战之于欧洲，虽然只是对一两代人造成了肉体的侵害，却给好几代人、给整个民族、给民族文化造成了巨大的精神创痛，它使我们的信念、信仰在深层次上发生了颠覆，这种颠覆会在民族的发展历史上投下深长的阴影。因此，在多个层面、多种角度反思"文化大革命"、叙述"文化大革命"，无疑将是汉语文学、华人文学中一个主要的题材源泉，一个文学的富矿。目前在这方面所取得的文学成就，还只是一个开始，而且很多都是浅层次的，尚有许多值得开掘的东西。这样惨痛的历史段落，是需要一再抒写的。

"回顾过去是解释现在的最常见的策略。"① 当一场浩劫过后，创伤是深重的，单就个体而言，也许尽快地忘却过去的残酷，摆脱历史中的自我，甚至使历史中的自我更加合理化，是最好的复原方式。但对一个民族而言，却不能如此急于忘却，急于自我合理化。将过去的悲剧人为地升华，使悲剧变成一种"悲壮"，是自我的欺骗，这种欺骗无助于理解过去和今天，更无法阻止悲剧的再度发生。民族的悲剧是群体性的，当然也需要群体共同承担过去的创伤性记忆。有担当的民族才是有希望的民族。作为个体，能够真诚勇敢地面对过去，记录过去，为今天和未来留下多样化的历史文本，具有不可替代的价值。特别是，当今时代正弥漫着一种浅薄的乐观和只注重当下的享乐主义，大众只关心今天和今后的技术发展可以给他们的物质生活带来多少舒适，给浅薄的精神带来多少刺激性的娱乐。这场刚刚过去不久的民族悲剧对他们仿佛没有任何意义。这是一种可怕的现实。正如诺贝尔文学奖获得者、波兰裔美籍诗人切斯瓦夫·米沃什在他的受奖演说中所说："我们这个由于大众传播媒体不断急遽增加而变得一年小似一年的星球，正在经历着一项无法界定的过程——这个过程的特点乃是不肯记忆。""今天，我们的时代充斥着关于过去的种种杜撰——种种违背常识、违背基本善恶观的杜撰……人既然可能丧心病狂到这样的地步，那么永久丧失记忆又怎么会是不可能的呢？"② 在这样的时代，不断回溯这些记忆的源头，就更加具有深邃的意义。而且，对于相同的岁月，每一个人的记忆都不尽相同；同时，记忆也往往是有选择性的，随着时间的流

---

①　［美］爱德华·W. 萨义德：《文化与帝国主义》，李琨译，生活·读书·新知三联书店 2003 年版，第 1 页。

②　夏榆：《奥斯威辛幸存者的写作》，《南方周末》，2006 年 7 月 6 日。

逝,那些岁月的痕迹在记忆中将会不知不觉地发生变化。因此,及时地记录下这些值得珍视的、多样性的记忆,是有价值的,这种价值将超越历史文本中那唯一的"真实记录"。每记录下一段独特的记忆,后人对那段历史便多一份特别的理解,而不至于在岁月更迭之后,所有人只能仰仗于唯一的公众记忆和权力筛选后的历史文本。

固然,每一个人都是身处一个局部,单一的局部叙述难免偏颇,但正因此,才需要更多的局部,只有足够多的局部存在,才能组成尽可能真实的整体。而"历史如果不能讲成精彩的叙述,历史就会消失"。① 小说正是以自己的方式展现世界面目的精彩叙述。"小说夹处各种历史大叙述的缝隙,铭刻历史不该遗忘的与原该记得的,琐屑的与尘俗的。"② 因此,对于新移民作家之钟情"文革"叙事,我们不应当仅仅看到题材的重复和数量的堆积,还应当从深远处看到其价值所在。

第三节 文化认同:民族主义与东方主义

"identity",既可译为身份,又可译为认同,台港学术界又常常译为属性。这一术语来源于哲学中的同一律逻辑公式,涉及同一事物在变化中的同态和差别中的同一。20 世纪 50 年代美国新弗洛伊德学派的心理学家埃里克森教授将其引入心理学。他在《童年与社会》一书中使用了这一术语,用于说明人在一生中的

---

① 赵毅衡:《日军集中营——历史与小说》,《万象》第八卷第九期,第 120 页。

② 王德威:《想像中国的方法——历史·小说·叙事》,生活·读书·新知三联书店 1998 年版,序言。

一系列人格发展的关键时期,如童年的自我意识产生期、青春期、退休期等产生的心理上的"认同危机",特别是在青春期最为明显。自 20 世纪 60 年代后,这一术语在欧美学术界得到广泛的使用,并在 20 世纪 90 年代后传入我国学术界。我国人类学家张海洋在《中国的多元文化与中国人的认同》一书中将认同定义为:"认同是个人或社会根据互动对象确定我/他关系的过程。它是个人或社会根据自性标准识别自身与外界特点的态度和行为。"①

文化身份或文化认同(cultural identity),是认同概念的扩展使用,它是指人在文化上的归属感,是对一个文化基本价值取向的态度。文化身份或曰文化认同涉及角色定位、自我的认同和他人的承认等几个方面。某一族群的文化身份与其民族身份有关,但又不完全由其民族身份所决定,而是包括族群认同、价值认同和思想认同等几个方面。英国文化研究学者斯图亚特·霍尔说,文化身份"属于过去也属于未来。它不是已经存在的超越时间、地点、历史与文化的东西。文化身份是有源头、有历史的。但是,与一切有历史的事物一样,它们也经历了不断的变化。它们绝不是永恒固定在某一本质化的过去,而是屈从于历史、文化与权力的不断'嬉戏'"。② 身份确认是个体内在的行为要求,一般而言,居于主流地位的、强势的团体及其个体在文化认同问题、文化身份确认问题上是不存在困惑的,因为他们生活在稳定、自足的民族和家园中,他们的身份是有着安全、可靠的保障的,所以不必怀疑和质问自己的文化身份。只有居于弱势地位的团体及

---

① 张海洋:《中国的多元文化与中国人的认同》,民族出版社 2006 年版,第 249 页。

② [英] 斯图亚特·霍尔:《文化身份与族裔散居》,罗纲、刘象愚主编:《文化研究读本》,中国社会科学出版社 2000 年版,第 209 页。

其个体才会面临这一问题,特别是那些游离于两种文化和两个民族、国家之间的群体,更加会时常对自己的文化身份进行求证。因为,他们在自己所生活的环境中常常处于失声的境况,没有在适当的位置发出自己声音的权利。所以,这些群体要确认自己的文化身份,首先就是要取得发言权,发出自己的声音,而建构叙事文本是达到这一目的的一种卓有成效的手段。

"华人移民到美国,生命的风景自然发生了变化。最大的变化,恐怕就是美国文化对其的影响,或多或少地美国化了,同时骨子里的中国文化的血液仍旧滚动着。很多人在出国前要比一般的中国老百姓对美国了解得多。可是到了美国后,他们发现在风景之外与进入其内是很不一样的。同时,尽管他们的生活会改变,但很多中国传统文化习惯和过去的刺激痕迹留在其意识里或潜意识里了,哪怕他们自己并不察觉。"[1] 诗人、作家鲁鸣的这番话真切地道出了新移民在文化认同上的变化。"人们都依赖于某种文化而生,却又恐惧沉溺于某种文化而变得平庸。此时,需要另一种文化的搀扶、冲击,而这种搀扶、冲击,恰恰来自于他族文化中跟本民族文化有着本质差异或很大差别的部分。"[2] 所以,移民离开故土家园,尽管有着各自不同的原因,但当他们置身新的家园时,生存与发展的迫切使他们都需要另一种文化的搀扶,他们必须让自己尽力融入所在国的主流文化之中。然而,移民对故国文化都有抹杀不了的集体无意识式的记忆,这种民族文化记忆与新的异质文化时常处于矛盾和冲突之中,这种冲突往往就体现于对文化身份的认同上。"在某一个时候,文化积极地与

① 鲁鸣:《背道而驰》,中国社会出版社 2005 年版,前言。
② 黄万华:《"在旅行中""拒绝旅行"——华人新生代作家与新华侨华人的初步比较》,《中国比较文学》2003 年第 3 期,第 99 页。

民族或国家联系在一起，从而有了'我们'和'他们'的区别，而且时常带有一定程度的排外主义。文化这时就成为身份的来源，而且火药味十足。"① 因此，在双重文化的中间地带，如何重建自己的文化身份，是移民无法回避、不断追问自己的问题。是固守故土文化，在新的家园中满怀惆怅，还是毫不迟疑地放弃故土文化，彻底被新的文化所同化，抑或是在冲突中不断趋向交融，最终形成新的更加适应时代与环境的"混杂化"文化身份？新移民作家群体以他们的文本为我们展示了多种不同的文化选择。

一、文化认同与文化民族主义

苏立群是 1984 年移民英国的作家，移民前系全总文工团编剧，目前任教于伦敦大学亚非学院，多年来一直致力于文学创作，其 2003 年推出的《混血亚当》是一部关乎环境、伦理和文化的长篇小说。亚当是个中英混血儿，他的父亲庄森·贝克是个患有不孕症的英国富翁，后来听从伦敦大学东方学院的华裔学者范德的建议，与夫人爱玛同赴中国南部的"灵智峡谷"，求助中国隐士、草药专家微子。微子利用草药灵芝和"道经"气功治愈了庄森，庄森在当地少数民族礼礼族的节日"女儿节"上，与礼礼族的五胞胎姐妹金娘、木娘、水娘、火娘、土娘相恋，后水娘怀孕，诞下混血儿亚当·贝克。而爱玛的乳腺癌也在回英国后奇迹般地痊愈并怀孕，在庄森意外丧生后生下遗腹子汤姆·贝克。亚当天资过人，出生 10 天就能够模仿声音，会叫爸爸和妈妈。他被带回英国，成长为一个俊美、健壮、迷人的天才青年，

---

① ［美］爱德华·W. 萨义德：《文化与帝国主义》，李琨译，生活·读书·新知三联书店 2003 年版，第 4 页。

但却傲慢、自私、冷漠。他在美国上完了大学，却因非法侵入五角大楼的电子系统而上了黑名单，无处就业。爱玛眼看亚当前途堪忧，终于揭破其身世，让他回到中国的"灵智峡谷"寻找生母并受教于微子。亚当在"灵智峡谷"发现了灵芝孢子的神奇药效，不顾微子的反对，游说当地官员批下项目，大肆砍伐森林进行灵芝的人工种植，使得当地自然环境遭到极大破坏。在受到礼礼族村民的抵制后，亚当为了利益，卷入毒品走私，事败逃亡时为了活命而绑架母亲与姨娘，甚至不惜侮辱母亲，终于在大地震中毁灭了自己。而汤姆却在微子的教育下，领悟了"微子进化论"和中国文化的精髓，找到了真正的爱情和正确的人生之路。

苏立群写作这样一部半幻想、半写实的作品，其文化思考的用意十分清楚。他在书的跋中明确地说明，这本书渗透着他在西方生活 20 年且思索、比较中国与西方两种文明制度的体会。他认为西方文明先天不足，其思想的两大分支——哲学与宗教都是跛足的，哲学只是经院之说，与大众心灵无关；宗教则只满足大众心灵、却愚昧大众头脑。更为危险的是科学技术的高度发展，已形成了"科技信仰"的新宗教，在很大程度上取代了本已跛足的哲学与宗教这两大思想分支。西方所推崇的民主体制下的个人主义似乎已发展到病态的极端，社会公德沉沦不振，西方文明的"不知耻性"日趋显现，有竞争而无人性，有知识而无良知，只有制度而没有人。相对于西方文明的状况，他认为中华文明却拥有既能满足头脑又可以满足心灵的孔仲尼主义，即孔子的德才并育、德先于才的"知行论"。他认为这种古老而独特的"知"、"行"并重的理论将对解决整个世界目前面临的问题提供有效的方法。

苏立群在《混血亚当》中借微子和范德之口，对他的这番用意做了相当多的明确阐释,尤其是小说的结尾处,作者以整整一节的内容对"微子分割"、"微子进化论"、易经、孔子的"仁"学等做出了详尽的阐述,其弘扬中华文化、批判西方文明的意图十分清楚。混血天才亚当的身上,集中体现着"优胜劣汰"等西方文明的种种理念,他的最终毁灭,寓意西方文明的理念不可能使西方得到救赎,而汤姆的醒悟自然是寓意中华传统文化对西方的拯救。显然,作者在移民多年后,对异质文化的丰富体验并没有使其对居住国文化产生归属感,反而是在多年的思索后,彻底回归了故国的传统文化,视其为济世良方。

作为成年后离开故乡的新移民,民族文化已经渗透到血液之中,是不容易剥离的东西,因此,相当多的人即使终生不再返回故乡,也泯灭不了对故土文化、民族文化的认同,尤其是像华人这样的背负着几千年古老深厚的传统文化的民族。所以,世界各地会有那么多的"唐人街"存在,"唐人街"就是华人在异域的微缩版故乡,是他们无法放弃民族文化认同的象征。问题是,苏立群这种对中国传统文化的极力颂扬与推崇,是否是在自我构筑一种文化幻象呢?中国的传统文化当然有其不可小觑的价值,中华文明能够绵延几千年不绝就是很有力的证明,但这并不能必然地导出中国传统文化就一定能解决目前人类所面临的生存与发展困境的结论。认为世界应该回归到中国的《易经》和孔孟哲学的意义框架之内,无疑是过度自信的,也是对中国传统文化价值的过度放大。显然,《混血亚当》这一类的作品试图建构的是中华传统文化与西方文化的二元对立,带有极浓的民族情绪色彩,充盈其间的是对故土民族文化身份的执著。然而,有意味的是,微子作为作者高度褒扬的中国传统文化的传承者,却是一个隐居僻野的"隐士",面对以亚当为代表的现代科技力量和西方强势文化的入侵,微子并没有足够的能量抵挡与化解。作者赋予微子以神秘的预卜未来的能力,本意或许是要强化中国传统文化的伟大,但在笔者看来却适得其反,中国传统文化在近代以后的起伏跌宕,与它其中的预卜内容备受诟病不无关系。因此,对微子这一形象的塑造,其实在某种程度上消解了作者要传达的文化意图,使得其立论的基石虚浮晃动,因而缺乏说服力。说到底,这种对中华文化的回归与推崇,在某种意义上不过是一种文化的想象性满足,对于被理想化的中华传统文化具体如何拯救处于生存与发展困境的人类,恐怕作者也不尽了然。

纯粹的、本真的、绝对的民族文化认同,其实是一种文化民族主义情结,作者的写作意图与那种认为"二十一世纪将是中国文明的世纪"的论点何其相似。最近两年,伴随着倡导读经、恢复私塾教育等文化事件,国学再一次成为舆论和媒体上的热闹话题。中国的传统文化当然是博大精深的,且"五四"以降一直没有得到足够的重视,更谈不上发扬光大。在我们追随西方文化行走了一个世纪之后,越来越清楚地认识到自己民族文化的重要价值,这是值得庆幸的,是对民族的未来发展有益的。如果能将中国传统文化置于整个世界的文化发展框架和总的趋势中予以考察、研究,促使其在全球化时代得到新的发展,自然是功德无量的好事。但若是将这种重视无限地上扬,以至于如作者这样把中国传统文化视作唯一有效的济世良方,把地方性知识中的个别具有全球意义的元素当作这一知识的整体特性和价值,那无疑是情绪化的。这种情绪化对于中国传统文化的真正发展是有害无益的。

由此,我们也可以看到,新移民群体在文化身份的确认上,如果不能建构起自己的话语体系,就不可能摆脱旧的话语体系的束缚,就无法在新的时代开辟出属于自己的道路。因为,我们的思想产物总是很容易被我们长期的情感积淀所控制、主导。

二、文化认同与东方主义

当移民置身一种迥然相异的文化中时,下意识的文化比较无时不在进行。很多新移民作家毫不掩饰自己对于西方文化的推崇,在他们看来:"西方文化的力量比东方文化优秀超前很多。一代代的西方思想家能敢于超越挑战权威,中国的文化却没有这种超越的精神,孔子思想统治了两千多年,强调要我们尊重权威,畏官、畏父、畏事物。中国人在思想上的愚昧落后,'文化大革命'的发生,不用说都是历史的必然。"① 这种文化比较显然有一些偏执。作为携带自己的民族文化开始异域生活的新移民,能否客观地看待自己的民族文化与居住国文化,是他们在移居生活中能否保持心态平衡的关键之一。当我们透视新移民文学的各个文本、感受作家通过笔底的人物和故事所传达出来的文化认同时,可以看到与苏立群这样刻意强调民族文化价值的新移民作家相对应的,还有许多或隐或显地推崇西方文化,甚至有意无意地主动迎合西方阅读期待的新移民作家。他们在文化基本价值取向上,更多的是认同居住国的主流文化,而非自己的族群文化。以哈金、张鸿、闵安琪、李翊云、戴思杰等为代表的一批使用所在国语言写作的新移民作家尤其被认为如此。

在这些新移民作家的非汉语文本中,绝大多数都是书写中国

---

① 张慈:《写作的意义》,载融融、陈瑞琳主编《一代飞鸿——北美中国大陆新移民作家短篇小说精选述评》,中国文联出版社 2008 年版,第 425 页。

故事。应该说，这是他们面向主流文化读者的特有文化资源。他们在西方世界的成功证明了这种写作策略的正确性。然而，当华人读者面对这些中国故事时，他们的反应却是质疑和反感多于肯定和赞美。他们认为，这些新移民作家笔下的中国是失真的、扭曲的，经过了某种筛选和过滤。这种筛选和过滤，通过的是他们的回忆之幕和居住国生活经验的叠加。他们或许已经意识到、也或许没有完全意识到，居住国的生活经历，已经使他们看待往事和故国的视角发生了改变。他们在筛选和过滤中，往往是留下了想留下的，抛弃了自己不愿记忆的，同时还夸张了一些耿耿于怀的。于是，他们对中国的记忆，对中国故事的叙述，被解读为是站在西方的天空下，以西方的视角对中国文化进行审视，甚至刻意地强调中国文化中的某些质素，以迎合西方的阅读趣味和对中国的充满意识形态偏见的"东方主义"认识，是一种虚实相间的构筑。

但这些受到指责的新移民作家们并不认同这种看法。以短篇小说集《千年敬祈》（*A Thousand Years of Good Prayers*，2005）先后获得过爱尔兰的弗兰克·奥康纳国际短篇小说奖、美国笔会海明威奖、怀丁作家奖和英国的《卫报》新人奖，以及英国文学杂志《格兰塔》（*Granta*）评选的美国杰出青年小说家奖的李翊云，在接受《南都周刊》采访时表示，写作是很个人的事，她只是要写个故事打动读者，并没有特别要代表某种意识形态，她不代言任何种族，任何国家，她说："我的中国生活经验和我的美国生活经验一样，是我揣摩和想象人物的一个舞台。最好的作家是解剖人性的作家。""我写的是我感受和关心的世界，如果有人说我错误地刻画中国，那是因为他所见所感的中国和我的中国不同。"当然，她也坦言："在用非母语写作的过程中，会舍弃一些必须有中国文化背景才能深刻体会到的东西。这些东西可能是本民族读者需要的。"而如果同样的故事用中文写,则在语言上必须重新创作。①

哈金由于在国外频获大奖,而被视为新移民作家的代表人物之一。但在国内的评论界,对哈金的文学成就一直很有争议,有些作家、评论家十分赞赏哈金,比如余华和残雪。余华认为,"远离中国的哈金让我读到了切肤之痛的中国故事",②残雪认为他的作品具有"单纯的、执著于心灵倾诉的文风"、"充满了人道关怀和批判精神的境界",具有"对于人心的细腻、敏锐的层层深入"和"对于痛苦的惊人的感受力"。③而有些研究者认为哈金的作品充满浓重的"东方主义"色彩,比如应雁的《新东方主义中的真实声音》(载《外国文学评论》2004年第1期),刘俊的《西方语境下的"东方"呈现》(载《世界华文文学论坛》2003年第1期)。复旦大学教授郜元宝在《谈哈金并致海内外中国作家》一文中,则对哈金的作品有褒有贬,他认为哈金的作品"在谋篇布局、起承转合、挑选细节、避免重复等方面确实懂得节制,不乱套,不含糊,不让你觉得别扭或不知所云。但缺乏余味,主题简单直露","故事陈旧,意识也一样苍白",但"哈金身在美国,并没有按照自己也不太理解的美国观念来贩卖经过一番粗俗的图解和歪曲的中国故事。他没有用女权主义、家族史、'文革'受难之类在'第一代华人新移民作家'中流行的观念和题材来取悦不明就里的美国读者"。④

---

① 罗小艳:《李翊云:我不认为我在"解剖大陆"》,《南都周刊》2007年6月27日。

② 余华:《一个作家的力量》,《小说界》2005年第6期,第92页。

③ 残雪:《哈金之痛——读〈等待〉》,《小说界》2005年第6期,第93页。

④ 郜元宝:《谈哈金并致海内外中国作家》,《当代作家评论》2006年第1期,第69、70页。

莫衷一是、截然相反的种种评价,使得哈金在读者眼中的定位非常不确定。

总体而言,哈金的作品意在描摹中国社会中的荒诞。他的作品通常集中于中国的军队、北方农村和小城镇,展现小人物的悲喜人生和命运的荒诞。在他的短篇集《新郎》中,《新郎》一篇揭示的是同性恋者的被压抑和被摧残;《坏分子》一篇批判的是公安人员的卑鄙、粗暴导致小人物在饱受凌辱之后的人性异化;《武松难寻》则是讽刺中国的官本位思想所导致的媚上欺下使得一个优秀的演员被折磨到精神分裂。其他诸篇的立意也大致相同。他的代表作《等待》,也可以说是一个荒诞的、没有爱情的爱情故事。

小说讲述了一个部队军医孔林从 20 世纪 60 年代到 80 年代,在长达 18 年的时间里挣扎、等待,只为了与乡下的小脚妻子淑玉离婚而与同医院的护士吴曼娜结婚。部队的规定、亲戚的阻挠使得这一愿望的达成一再地延迟,当事的三方都备受折磨。然而,当梦想最后实现时,新的婚姻生活却显露出孔林不曾预料到的乏味无聊,令他万分疲惫,而前妻的温顺善良却在此时对他产生了从未有过的吸引力,他在酒醉之中,忍不住许下了再次回到前妻身边的诺言。似乎,新的一轮等待又开始了。

孔林的婚姻悲剧一方面是由于时代、政治因素,是那个荒诞的"夫妻分居 18 年后才能自动离婚"的部队规定造成了他和吴曼娜 18 年漫长而痛苦的煎熬,以及淑玉孤独的忍受。另一方面,这场荒诞的等待悲剧也不能不说是深陷其中的当事三方自身的性格弱点造成的。孔林在感受到再婚生活的痛苦时,不断地反思自己的人生轨迹,他终于意识到是自己一手造成了这悲剧的生活:

这十八年的等待中,你一直浑浑噩噩,像个梦游者,完全被外部的力量所牵制。别人推一推,你就动一动;别人扯一扯,你就往后缩。驱动你行为的是周围人们的舆论、是外界的压力、是你的幻觉、是那些已经溶化在你血液中的官方的规定和限制。你被自己的挫败感和被动性所误导,以为凡是你得不到的就是你心底里向往的,就是值得你终生追求的。①

这个结论对吴曼娜同样适用。她本来对孔林只是普通的好感,但在失恋的打击下,孔林的帮助使她的感激之情不断放大。孔林的不般配婚姻又使她充满取而代之的希望。但孔林一次次的离婚不成,使她陷入了漫长的等待。她并非不想另寻出路,与孔林的表弟和魏副政委的两次尝试就充分说明了她的想法。只是两次都无果而终。可见,她的等待并非全因爱情,很大程度上是迫于情势,顾虑周围人的议论和自己的面子,使她欲罢不能,只能孤注一掷、放弃一切可能的选择,等待孔林的离婚。这是她与命运的一次赌博,虽然,她最终赌赢了,等到了自己要的结果,但却付出了青春的代价,长久的无望等待的痛苦使她从一个惹人喜爱的年轻姑娘变成了无可救药的泼妇。而可怜的淑玉,抱着"从一而终"的传统思想,明知丈夫对自己并无感情,也不肯放弃婚姻,开始新的生活,18年来过着寡妇般的孤寂日子。在离婚之后,她依然视自己为孔家人,为孔家的人丁兴旺而高兴着。在孔林酒醉的承诺中,她又像吴曼娜一样开始了没有尽头的等待。读者在这个并不复杂的故事中,能够很容易地读出悲剧的深

① 哈金:《等待》,金亮译,湖南文艺出版社2002年版,第279页。

层原因正在于人性的软弱、茫然、虚荣,在多方利益面前的游移和患得患失。因此,这几个小人物的生存困境,既有政治的因素,又不是仅仅由于政治,个人的性格弱点或者说人性本身的弱点,是其中很重要的原因,而这些源于人性情感的东西,是超越了政治、地域和文化的,具有普泛的价值。挣脱—追求—失望—再挣脱,也是人类由古至今都未能脱却的怪圈。在后现代语境下,其中的荒诞意味更加发人深省。

显然,哈金能在西方世界获得成功,与他对人性的深层次展现是密切相关的。但同时,我们也不能不承认他的作品中又确乎带有一定的"东方主义"色彩,至于这是否是他在美国文学界获得成功的关键,则是见仁见智的。尽管世界已经进入了全球化时代,我们普通的中国人透过各种现代传媒,对美国的了解越来越详尽,我们知道美国总统刚刚发表的讲话,我们知道华尔街的股票行情,我们更清楚好莱坞的最新影视资讯和明星绯闻,似乎我们真的与美国比邻而居。但具有讽刺意味的是,生活在美国的华人却不无酸楚地告诉我们,大多数美国人对中国的了解并不比几十年前更多。尽管他们每天都要消费来自中国的物美价廉的商品,但中国在他们心目中依然是个政治专制、民众愚昧的充满着种种神秘色彩的古老国度。经济的强盛、科技的发达向来是左右人们视线的风向标,这正如我们对许多经济落后的非洲国家知之甚少是一样的。因此,中国更多的是西方在自我形象的消极对立面上构建出来的"他者",对于西方国家的读者而言,描写中国的作品似乎必定要有一些固定的成分来构成所谓的"中国情调",这包括冷酷的政治专制、保守愚昧的乡村、迟钝懦弱的男人、低眉顺眼的小脚女人,等等,少了这些成分,似乎就不是他们心目中的中国。这种思维定式"与想净化自我文化和文明的愿望有关","构建想象中的东方有助于给西方的概念中注入统一性和凝聚力。此外，这个东方是欧洲（及随后是美国）能够看到自己至尊影响的一面镜子"。① 而某些华人作家的写作又在有意无意地迎合这种愿望，鼓励这种认识的强化。在西方的阅读市场上获得成功的有关中国的文本几乎都没有脱开这一框架。

哈金的作品当然也没有完全超越这一文化偏见，《等待》中出现的淑玉的小脚，就是哈金对西方读者的一种刻意迎合。透视整部作品可以看出，淑玉是否是小脚，其实对作品要表达的主题完全没有任何影响。那么，哈金一定要把淑玉设置成一个小脚女人的形象，其动机就不可能不引起许多华人读者和评论家的质疑。而且，从时代背景看，这个小脚的存在又不太合乎实际。因为，中国在 1915 年就已经明令禁止妇女缠足，而淑玉出生于 1936 年。文中，淑玉自称是在 7 岁开始裹脚的，即 1943 年，抗日战争都快要结束了。在这样的时代裹脚，听上去总不免有些荒唐。因此，淑玉的小脚这一细节设计，就必然使人猜测是哈金的有意突出，因为这才符合西方读者的阅读期待。在第三部中，淑玉来到部队办理离婚。医院里的小护士们对淑玉的小脚充满好奇，她们认为只有 70 岁以上的老太太才会裹脚，不满 50 岁的淑玉裹着小脚，令她们感觉很奇怪。这个细节更加说明淑玉的小脚与整个时代的脱节。当然，哈金在这里描写护士的好奇，自然并非是要给自己的叙述制造一个破绽，而是意在渲染，满足西方读者对小脚的猎奇心理。通过淑玉对裹脚过程的痛苦描述、对称作"金莲"的小脚的重要价值的宣扬，特别是淑玉郑重其事地拒绝向护士们展览小脚，宣称小脚只可以给自己的男人看，因为

---

① ［英］戴维·莫利、凯文·罗宾斯：《认同的空间——全球媒介、电子世界景观与文化边界》，司艳译，南京大学出版社 2001 年版，第 184、185 页。

"脱鞋露脚就是脱裤子"等的细节描述,作者向缺乏相关知识背景的西方读者巧妙地解答了关于小脚的种种历史背景。不能不说哈金的这种叙事设计很用心。但这种用心落在华人读者的眼里,无疑就成为歪曲与献媚。而且这种看上去脱离历史情境的细节设计还不止一处,例如很多研究者都注意到的一个细节,孔林和吴曼娜在1984年结婚时,婚礼上还要向党旗和毛主席画像鞠躬,也是一个看上去很别扭的场景,这种场景也很难说不是为了暗示毛泽东时代的威权在很长时间内一直笼罩着中国,"文化大革命"遗风无处不在。

这类具有"东方主义"色彩的细节也出现在哈金的其他作品中,他的短篇集《红旗下》中就包含有被阉割的男人、萎缩的性无能男人、情欲勃勃的女人、充满淫秽色彩的残忍酷刑,等等。再以短篇集《新郎》而论,如果将这些篇什分置,任何一篇所揭示的荒诞性都是触目惊心、引人深思的。但当这些作品结集时,其主题的一致却削弱了批判的力度,因为它们共同的主题、相似的悲剧结局太明显地指向了对中国的指责与控诉。那么,在对中国认识很模糊的西方读者眼中会获得什么阅读效果,就可想而知了。西方评论者认为哈金的这些描写创造了真实的社会主义农村和城市。这种结论自然会让华人产生复杂的感受。因此,对哈金作品的批判与质疑在汉语文化圈中也就不绝于耳。尽管哈金在接受采访时,曾反复强调他的作品没有过多的时代背景,而是要越过时间看清某种东西。但"哈金超越时间的结果却是将中国封闭在时间的黑洞中",① 事实上进一步强化了中国在"东方主义"

① 应雁:《新东方主义中的真实声音》,《外国文学评论》2004年第1期,第36页。

者心目中的刻板的程式化印象。

哈金在接受《东方早报》采访时曾经说过:"当我的身份转换为一个局外人,当中国已经成为一个远方的'他者'时,我的头脑更为清醒了,那些司空见惯的小事在我眼中都变得不同寻常起来,我能够看清其中的细微之处,也能发现其中的特殊寓意。"①哈金的这一心迹表露,让我们看到,他已经视中国为地理上的他者,永远不能改变的血统和故土经历并不能使他的文化认同也一成不变,当他在使用英语写作的时候,与汉语有关的一切都是文化上的他者。这个西方视角下的他者,以落后愚昧、色情、小脚女人、一夫多妻、压抑人性情感的专制制度等来映照着西方的文明理性、道德进步。空间上的距离和语言上的距离使得他的文化认同发生了改变,而文化认同的改变,从根本上确立了他写作的宗旨。这也就不需奇怪,他在美国国家图书奖的获奖演说中感谢的是美国,是美国的人民和语言。而中国,恐怕只是作为他的写作素材而具有意义。正是这种趋附于西方文化偏见的文化认同使得哈金的作品在汉语文化圈中一直饱受非议。虽然他认为自己由于处身海外、视中国为远方的他者,因而能够在细微之中发现国内人所不能发现的特殊寓意,但在华人的眼中,他的发现始终是囿于西方的文化偏见之中的。

另一部非汉语文本,戴思杰的《巴尔扎克与中国小裁缝》,由于同名电影的影响而在中国的普通读者中获得了比《等待》更大的知名度。这部作品在题目上已经使西方文化与中国人之间构成一种并置。整个故事就是建立在西方文学和艺术对中国落后乡村的启蒙之上的。"我"(马剑铃)和罗明作为插队知青从成都来到偏僻的凤凰山,在村民第一眼见到他们时,行李

————

① 河西:《普利策奖入围者、作家哈金访谈》,《东方早报》2005年4月6日。

中唯一散发着异国风味、透露着文明气息的小提琴，引起了村民的疑虑。他们打算烧掉这个玩具，但马剑铃随后演奏的莫扎特奏鸣曲，却使板着脸的村民，慢慢融化其中，犹如旱地欣逢甘霖。之后，马剑铃和罗明先是以一个小公鸡的闹钟主宰了村里的时间计量，然后罗明以向从没看过电影的村民"讲电影"而主宰了他们的精神生活，并俘获了聪明美丽的小裁缝。作为村民启蒙者的我们，同时也在渴望着极难读到的西方文学作品。马剑铃和罗明通过替另一个知青"四眼"背米去县城而借阅了他秘藏的巴尔扎克的《于絮尔·弥罗埃》。"这本小书像个不速之客，闯进了我的生活，唤醒了沉睡中的欲望、热情、冲动、情爱，以及其他种种。这一切，在我的世界里一向噤声无语。"于是，启蒙者被启蒙了。作为中国现代文明象征的知识青年激动地拜伏在西方文学的魅力之下，连夜将其中的某个段落抄在了羊皮袄的内里上。当这段写在羊皮袄上的文字被从没上过学、识字不多的小裁缝读到时，她两手捧着羊皮外套，"就像那些信教的把什么圣物捧在手心似的"。她穿上破旧的外套，让巴尔扎克的字贴在身上，希望从中获取福气和智慧。西方文学的魔力不仅征服了渴望知识的中国知青，也征服了僻居深山的美丽小裁缝。在马剑铃和罗明偷了"四眼"的整皮箱的西方文学书籍后，"外面的世界就把我们给迷惑、占领甚至征服了，我们尤其沉醉在关于女人、关于爱情、关于性爱的神秘世界里——这些西方作家日复一日，一页一页、一册一册地向我们诉说着"。此后，老裁缝也被《基督山伯爵》征服，县城里的医生看在巴尔扎克的面子上也违反规定为小裁缝做了流产手术。而美丽朴拙的村姑小裁缝，则终于在西方文学的熏陶下蜕变成摩登女性。她离开了情人罗明和凤凰山，要去大城市，因为"巴尔扎克让她明白了一件事：女人的美是无价之宝"。① 以巴尔扎克为代表的西方文学、西方文化不但改变了知青的生活,更彻底改变了小裁缝的命运,其巨大的启蒙价值不言而喻。

在文学艺术匮乏的"文化大革命"时代,西方文学作品确实曾经启蒙了一代中国青年,如同罗明、马剑铃这样的,但将这种启蒙的价值放大到可以征服一切文化层次的中国民众,则显然是夸张得走了样。如果说这种夸张中没有对西方文化的过度推崇是无法令人信服的。加之,这种夸张是置放于"文化大革命"的大背景之下,而"文革"书写又一直是海外华人的非汉语文本中最重要的主题。因此,其间的文化用意是作者无论如何辩白也难以洗清的。

当然,戴思杰本人自然是无法认同这种解读,他不认为以巴尔扎克来象征西方文化是讨好法国读者,迎合他们的民族优越感,但他也承认:"说我讨好法国人,就算我真的是,我觉得也没有什么不得了。"他认为西方的文学艺术在"文化大革命"时期确实有这种巨大的力量,因为"西方文化讲的是一种个人主义,每个人年轻的时候都有一定的个人主义倾向,它教给我们个人可以奋斗,个人可以成功,个人还可以有个人的情感,这种情感是天赋的权利"。② 在这种委婉的表达中,作者对法国文化的衷心认同一目了然。

三、跨越文化疆界的跋涉

与上述各个文本相对照,卢新华的《紫禁女》也是思考中

---

① 戴思杰:《巴尔扎克与小裁缝》,尉迟秀译,皇冠文化出版有限公司2003年版,第66、70、124、206页。

② 吴菲:《戴思杰:真正讨好了人的是情感》,《北京青年报》2003年8月27日。

西文化的相遇与冲撞,以及未来中国的文化选择和走向的作品,但作品呈现的只是一次思索的旅程,并没有给定某种倾向性选择。

《紫禁女》的故事虽然既有性,也有情,却不是一个简单的情爱故事。"幽闭女人"石玉的跌宕人生里,分明包蕴丰富的文化内涵。作者的创作谈也是直言不讳的:"我一直赞同文以载道的文学观。在我的写作中,批判精神就是我要写的道。""回顾百年中国由封闭走向自由开放的痛苦艰难历程,我惊讶地发觉它们和石玉的身体竟有着这样一种奇妙的契合,不能不深怀忧惧之心。"① 这样明确的创作宗旨,使得《紫禁女》完全是一次文化思考的精神旅程。以女性命运隐喻中国的百年历史,以"性"的幽闭与开放来指涉国家从闭关锁国到面向世界的曲折反复与得失,这样典型的"载道"文章,当然是具有明确的文化思考用意的。不仅如此,这部作品,显然还是一次情感的怀旧旅程。

"将过去的记忆通过女性话语和女性形象加以美化、浪漫化和阴柔化",② 乃是"怀旧"的一种表现。作为一个新移民作家,卢新华去国离乡 20 余年,虽然借助现代交通的便利,可以随时跨越疆界,甚至长期生活在故国。但这个"国"于他而言,却不再纯粹。经历了异国他乡的沉浮,阅历了中西文化的碰撞冲击之后,人到中年的卢新华情感上怎么可能不怀旧?但卢新华的"怀旧",与苏立群的"文化想象性满足"不同。他既没有完全美化自己的故国文化,也没有简单地趋附自己的居住国文化,而是审慎地辨析两种文化的各自短长,将答案留给读者自己选择。

① 卢新华:《批判精神是我要写的道》,《中国青年报》2004 年 10 月 17 日。
② 廖炳惠:《关键词 200——文学与批评研究的通用词汇编》,江苏教育出版社 2006 年版,第 171 页。

石玉天生幽闭，为了挣脱命运的枷锁，历尽磨难。她一生与三个男性存在情爱纠葛。初恋的吴源，曾经是个积极入世的干练才子，但没有勇气接纳她的生理缺陷，最终缔结了一桩利益婚姻，在多年的宦海沉浮中被塑造成一个谨小慎微、生理委顿的精神侏儒。以兄长自居、为人淡薄出世的常道，本以为可以永远陪伴在石玉身边，默默付出，既获得精神之爱，也不会暴露自己性器短小的生理缺憾。但陷入爱情的石玉却为了他而再次手术，彻底挣脱了幽闭的枷锁，满怀希望地创造着自己的幸福。然而激情澎湃之时，也是真相显现之时。羞愧的常道因无法为石玉带来完满的幸福，而终于远走他乡。常道，暗含"道可道，非常道"，可以寓意石玉所没有悟透的"一把钥匙开一把锁"的玄机。正因为"道可道，非常道"，因而"一把钥匙开一把锁"，便只能意会不可言传，石玉始终没有真正理解养父托梦的这一告诫，直到错失"常道"，才终于顿悟。淡薄出世的常道可以说与积极入世的吴源分别隐喻着中国传统文化的两个主要方向，他们与石玉的爱而无缘，意味深长地展示出作者对中国传统文化的复杂感情，同时也寓意中国传统文化在开放的全球化时代的无力与无奈。与他们形成对比的美国人大布鲁斯，是西方文化的代表，单纯善良，不求回报地帮助深陷是非旋涡的石玉离开中国，过上了自由的生活。大布鲁斯的身体和气味，曾经使石玉厌恶。但当石玉手术后处于性的饥渴中时，大布鲁斯再次拯救了她。只是他们的性爱，既使石玉陷入了欲望的疯狂，也使大布鲁斯自己堕落成游戏性爱的人。石玉最后的血崩，毫无结果地结束了大布鲁斯带给她的一次生命孕育过程。他们之间无结果的爱欲纠缠，同样意味深长地隐喻着中西方文化的互相排斥—渴望—交融—困惑的曲折历程。石玉把孕育中的混血孩子视为自己的肉，把常道视为自己的魂，试图灵肉合一。但最后的血崩，无疑粉碎了她的中西交融混合的梦。在一片哭声中,她将去向何处呢?江湖术士点出了石玉的困境,"守则惑,破则祸",但却没有指点如何在"守"与"破"中寻求均衡。应该说,作者自己或许也没有找到这个出路。这个故事是一次文化思考的旅程,却还没有到达终点。路漫漫其修远兮。

移民对地理疆界的跨越也许只要一步,但移民在精神上对文化疆界的跨越却不是一个轻松的过程。因为作为国家主权标志的地理疆界,没有水平的宽度,而不同民族文化的交接疆界,却可能是一个极其宽广的区域。如何在这一区域中跋涉,以及将抵达何种终点,或许是每一个移民的一次精神冶炼。对于携带着五千年深厚故国文化的华人新移民来说,尤其如是。

新移民群体的文化身份、文化认同问题有着非常复杂的状况,并不存在一个一般而言的、较为一致的选择。萨义德说:"每一文化的发展和维护都需要一种与其相异质并且与其竞争的另一个自我的存在。自我身份的建构,牵涉到与自己相反的'他者'身份的建构,而且总是牵涉到对'我们'不同的特质的不断阐释和再阐释。每一时代和社会都重新创造自己的'他者'。因此,自我身份或'他者'身份绝非静止的东西,而在很大程度上是一种人为建构的历史、社会、学术和政治的过程。"① 显然,新移民作家在文化身份确立上的不同态度和选择,与他们如何建构自我身份和他者身份是密不可分的。如苏立群这样执著于本民族的文化的,无疑是站在一个传统的"自我"的角度去看待西方这个异己的"他者"。而像哈金这样在一定程度上趋附

① [美]爱德华·W.萨义德:《东方学》,王宇根译,生活·读书·新知三联书店1999年版,第426页。

所在国的主流文化的,则显然是已经站在了原本的"他者"——西方的角度,因而从前的"自我"——他所属的民族文化传统,则已经异变为新的"他者"。

作为生活于西方的新移民,在所在国是处于弱势地位的少数族群,如果是就单个个体而言,为了自己融入主流社会而趋附于主流文化,毫无疑问是一种虽然功利却实际、有效的方式。但就整个族群而言,若要在主流文化面前建立族群的文化地位,就不可能单纯地去趋附主流文化,抛弃自己的民族文化之根,而必须与民族文化建立起牢固的连接。但这种连接,决不应当是毫无变通地承继民族文化的传统,而应当进行创造性的转化,不能把自己族群的文化凝固化、本源化,需要持一种开放的态度,超越本土主义,而"超越本土主义并不意味着放弃民族,而是意味着不把地方属性看作包罗一切,因而不急于把自己限定在自己的范围内"。① 同时,文化身份也并不是一成不变的,它并非完全由血统这样纯粹生理性的因素所决定,而是社会和文化不断相互作用的结果。因此,我们在探究华人新移民这样的飞散群体的文化认同时,应当注意到其中的"暂时性、流变性、想象性、建构性","任何文化认同都可能只是在特定的脉络及时空情境中所暂时建立的(甚至是随立随破、随破随立的),固然有其特定作用,然而随着时空条件的变迁,认同的过程和结果可能也有所不同"。②

---

① ［美］爱德华・W. 萨义德:《文化与帝国主义》,李琨译,生活・读书・新知三联书店 2003 年版,第 327 页。

② 单德兴:《析论汤婷婷的文化认同》,单德兴、何文敬主编:《文化属性与华裔美国文学》,(台北)"中央研究院欧美研究所"1994 年版,第 20 页。

第四节　历史追溯:民族形象的重塑

　　"民族历史的叙述是建构民族想象不可或缺的一环","民族这个想象的共同体最初而且最主要是通过文学来想象的"①。因而,文学始终都承担着对民族历史的叙述。对民族历史与形象的审视和叙述,历来是小说创作中的重要部分,如王德威所说:"小说的流变与'中国之命运'看似无甚攸关,却每有若合符节之处。在泪与笑之间,小说曾负载着革命与建国等使命,也绝不轻忽风花雪月、饮食男女的重要。小说的天地兼容并蓄,众生喧哗。比起历史政治论述中的中国,小说所反映的中国或许更真切实在些。"② 移民生活在新的国度、新的族群之中,与生俱来的生理上的特征时时都会提示他们自己来自何处。远离了曾经的家国,在日益向新的民族文化的融入过程中,他们的视角摆脱了过去的单一文化的束缚,能够"同时以抛在背后的事物以及此时此地的实况这两种方式来看事情,所以有着双重视角,从不以孤立的方式来看事情……这意味着一种观念或经验总是对照着另一种观念或经验,因而使得二者有时以新颖、不可预测的方式出现:从这种并置中,得到更好,甚至更普遍的有关思考的看法"。③ 自我意识正是在"他者"的观照下才形成的。新移民作

---

　　① 〔美〕本尼迪克特·安德森:《想象的共同体——民族主义的起源与散布》,吴叡人译,上海人民出版社2005年版,序言。
　　② 王德威:《想像中国的方法——历史·小说·叙事》,生活·读书·新知三联书店1998年版,序言。
　　③ 〔美〕爱德华·W.萨义德:《知识分子论》,单德兴译,生活·读书·新知三联书店2002年版,第54页。

家在确立自己的文化身份的过程中，站在两种或多种文化的交汇处左顾右盼，在双重视角之下，对自己民族的历史、文化就产生了有距离的观照和更为冷静的审视，从而会产生新的认知，对曾经熟悉的一切做出新的思考，形成新的感悟。另一方面，身处异民族之中，耳闻目睹了许多异文化对本民族形象的错误想象，甚至是蓄意的歪曲。这种错误和歪曲会在每一个不期而至的时刻刺痛他们的心灵，使他们迫切地想诉说、想书写，以拂去历史的尘埃，重新清理那些被遮蔽的形象，用新的言语和文本来修正和改写这些错误与歪曲，"叙事是书面历史用以抵抗顽固存在的想象视野的特有形式"。① 因此，对民族历史与形象的重新审视和叙述，也构成了新移民作家的文本中较为引人注目的部分。严歌苓的《扶桑》、张翎的新作《金山》都是对移民历史的深入挖掘，是这类文本中的杰出者。

《风筝歌》、《乖乖贝比》、《魔旦》、《橙血》、《青柠檬色的鸟》和《扶桑》都是严歌苓挖掘美国华人移民史而写成的文本，大多是有史实依据的，《扶桑》是其中最优秀、也是最著名的一部，曾在 2002 年位居《纽约时报》畅销书排行榜前 10 名。《扶桑》所挖掘的是 19 世纪美国华人妓女的历史。

19 世纪移民美国的中国妇女主要是两类人，一类是华商的妻女、仆妇，另一类就是通过奴隶贸易的方式偷渡入境的娼妓，除此以外，仅有极少数妇女是以留学生的身份入境的。由于淘金潮时期的华工大部分都是单身的青壮年男性，娼妓业因而在美国西海岸极为兴盛。加州的华人娼妓馆大多是由唐人街的帮派或同乡会控制的，《扶桑》中的大勇便是这一类人物。

① ［美］爱德华·W. 萨义德：《东方学》，王宇根译，生活·读书·新知三联书店 1999 年版，第 306 页。

娼妓则多是被人口贩子从广东农村绑架、拐骗或骗买的良家女子，扶桑就是被拐骗的。这些华人娼妓安抚了庞大的廉价华工队伍，使他们对恶劣的生存条件更容易忍受一些，同时，娼妓还为唐人街的老板们带来了丰厚的收入，而她们自己却如生活在地狱之中，往往仅能活到十几、二十几岁，就会因肺结核、性病等悲惨地死去。严歌苓在《扶桑》中以白描般的字句让我们看到，这些"风尘女子在十八岁开始脱发，十九岁落齿，二十岁已两眼混沌，颜色败尽，即使活着也像死了一样给忽略和忘却，渐渐沉寂入尘土"。① 这些女奴般的娼妓其实也是当时全球劳工中的一部分，她们早逝的生命和青春的肉体成为积累美国资金和廉价劳力的有效来源。严歌苓通过《扶桑》细致地重现了这段历史，将尘封在美国无人问津的史书中的华人移民的苦难呈现在读者面前。

扶桑作为当时最美丽的中国妓女被记载在圣弗朗西斯科华人史书中，这个从内地茶乡嫁到广东农村的善良温厚的乡下女子，从没有见过自己的丈夫，一只红毛大公鸡代替丈夫迎娶了她。几年后，扶桑就跟许多广东女子一样被人贩子拐卖到了旧金山，成为三千华人娼妓中的一个，最美丽的一个。她初次接客，遭遇的是个 12 岁的"小白鬼"克里斯，扶桑身穿的有着十斤重刺绣的猩红大袄，半旧的、半透明的红绸衫，整套的廉价首饰，在克里斯眼里呈现出"古典的繁琐"、"东方的晦涩"。而扶桑"母牛般的温厚"，"一本正经、实心实意"的淫荡话语以及那处在"进化和退化之间的"三寸金莲，更以东方的神秘、女性的成熟使克里斯迷醉，使他产生了要拯救这个奇异的东方女子的忧郁梦

---

① 严歌苓:《扶桑》,《严歌苓文集》之三, 当代世界出版社 2003 年版, 第 2 页。

想。但扶桑,这个即使在经期也要连续接客 10 人的妓女,却没有克里斯以为的挣扎和痛苦,她的平实和真切"让每个男人感受到洞房的热烈以及消灭童贞的隆重"。① 她笑得真心诚意,仿佛对这个世道、对自己的命运都非常满足。她的身体没有抵触,没有抗拒,而是全面的迎合。在迎合之中,她竟然能感受到快乐,是那种不受精神干涉的欢乐。这种对受难的"享受"在克里斯的眼里是不可思议的。

严歌苓一面刻意地强调扶桑在常人眼中的"呆"、"痴"、"蠢"、"心智低下",一面又不惜笔墨地渲染扶桑的"成熟"、"浑圆"、"温柔"、"迷人"、"美丽",将看起来并不和谐的两种特质绞结在一起,使扶桑的形象呈现出一种异样的色彩,令人既爱又嫌,还无法理解,难以接受。然而,如果我们仔细地阅读文本,就能够懂得,严歌苓赋予扶桑这样的异样色彩,是有其深意的。扶桑身上的相互矛盾、冲突的特质,正是从不同视角观看同一事物时所呈现出来的景象。扶桑的呆痴与迷人,本是同一的。克里斯看扶桑,既是男性的视角,同时也是西方的视角。扶桑之于克里斯,既是女人之于男人,也是东方之于西方,充满着复杂难解、相互矛盾的谜。

克里斯对扶桑爱了一生,也迷惑了一生,他拼命将扶桑从死的威胁中解救出来,既是对扶桑的情感表白,也是为了对扶桑继续勘探。但当扶桑脱去那血污破旧的红绸衫,换上朴素粗糙的白麻布袍时,扶桑对他却失去了那魔一般的魅力,成为一个极平凡、黯淡的女人。只有当扶桑再次换上红绸衫时,她才在克里斯眼中复活成圆熟欲滴的美丽女人。原来扶桑只有与象

---

① 严歌苓:《扶桑》,《严歌苓文集》之三,当代世界出版社 2003 年版,第 2 页。

征着罪恶、苦难的"深红绸衫"合为一体时，她才是美的，有诱惑力的。扶桑的美是以罪恶带来的苦难做铺垫的，没有了苦难，扶桑便黯淡如任何一个普通女人。苦难反而是对扶桑的一种成全。扶桑知觉到这一点，因而违心承认是贼，放弃被拯救，自愿地被大勇带走，再度成为一个受难的妓女。直到晚年，克里斯才懂得，扶桑吸引自己的真正原因，乃是她身上的母性。尽管最初让他受到诱惑的是扶桑的异国情调，但隐藏在异国情调之下的更深层的东西，却是古老的母性。"他心目中的母性包含受难、宽恕，和对于自身毁灭的情愿。""母性是最高层的雌性，她敞开自己，让你掠夺和侵害；她没有排斥，不加取舍的胸怀是淫荡最优美的体现。"① 正因为如此，他视扶桑为真正的，最原本的女性，有泥土般的真诚，这种真诚的好在于它的低贱。甘愿低贱在任何自视高贵的女人身上是无法存在的。

　　这种诚意和温暖，使得母性和娼妓共存于扶桑的身上。男人对于女人的要求，其实就是这样表面看似矛盾、内里却水乳交融的母性与娼妓的两面结合。萨义德说："女性通常是男性权力幻想的产物。她们代表着无休无止的欲望，她们或多或少是愚蠢的，最重要的是，她们甘愿牺牲。"② 这话用来对照扶桑的形象，简直严丝合缝。严歌苓用了大量的笔墨渲染扶桑在克里斯眼中这种不同凡响的魅力，不仅从男人的视角映照出女人的形象，还真切地映照出东方在西方眼中的形象。西方并不需要一个真实的东方，它只需要东方符合它的认知和想象。相对于它对自身的清楚

---

① 严歌苓:《扶桑》,《严歌苓文集》之三，当代世界出版社 2003 年版，第 85 页。

② [美] 爱德华·W. 萨义德:《东方学》，王宇根译，生活·读书·新知三联书店 1999 年版，第 264 页。

但乏味的了解，它需要东方是神秘的、充满诱惑的；相对于它对自身的强大的自信，它需要东方是受苦受难的、需要被拯救的。东方就这样被"东方主义"话语制作成沉默、淫荡、女性化的落后形象，而相对应的西方则被表现为有活力的、讲道德的、有理性的男性化的思想开通的形象。扶桑的红绸衫上闪闪烁烁地映照着的正是西方的这种欲望。

而看起来鲁钝、温厚的扶桑却凭着天性了悟到爱的真谛，她拒绝充当被拯救的角色，甘愿与大勇举行了"刑场上的婚礼"，将大勇的骨灰送回祖国，送到母亲的坟前。只将一缕断发留给克里斯，成为他终生的思念。

民族与种族形象往往与男性气质与女性特点紧紧连在一起。严歌苓对大勇这一形象的塑造充分显示了她力图发掘历史，重新塑造民族形象的良苦用心。这个先后叫阿泰、阿魁、阿丁、大勇的男人，是一个华人形象中的异类。

众所周知，历史上，西方对中国、对华人的态度，是依据形势和利益需要而不断变化的。13—14世纪，中国在西方的想象中，是神奇的，在威尼斯商人马可·波罗的笔下，中国是一个政治清明、法度严谨、经济繁荣、文化兴盛的伟大帝国。直到启蒙运动时代，由于西方需要自我批判、自我改造，中国在西方的文化视野中，一直呈现肯定性的形象，西方对中国充满着敬慕。欧洲的革命打破了开明君主制的梦想，启蒙运动结束了。此后的西方需要自我认同、自我扩张，于是中国就变成了一个令西方人鄙视的国度，中华民族成为停滞、平庸、充满偏见的民族，中国成为可怕的野蛮、专制帝国。从此，西方把许多负面的特质加在中国头上：贫困、专制、邪恶、怯懦、懒惰、愚昧、狡诈，等等。鸦片战争更加彻底地摧毁了中国在西方的形象。因此，19世纪，在西方人的眼中和笔下，华人形象是极端猥琐的，特别是男性，他们都有着相似的刻板脸谱——留着"猪尾巴样的辫子"，肮脏的穿着，毫无生气的黄面孔。在个性上，要么是像女人一样的孱弱、胆怯、温顺、行动迟缓、待人谦卑；要么是眨着狡诈的眼睛、性情乖张、好赌斗狠。前者的代表形象就是美国作家比格斯在1925—1932年间写的系列推理作品中的主角查理陈，这个形象通过20世纪30—40年代的影视剧而广为人知。后者的代表是英国作家萨克斯·洛莫尔笔下的傅满洲，从1913年的《阴险的傅满洲博士》到1959年的《傅满洲皇帝》，作者先后创作了以傅满洲为主要人物的17部长、短篇小说，时间延续达40余年。傅满洲系列的电影，在西方影响更大，从1932年第一部《傅满洲的面具》断续地持续到1968年的《傅满洲的空中城堡》。傅满洲是西方"黄祸论"的典型形象。其他如杰克·伦敦的《黄手帕》、《黄与白》、《无法比拟的入侵》，马克·吐温的《阿辛》等作品中，都有类似的对华人的贬抑性描写。这种状况一直持续到第一次世界大战以后，战争使得人们对文明、道德、人性异化等问题产生了深刻的反思，很多思想家开始重新评价中国传统的哲学思想，狄金森的《约翰中国佬的来信》（1901）、罗素的《中国问题》（1922）等著作，都对中国文化和中国人的个性给予了积极的评价。第二次世界大战中，由于中国的积极参战，中国和中国人的形象在西方进一步得到了匡正。

严歌苓在《扶桑》中有很多关于19世纪中国移民的形象与性格的叙述：

这是世上最可怕的生命，这些能够忍受一切的、沉默的黄面孔将在退让和谦恭中无声无息地开始他们的吞没。

他们不声不响，缓缓漫上海岸，沉默无语地看着你；你挡住他右边的路，他便从你左边通过，你把路全挡完，他便

低下头，耐心温和地等待你走开。如此的耐心与温和，使你
最终会走开。

他们的温和使残忍与邪恶变成了不可解的、缺定义的东
西。残忍和邪恶在那样永恒的温和中也像女人似是而非的脚
一样带有谜的色彩，成为鸦片般的奇幻。

他们是一切罪恶的根。这些捧出自己任人去吸血的东
西。他们安静的忍耐，让非人的生存环境、让低廉到践踏人
尊严的工资合理了。①

这些充满贬义的描述显然都是出自当时西方人不解的、厌恶
的视角。严歌苓描述出在西方人眼中的华人形象，是力图客观地
展现历史，同时，这其中显然也有着她本人对华人移民过于懦
弱、忍让的个性的既伤怀、又愤恨的复杂情感。

但大勇在她的笔下却焕发出不一样的神采，因为这是个有着
不同侧面的、内蕴丰富的形象。他是生着兽髯的俊美男子，在有
些人看来，他是一个从事着放高利贷、开春药厂、赌马舞弊、买
卖妓女等不良生意的"不好男儿"，伤人害命毫不手软，可以面
不改色地扼杀一个仅仅5个月大的女婴，因而"他的俊美属于
兽"。② 同时，他又是一个在关键时候勇于出头、惩戒对华人进
行种族迫害的白人、领导华工罢工的英雄，这使大勇超越了一般
的唐人街恶棍，而成为半人半兽、亦正亦邪、集英雄与魔鬼于一
身的人物。他活得像个戏，死得也像个戏。他身上的野性、自
信，与一般华人移民的温顺、谦卑形成鲜明的对比，这与众不同

---

① 严歌苓：《扶桑》，《严歌苓文集》之三，当代世界出版社2003年版，第14、
44、56页。

② 同上书，第24页。

的野性正是华人所欠缺的活力。大勇,是对华人男子刻板脸谱的匡正。这种匡正不仅仅针对西方作家笔下的"查理陈"和"傅满洲",也针对很多华裔作家笔下的华人男性。

自 20 世纪 60 年代开始,不少出生在西方的华裔作家开始为西方的主流话语所接受,汤婷婷、谭恩美、黄哲伦、伍慧明等的作品都在西方读者中引起了很大反响。但这些作品中大都缺少光彩的华人男性形象,华人男性要么在文本中缺失,要么就是那种千篇一律的沉默、无能的人。中西文化对于沉默有着迥然不同的看法,在中国文化中"沉默是金",在西方文化中,沉默却是表达能力欠缺,是无能和迟钝。即使是生活在同一屋檐下,在居住地出生、长大的华裔后代,也无法理解父辈的沉默。由此,华人的刻板脸谱,不仅已深刻地印在了西方人的脑海里,甚至已内化于华人后代的思想中。这对生活于西方的数百万华人来说,是莫大的悲哀。华裔成为西方社会中没有英雄的族群。正因为如此,大勇的形象才更具有价值和意义,更能承载严歌苓重新塑造民族历史和民族形象的深刻用心。大勇,既是西方人眼中的恶棍,也是华人眼中的英雄,这完全取决于他在谁的文本中被叙述,因为"叙事同时表现出一种明确的对历史'事实'选择策略下的有族群目的的'事件性'重新组合"。① 因而,相同的历史也会有不同的面目。

严歌苓在《扶桑》这一文本中采用了一些元小说的写作手法,于行文中不时地显现文本本身的虚构痕迹,提醒人们这部小说的虚构性,尽管是有史实依据的虚构。比如,小说中叙述者与扶桑跨越时空的对话,都是这一类的拆解:

---

① 叶舒宪、彭兆荣、纳日碧力戈:《人类学关键词》,广西师范大学出版社 2004 年版,第 109 页。

你想我为什么单单挑出你来写。你并不知道你被洋人史学家们记载下来,记载入一百六十部无人问津的圣弗朗西斯科华人的史书中,是作为最美丽的一个中国妓女被记载的。

我告诉你,正是这个少年对于你的这份天堂般的情分使我决定写你扶桑的故事。这情分在我的时代早已不存在……在一百六十本圣弗朗西斯科的史志里,我拼命追寻克里斯和你的这场情分的线索。线索很虚弱,你有时变成了别人,他常常被记载弄得没了面目,甚至面目可憎。①

这种具有元小说意义的对虚构的拆解,说明了严歌苓在刻意强调她的用意,她为 19 世纪的美国华人移民作传作史的用意,她对民族历史与民族形象重新塑造的用意,是"以重新想像过去来为一个新未来铺路",②正是这个用意,使得《扶桑》超越了它仅仅作为一部好看的小说的价值,成为新移民文学的经典文本。

张翎的新作《金山》是她创作的一个重大突破。张翎之前虽已有三部长篇和相当数量的中篇,每一部各有其精致之处,然而把这些作品放在同一个平面上来看时,可以清楚地看到,这些或长或短的作品,尽管有着不同的名字,不同的叙事线索,其核心的元素却是大体一致的。我们可以列举出这些故事

①　严歌苓:《扶桑》,《严歌苓文集》之三,当代世界出版社 2003 年版,第 3、71 页。

②　张敬珏:《说故事:汤亭亭〈金山勇士〉中的对抗记忆》,载《文化属性与华裔美国文学》,(台北)"中央研究院欧美研究所"1994 年版,第 27 页。

的相似结构，以及其中包含的大量的雷同化细节。比如，她的三部长篇小说《望月》、《交错的彼岸》和《邮购新娘》，在结构上都是"双城记"，一方是加拿大的温哥华或多伦多等城市，另一方是中国的温州或上海；故事基线都是一个家族中外祖母—母亲—女儿三代人的情感历程，而且这个家族通常是曾经显赫、如今没落的大家族；女主角都会遭遇情感波折，背叛或离异。这几部长篇以及不少的中篇小说中，甚至多次出现双胞胎主人公，如《望月》中的望月和踏青；《交错的彼岸》中的蕙宁和萱宁；《余震》中的小登和小达；《余震》中双胞胎姐弟相依为命的一段描写竟然是完全重复了《望月》中的相关细节。显然，就这些作品而言，虽然其中的叙事线索是虚构的，但故事所要表达的情怀却是一致的，其实是在反复诉说同一个家族故事，这个故事从1998年的《望月》，一直讲到2005年的《雁过藻溪》。正如张翎在关于《邮购新娘》的创作谈中自承的，"最初的写作欲望是强烈简明直了的，可是在书写真正开始的时候，我听到了许多杂音——来自自身的声音……这些声音中最为强烈霸道的，后来终于抢过话语权，借着书中一些人物的口，说出了想说的话。可是那些微弱一些的声音，也并没有罢休的意思。它们潜伏在一些没有话语的场景里，借着风借着雨借着街景借着一切可以用来制造暗示的静物动物来表达着自己的满腹委屈。"① 这种自我剖析是深刻的、淋漓尽致的。而且这种自我评价基本上可以适用于她的大部分作品。显然，作为作家的张翎，难以抑制自己的某种诉说冲动，从而在每一次的虚构故事背后，忍不住反复表达着同一种源自灵魂深处的真实情感。这种情形也印证了曾担任加拿大中国笔会会长的洪

① 张翎：《一个人的许多声音》，《江南》2006年第4期，第183页。

天国的观点,即移民文学的发展轨迹是以人生的单一经验为起点的。张翎对自己人生的单一经验的反复叙写在新移民作家中是非常典型的。这使得她的创作虽不乏精彩之处,却长期徘徊于一种固定的情境、语境之中,如蝶困茧。

然而,《金山》终于使张翎破茧而出,羽化成蝶。《金山》虽然仍旧延续了张翎惯用的"双城记"结构,以加拿大的"金山"温哥华和广东开平和安乡自勉村来展开故事,甚至依旧是以海外华人归国来揭开家族历史的叙事线索。但张翎已经彻底蜕却了自己的琐屑的家族情感史躯壳,将笔触延伸到了民族历史的记录和挖掘,"将对人物心灵和命运的想象和体验与对人的条件、环境的确切考证和把握融为一体",[1] 气象开阔。《金山》与《扶桑》一样,描述华人早期移民北美的历史。不同的是,《扶桑》关注的主要是华人移民中的女性命运,视线更多的是投射在美国唐人街上的妓院和帮会之中。而《金山》关注的是早期华人移民的主体,那些胼手胝足、艰辛谋生的"猪仔",视线集中于华人在加拿大修建铁路、经营洗衣店、开辟农庄等谋生历程里。红毛、方得法、方锦山、方锦河,等等,是怀抱发财梦想来到加拿大的农民子弟,他们没有蜕变为《扶桑》中的大勇那样的"不好男儿",而是在"金山"以汗、以血搏生存,屈辱、凄惨地死去或顽强、坚韧地生息。伴随着方家四代人在加拿大的挣扎和发展的,是中国的百年沧桑历程。方家的兴衰起伏所代表的华人移民史,是我们的整个民族历史中的重要一页。以动人的叙事来铭记这段历史,是最好的方式之一。张翎的这一史诗性长篇,摆脱了对个体的单一经验的反复言说,进入一个大的创作空间中,也意味着新移民文学的重大突破。

---

[1] 编者留言:《留言》,《人民文学》2009 年第 4 期,第 3 页。

作为西方国家中的华裔族群代表，以汤婷婷、谭恩美等为代表的留居者后代，其创作也大多没有离开对中华民族的历史挖掘和与华人形象的塑造，但他们的塑造和表达却呈现出一定的怪异色彩。因为他们出生、成长于西方文化的环境，虽然在家庭中父辈对民族文化与传统格外强调，但父辈的"家国"在他们的感觉中，常常是异域和文化上的"他者"，他们的写作也并非是以中华文化为旨归，因此，他们在表述与民族文化和传统有关的内容时，经常出现一些想当然的猜测和臆断。比如汤婷婷，她的四部长篇小说：《女勇士》、《中国佬》、《孙行者》和《第五和平书》，内容均为美国华裔的生活，其中《女勇士》和《中国佬》都属于家族叙事，描述的是从 19 世纪到 20 世纪在美华人的生存、发展历程。《女勇士》是家族中的女性历史，《中国佬》则是家族中的男性历史。在这些家族历史中，虽然充满着中国文化的符号，但其中有很多是出于误读的，不管这种误读是有意还是无意，它对形成西方眼中的中国形象，都产生了不容回避的歪曲误导作用。《女勇士》中叙述者对中国"饮食文化"充满夸张和厌恶的指责，《中国佬》中叙述者将中国婚礼仪式叙述为阴沉凄惨的黑白色调，对象征性的"哭婚"习俗的夸张表述等，都使得中国文化在英文书写中呈现出某种怪诞，这种怪诞本是不了解中国文化的西方人所具有的感受，而现在却出自华裔作家的笔下，这无疑强化了西方对中国形象的错误揣测。因此，以留居者后代为主的华裔作家对中国历史与文化的叙述，虽然使得西方的主流阅读视野中增加了中国章节，但对于真实展现中国文化来说，是远远不够的。

在这种情形下，新移民作家的叙述是一种有效的补充。略感遗憾的是，这种对民族历史的挖掘和对民族形象的塑造，在新移民文学中所占的分量还不很够，尤其是有价值的非汉语文本较少。我们寄望于新移民文学发展的未来,能够有更多的作家摆脱个体单一经验的反复言说,将目光投向更阔达的历史空间,建构出厚重的文本。

第五节 女性文本:性别意识的重构

华人新移民作家中,女性在数量上具有明显的优势,因此,针对女作家展开的研究比较丰富。很多研究者以女性主义理论解读这些女性文本,得出了许多一致性的结论,但是,女性作家并不等于女性主义作家。如果我们细读文本,可以发现,大量的女性文本中其实存在着几种不同的性别意识重构方式,既有对自我的发现与肯定,也有对传统的复归,更有少数文本中存在较为极端的两性对立。通过解析这些文本,我们可以发掘出华人新移民女性的生存状态、心理状态与她们性别意识重构之间的关联,以及与中国文化中性别认同之间的关联。

一、心理成长:"自我"的发现与肯定

浏览华人新移民的作品,尤其是女作家的作品,可以很容易地看到一个主题上的集中,那就是婚恋主题。一些作品从题目上就已经呈现出来,如《哈佛情人》(王蕤)、《纽约情人》(施雨)、《美国情人》(吕红)、《覆水》(陈谦)、《邮购新娘》(张翎)、《嫁得西风》(李彦)、《素素的美国恋情》(融融)、《丫头,你嫩嫩地嫁了吧》(老六)、《美国围城》(邬红)、《纽约丽人》(欣力),等等。如此之多的婚恋故事,固然与女性的情感丰富,喜欢沉浸于情感体验的书写有关,但细读这些婚恋故事,却可以发现远非如此简单。因为,在每一个婚恋故事的深层,其

实都潜藏着新移民女性的自我发现、自我诠释、自我塑造。因此,这些作品应该说都是女性的心理成长文本。虽然这些女作家叙事风格有别,但其作品的叙事动力却非常一致。这种叙事动力就是女性对自己性别角色的追寻、发现与重塑。因此,她们文本中的自我观照、自我投射,也呈现出一种醒目的同质性。

在这些女作家的笔下,女主人公事业奋斗的历程往往被弱化,而爱情追寻的波澜起伏才是描写之重。比如在欣力的《纽约丽人》中,汤潘是成功的服装设计师,她的成功和受挫都来得很容易,但她的爱情追寻很艰难。她的朋友何小藕获取博士学位的过程被作者一带而过,与导师克利斯的爱情和与丈夫任和的婚姻纠缠是主要的叙述内容。另一个朋友凌凤则根本无所谓事业,仅有情感的纠葛。在她们的情感历程中,我们看到,她们在同一文化背景的丈夫、情人那里感受的是被漠视、被鄙薄,而在文化背景迥异的域外男子那里找到的是"被当作女人的感觉,说得再确切点是女士,被当作女士的感觉"。传统的何小藕在国内时,无怨无悔地追求任和,即使知道他爱的是汤潘,依然满心欢喜地嫁给他。但当她留学美国,遭遇导师克利斯后,她在不知不觉中发生了改变,她变得"一天天更像她自己,或者更像个女人了——一个会对男人撒娇使性儿的女人,一个正常的女人……她有生以来第一次知道被人爱是个什么滋味"。[①] 虽然后来被迫分手,但这段爱情被她一生视若珍宝。凌凤的第一次婚姻结得稀里糊涂,多年来在丈夫余国凯的鄙薄、淡漠中麻木地生活,直到认识来中国参加博览会的美籍台湾裔华人迈克尔·陈,才第一次找到被当作女人的感觉,第一次感受到男人温柔的呵护。觉悟了的凌凤看穿了自己婚姻的实质,断然离婚,作为情人

① 欣力:《纽约丽人》,作家出版社2001年版,第89、172页。

跟随迈克尔到了美国。

外表独立的汤潘始终追求爱情的神圣和完美，汤潘起初因为爱才而自愿供养着画家荀大路，同居 7 年。但女强男弱的格局终于使自己遭遇背叛，愤然分手。她与秦岭虽是一见钟情，但因为都曾有过情感创伤，彼此之间不乏小心翼翼的算计，在同居与婚姻之间徘徊。当事业受挫、同时痛失母亲后，汤潘将婚姻作为最后的避难所，却在不意间发现秦岭的同性恋行为，剧痛之下，车祸而亡。

何小藕因为遭遇克利斯而第一次明确意识到自己作为女人的美好，第一次真正认同自己的性别角色，第一次找到自我。凌凤因为认识迈克尔才发现自己婚姻中缺乏的温柔与爱，才意识到原来女人应该被当作女人来对待。这不是单纯的情感变化，而是一种精神自我的觉醒。比较之下，一直独立好强的汤潘也许因为一直面对的都是同一文化背景的情人，在她的情爱格局中，也就始终没有找到对自己性别角色的认同。

吕红的《美国情人》描写了主人公芯在移居美国后为了获取绿卡、挣脱已经死亡的婚姻和寻求一份独一无二的爱情而挣扎的情感历程。在困惑、失落和痛楚之后，芯终于找到了自己的生活重心，在写作中获得了心灵的自由。作品中的芯，是一个很典型的知识分子移民。在她赴美之前，困守着不和谐的婚姻，粗暴平庸的丈夫一方面以不忠来伤害芯，另一方面却满怀嫉妒地猜疑她、防范她、贬低她。通过访学来到美国后，虽然也面临着很多生存上的艰辛，但芯却获得了精神上的解放和众多男性的青睐，同胞老拧、黑人汤姆、英俊的白人律师皮特，等等。虽然，这些情感经历最终并没有开花结果，但我们从芯最后寻找到的心灵自由可以窥见，她已经通过一场心醉神迷的恋爱完成了自己的心理成长，发现了真正的自我，这比一个有结果的婚姻更加重要。

融融的《素素的美国恋情》虽然由于情节的过分简单而稍显生硬,但所表达的主题与上述两部作品并无二致。素素在国内的初恋一片狼藉,由于偷尝禁果而几次堕胎,该结婚的时候,爱情却已发霉,最终被恋人抛弃。她到达美国后,情感经历顺利得异乎寻常,甚至很不真实。她第一天到学校就参加了一个 Party,遇到了一个了解中国的哲学教师查理,受到他的追求,陷入一场恋爱。第二天,她就找到了一份报酬优厚的保姆工作。女主人安娜是同性恋,在素素到来后很快离婚搬走。于是,素素得以与英俊富有的男主人乔治陷入了另一场恋爱,最后成为他的妻子。国内的素素是个面目模糊的弃妇,来到美国的素素是美丽、聪慧、能干的,既能写文章,又能弹钢琴,还擅长烹调,博得了所有人的喜爱。不同时空的两次情感经历给予她迥然不同的感受,过去是胆战心惊,现在是欢乐甜蜜。

老六的《丫头,你嫩嫩地嫁了吧》是一部从未引起研究者关注的作品,这也许与其伧俗的篇名不无关系。其实,这部作品是非常能够反映新移民女性的典型心态的。在这部自传式的作品中,叙述者小靓出身干部家庭,受过研究生教育,却由于无意中得罪了学校的分配科长而沦为“黑户”,成为 20 世纪 80 年代中国最早的一批自由雇员。她由于爱上一个软弱、自私的有妇之夫而青春蹉跎,没能像奶奶期望的那样“嫩嫩地嫁了”。35 岁时,她作为访问学者来到美国,对这里的一切产生了全身心的热爱。她在这里先是遇到了年轻的情人波特。波特的第一次抚摸拥吻,让小靓“弥补了做少女和姑娘的所有缺憾,满足得像个女皇”,身体的结合,则使她“感到了全身心的愉悦,这愉悦饱含着一生寻觅等待的痛楚和酸甜苦辣的千情万绪”。波特使她改变了对男人的看法,使她“比过去任何一个时候更加女人,柔情万般,宽厚无私"。及至小靓结识黑人 Tony 后，更加着迷，她说："Tony 的得体圆熟让我无所挑剔。整个晚上，他处处让我感到自己很女人，而且是个美丽的淑女。那感觉极好。"与 Tony 的结合，是小靓重新学习做女人的开始，使她从心灵到身体都获得了新生。她由衷地慨叹："我曾经很小，很丑，但我现在感到很强大，很美丽。""假如我没有走出自己，走出种族，我也不会发现有那么好的阳光沙滩，也不会相信：爱是存在的。"①

为什么这些新移民女性几乎无一例外地在移居的国家发现了自我，找到了激荡灵魂的爱情、完成了心理的成长呢？笔者认为，这与中国的女性解放历程之间存在着一定的关联。

1949 年以后，随着新政权的建立和巩固，中国女性的地位获得了空前的提升。她们至少是在表层上获得了政治、经济地位的平等。男女同工同酬曾使广大女性感觉到自己价值的被肯定。然而，如果拂去这些表层的花团锦簇，深层次地探察中国女性的平等问题，我们就会发现事实远非如此。中国女性的平等其实呈现出一种漫画般的夸张变形。一方面，女性获得了名义上的平等，可以自豪地声称是"半边天"，参与社会的政治经济活动。甚至在很多家庭中，女性的地位看起来已经远远高于男性，以致诞生了"妻管严"这样独具中国特色的词汇。但翻过硬币的另一面，我们看到，女性的精神自我其实从未获得真正的解放。不仅女性在政治上的上升空间远远小于男性，更可怕的是，在男女平等的旗帜下，男女两性的性别差异被有意无意地遮蔽了。女性往往扭曲了真正的自我来削足适履地迎合着"男女平等"。她们在社会中经常承担着超出女性生理负荷的工作，而在家庭中却并

---

① 老六：《丫头，你嫩嫩地嫁了吧》，中国友谊出版社 1999 年版，第 456、457、515、542、566 页。

未因"男女平等"而减少家务重负和养育责任。"妻管严",只不过让女性得了一点口头上的便宜,气势上的满足。在这种气势之下,大多数女性既丧失了自己的女性特质,不再被当作女人而对待,感受不到被爱、被呵护,又在实际上仍然扮演着男性的服务者和衬托者角色。这使得女性的精神自我事实上一直处于压抑的状态下,只是许多人并未明确意识到这种压抑的存在。

而当一部分女性有机会走出国门,置身另一种文化之中时,新的人际关系形式、特别是男女关系形式,给予她们的冲击远较男性移民为大,使她们长期压抑着的真正的精神自我开始苏醒,她们的心理自我开始跳跃性地成长。在母语文化中,女性的复合的自我,多重的主体性,被男性群体与男性群体占主导的社会共谋性地规整化为单一的、附属性的"贤妻良母"。而在她们置身的西方,妇女解放运动开始得更早,进行得更深入,虽然女性也仍然面临着种种的不公平,但相对于中国内地,女性对独立自我的追求显然更加具有自觉性,崇尚个人主义的社会氛围对女性也相对更加宽松一些。她们不由得感叹"美国妇女是世界上享有最多自由平等的一族人"。她们蓦然意识到"我的强悍外表全因为没有个强悍的男人疼我护我而自我粉刷的"。① 于是,脱离了母语文化的强大笼罩后,她们有意无意地趋向扬弃旧日被规整出来的"贤妻良母"和"半边天"的社会身份,转而积极主动地建构女性独立自我的主体性。由于她们是通过异族男性的眼睛,重新定义了女性气质,以及女性的社会角色,这种新的发现、新的界定就需要一种贴切的表达。异国恋情无疑最适合担当此任。"情人叙事"因此成为新移民写作中一种醒目的文学存在。

---

① 老六:《丫头,你嫩嫩地嫁了吧》,中国友谊出版社 1999 年版,第 424、425 页。

这些"情人叙事"中，对性的描摹和赞美是很令人瞩目的。虽然中国文学并不缺乏性描写，但多是借以渲染气氛，或者通过性描写而进行某种揭露与批判。譬如"五四"时期的大量"私小说"，多是描写性的苦闷，借追求性的解放而追求人的个性全面解放。但新移民的"情人叙事"中，主要是对性本身的赞美。这种坦然的赞美从一个侧面提示着新移民女性的性意识、性伦理的变化，也昭示着新移民女性对自我的重新建构。正如新移民作家张慈认为的，移民的进步，既包括经济的自由，也包括寻找到自我，"但对女性来说，从性的黑暗中解放出来，我认为才是更重要的进步和最大的自由"。[①] 她认为，对性的认识，以及在写作中对性的表达，帮助她重新认识了自己的国家和民族，也重新认识了自我。

新移民女性的心理成长，不仅仅在于对女性气质的重新发现、重新定义，也在于对女性美的标准的重新认知。在作品中，有许多女主人公在国内时从不被人欣赏，被视作相貌平平的无魅力的女人。而当她们置身异国、面对异族男人时，却获得了超乎想象的赞美。而且这些赞美还并不是一般的礼节性客套，而是源于对美的不同理解。在《丫头，你嫩嫩地嫁了吧》中，小靓不仅在一堆兄弟姐妹中间毫不起眼，在同学、同事中也从未被当作美女而受到赞美。但她的美国丈夫 Tony 却不遗余力地赞美她的美丽。她本以为这只是一种讨好或者是异族人的无知，再或者是"情人眼里出西施"。但 Tony 认为中国女性失去了自我肯定和自我欣赏的能力。"他说：如果中国女人不知道自己是世界上最漂亮、最富于女人味的一族人，那是最大的浪费和罪过。如果中国

---

① 张慈：《写作的意义》，载《一代飞鸿——北美中国大陆新移民作家短篇小说精选述评》，中国文联出版社 2008 年版，第 427 页。

男人不会欣赏和爱护自己的女人，他们永远不能成为一流战士。"①

在纪虹的《自由女神俱乐部》中，对照性地讲述了几个当年的大学同学移民美国后的生活。其中对女性美的探讨是以几个女性的不同际遇体现的。欣欣在国内时是十大校花之一，可来到美国后却没人把她当美女看待。胡莉在国内时是所有男生都躲着走的女孩，只能主动去追求男人，得到的却是一次次的抛弃和鄙视。而外教山姆却认为她是班里最漂亮的女孩。她跟随山姆移民美国后，也不断得到美国男性的赞美，终于使她修正了对女性美的看法，找到了自信，于是发誓，就算单身到死，也绝不嫁中国男人。跟她一样，几个同学中的大姐方芳，在国内被认为相貌平凡，一直生活在漂亮妹妹的阴影中。但她的美国教授、后来成为丈夫的布朗，却充分肯定了她的女性魅力。

这种对女性美的不同认知，诚然主要来自不同种族的差异性、补偿性追求。但这种差异性认知，使无数自卑的华人女性在异域获得了心理的解放，找到了自信，是她们心理成长的重要一步。不过，我们也不能忽略，无论是哪一种标准，所依据的都是男性的审美趣味。因此，女性的这种自我审视，归根结底仍然没有离开男性的审美意志主导。那么，这种心理成长的价值也就不宜无限地放大。

一些读者将新移民文学中的大量婚恋故事的存在视为俗套，然而，"俗套故事在现实中一再发生的原因，在于它们正是人生的一部分"。② 女作家笔下的异国恋情既是对一种身边的客观存

---

① 老六:《丫头，你嫩嫩地嫁了吧》，中国友谊出版社1999年版，第555页。
② 王德威:《想像中国的方法——历史·小说·叙事》，生活·读书·新知三联书店1998年版，第35页。

在的写实记录，也是对她们自身情感好奇的虚构描摹。这些作品，似乎已经隐然成为她们自我观照、自我审视、自我塑造、自我欣赏的镜子。她们将精神自我投射于笔下的女主人公身上，而通过叙述者这样一个虚拟的"他者"的视角打量着自己，赞美着自己，有时也小小地嘲笑一下自己。这样的投射和塑造，超越了外在的真实，而蜕变、升华成为一次艺术审美。

然而，经常性的"临水照花"，"顾影自怜"，必然会陷于自我观照的狭窄视阈，作品确实容易沦为为写情而写情的通俗文学。这或许是许多女作家创作的困境所在。而且，在自我发现、自我肯定、自我塑造的过程中，在异域男性的无尽赞美中，她们又往往容易忽略女性应该坚持的独立自强的一面。既要找到女人的自信，又不应成为蜷缩于男性力量之下的弱者。这之间的微妙平衡也许是女性的永恒困惑。

二、复归传统：男权规约下的"地母"

与以上这些女性的心理成长、自我发现构成对照的，是一些复归传统的女性意识。这种女性意识最突出地表现于目前最具实力新移民作家严歌苓的作品中。

2008 年 4 月，严歌苓的《小姨多鹤》出版，再次引起了研究者对严歌苓的关注。因为这部作品是以最为敏感的中日关系为背景展开的，叙述的是一个战败后滞留在中国、长期为妾的日本移民竹内多鹤的故事。如同她以往的作品一样，严歌苓依然只对人性感兴趣，而对展示人性的舞台不感兴趣。所以，对战争的残酷和两个民族之间的爱与恨，她都没有投入太多关注。以至于有读者指出了作品中很多有悖于史实的细节，比如以狼烟来渲染气氛，以木屐作为日本垦荒开拓团的日常穿着、对苏联红军和中国游击队的评价、对日本行政区划的称谓、多鹤几十年没有克服的语言障碍，等等。严歌苓作为一个叙事能力很强的资深作家，出现如此多的细节纰漏，更加说明她对故事背景的漠视，她在这部最新力作中，努力为读者呈现的依然是她最为心仪的"地母女人"形象。只是，这一次的"地母女人"不是传统的中国女性，而是生活在中国的日本移民女性。

日本少女竹内多鹤的家庭是众多随着日本关东军进入中国东北的所谓"垦荒开拓团"中的一员，是一类特殊的移民。日本的战败，使得这些曾经在中国领土上傲慢地"垦荒"的移民陷入了生存的绝境。一些人自愿、不自愿地选择了自杀。而更多像竹内多鹤这样渴望活着返回日本的移民，则开始了慌不择路的奔逃。奔逃的过程是残酷的，寒冷、饥饿、疾病、频繁遭遇的阻击，以及精神上的绝望，吞噬了大多数的奔逃者。竹内多鹤是这中间的幸存者。她被作为战利品带到了人肉市场上，一角钱一斤，卖给了火车站张站长的儿子张俭，作为传宗接代的工具。于是，在1945年11月的大雪之中，日本少女竹内多鹤开始了她在中国漫长的为妾生活。从最初的情感抗拒、试图逃离、到先后为张家生下三个孩子，再到最后与张俭真心相爱，与张俭的妻子朱小环姐妹情深，她以日本女性传统的恭谨、勤劳、坚韧，终于彻底融入了这个被迫进入的中国家庭，从日本婆子竹内多鹤成了张俭家的小姨朱多鹤。直到中日邦交，她才重新做回日本人，并为了把张俭带到日本治病，而终于在做了几十年的地下夫妻后，与张俭正式结婚。

张俭的妻子朱小环，其实也是一个"地母女人"，不过是个"泼辣版"的"地母"。她自己因为日本人的追赶而流产，但为了张家的香火，依然容忍了日本女人多鹤以妾的身份进入家庭。在几十年的共同生活中，她从被迫到自愿，与多鹤共同拥有一个丈夫，把一个情敌变成了相依为命的姐妹，把相爱的丈夫却变成了一个相依为命的兄弟。她的慷慨大度折射着传统的中国贤妻的善良和包容。

自从严歌苓以华人移民作家的身份进入文学研究界的视野，就始终是研究者关注的重点。研究者都注意到，严歌苓的创作一直以来都没有离开对女性生命体验的书写，而且非常热衷于塑造"地母"类型的女性形象，从《少女小渔》中移民美国的护士小渔、《倒淌河》中的牧女阿尕、《扶桑》中的妓女扶桑、《第九个寡妇》中的农妇王葡萄、《金陵十三钗》中的妓女玉墨，直到现在《小姨多鹤》中的小环与多鹤。这些"地母女人"，有着比较一致的性格特征：她们多为缺少知识背景的、生活于底层的女性；她们的命运通常是苦难多舛的，但她们面对苦难的方式不是决绝的抗争，而是柔性的顺从；因此，她们大多是淳朴、善良、温厚的，身上焕发着的是一种古老的母性，这种母性"包含受难、宽恕，和对于自身毁灭的情愿"。严歌苓自己把这种母性视为"最高层的雌性"，因为"她敞开自己，让你掠夺和侵害"。①她把这些女人视作是"天然保持着佛性"的女人，她们既是男人的母亲，也是男人的宠物。

严歌苓一直充满激情地歌咏这种跪着的好女人，歌咏她们的宽容和柔顺，歌咏她们受难的高贵和圣洁。严歌苓认为她们才是真正的、最原本的女性，有泥土般的真诚，这种真诚的好在于它的低贱。因为甘愿低贱在任何自视高贵的女人身上是无法存在的。这种歌咏感动了无数的读者，也引发了许多评论者的关注和赞同。陈思和教授把这类典型艺术形象的特点概括为"浑然不分的仁爱与包容一切的宽厚"，"'浑然不分'表现为

---

① 严歌苓：《扶桑》，《严歌苓文集》之三，当代世界出版社 2003 年版，第 85 页。

她的爱心超越了人世间一切利害之争，称得上真正的仁爱。"包容一切"隐喻了一种自我完善的力量，能凭着生命的自身能力，吸收各种外来的营养，转腐朽为神奇。我将这种奇异的能力称之为藏污纳垢的能力，能将天下污垢转化为营养和生命的再生能力，使生命立于不死的状态"。他认为这类女性形象"体现了一种来自中国民间大地的民族的内在生命能量和艺术美的标准"，① 隐喻着"以弱势求生存的文化"。② 也有论者认为严歌苓的"地母女人"是"对东方原始母神的回归，是为这个日益分裂、破碎的世界探求出路的一种尝试"；严歌苓是"用另一种方式来阐释了她的'女权主义'，它并不是参与男性世界的争斗，而是从男性二元对立的处境中解脱出来，恰恰是将自身的雌性因素完全的发挥。这并不是意味着赞同'男权主义'，而是具有新意义的母权思想，这种思想实际上是原始母权思想的演变和延伸"。③

但笔者一直对这种解读、这种湮没一切的赞美抱以深深的怀疑。在我看来，严歌苓不遗余力地塑造、歌咏"地母女人"，赋予"地母女人"以通过卑贱的姿态来获取深层的尊严和生命能量的特质，非但不是对女性的赞美，不是在延伸原始的母权思想，而其实恰恰像是在母性、雌性、人性、佛性的温情面纱下，堂皇地重建不平等的性别秩序、性别意识。

在中国文化中，"地母"称"地母至尊"，亦称"地祇"、

---

① 陈思和：《自己的书架：严歌苓的〈第九个寡妇〉》，《名作欣赏》2008 年第 3 期，第 102 页。

② 陈思和：《关于〈扶桑〉改编电影的一封信》，载《扶桑》，《严歌苓文集》之三，当代世界出版社 2003 年版，附录，第 226 页。

③ 缪丽芳：《雌性·母性——严歌苓小说〈扶桑〉中的情结分析》，《华文文学》2006 年第 6 期，第 91 页。

"后土"或"后土娘娘",在道教中,居道教尊神"四御"中的第四位,是主宰阴阳生育、大地山川的神。地母崇拜是由先民的土地祭祀和女性崇拜演化而来的。因为在中国古代文化中有天为阳,地为阴的观念,《三教搜神大全,后土皇地祇》就有天阳地阴,天公地母的记述。"地母"作为生殖力的神圣象征而被崇拜,其形象所负载的意义自然包含了与生命相关的一些理念和价值,诸如顽强、坚韧、生生不息,等等。但自古以来对大地的崇拜似乎并不强调其卑贱,以及其对罪恶的净化和消解能力。这种对大地的理解、对"地母"的理解,不如说是现代人的过度阐释。这种阐释不能不说在有意无意之间渗透着中国长期的男尊女卑的性别等级、性别秩序。而在西方文化的源流中,"地母"通常指代希腊神话中的大地女神盖亚。盖亚曾经唆使最小的儿子克洛诺斯以镰刀阉割了父亲天神乌拉诺斯。显然也不是一个承载温情、柔顺和卑贱的形象。

就严歌苓来说,她对"地母女人"的塑造一方面很可能源自她所受的俄罗斯文学的影响。她在接受采访时曾多次明确表示过最吸引自己的是俄罗斯文学。众所周知,俄罗斯文学、尤其是19世纪的俄罗斯文学,一个非常明显的倾向就是以女性、特别是卑贱的底层女性来扮演受难者和救赎者的形象:如陀思妥耶夫斯基《罪与罚》中的妓女索尼娅、《被侮辱与被损害的》中的娜塔莎,托尔斯泰《复活》中的妓女玛丝洛娃等。我们从严歌苓的《扶桑》与《金陵十三钗》等作品的创作中可以明显感受到这种影响的痕迹。但俄罗斯文学的"受难—拯救"模式,根源于其深厚的宗教背景,是基督受难的摹本。而将之移植到东方文化之中,将这种由受难来净化罪恶、来拯救沉沦者的文化意义赋予中国传统文化中的"地母"形象,则不免失之矫情。

　　另一方面，这种"地母女人"形象也很可能直接受到了尤金·奥尼尔在《大神布朗》中塑造的妓女西比尔形象的影响。《大神布朗》是一部以面具来表现人物心理的作品。剧中的妓女西比尔所戴的面具就是"地母女神"。西比尔年轻、健壮、丰满、性感，有一些迟钝，但充满粗鄙化的热情和博爱，有自己坚持的原则，不为金钱地位所诱惑，慷慨地施与，但不求回报，以至于剧中的两个对立性的男性角色布朗和戴恩都在感情上依赖着西比尔，称呼她"妈妈"。可以说，西比尔的形象特质与严歌苓的"地母女人"的性格特征极其相似。虽然我们没有看到严歌苓直接谈及过尤金·奥尼尔对她的影响，但在美国哥伦比亚艺术学院攻读过文学写作的严歌苓应该是很熟悉奥尼尔的。这之间是否存在直接的影响关系当然有待求证，但这种关联性却值得我们注意。

　　当然，在中国当代文学中，利用底层女性承担默默的牺牲者、抚慰者、救赎者的角色，也是一种最为常见的模式。从李国文的《月食》中的妞妞、路遥《人生》中的刘巧珍到张贤亮的《绿化树》中的马缨花、《灵与肉》中的李秀芝，以及张承志《黑骏马》中的索米娅，等等。不能不说，这些女性形象在本质上都与严歌苓的"地母女人"属于同一类型。显然，新移民文学虽然起自海外，但由于新移民作家的主体，如严歌苓等都是在大陆完成基本教育的，使得新移民文学与中国当代文学的传统和价值体系之间存在着不可切分的牵连。值得注意的是，这些女性形象多出自男性作家的塑造，因此，其文本背后隐含的男性的心理优越、男性对于女性的潜在索取是不言而喻的。作为一个女性作家，严歌苓塑造"地母女人"系列的意图应当是区别于这些男性作家的。但我们却分明看到了其间的同质性。这是令人非常不解的，也是令人不安的。

以浴血来呈现受难的光辉，享受苦难，"从无可奈何里得到一点满足，偷到一点乐趣"，① 以"跪着"的姿态宽容和原谅站着的人、居高临下的人，这若非是一相情愿的想象性满足，便是要先验地设定那对峙的男性一方是本性善良的，是可以被"跪着"的女人感化的。但这种设定难道经得起质问和推敲吗？女人在苦难中所面对的男性可能是任何一种，而并不是每一种都可能在"跪着"的女人面前柔软下来、纯净起来。那时节，这个"跪着"的女人如何能从卑贱的姿态中获得尊严？"跪着"，又如何成为一个美丽的形象？弱势的一方难道仅仅凭借精神上的自我提升就可以演变成强势吗？

严歌苓的这种女性意识与她成长的时代的主流文化所宣扬的女性精神肯定是背道而驰的。如果说依然是来自中国传统的女性道德规范，那么这种规范的受益者毫无疑问是男性。因为"地母女人"的无怨的牺牲和对苦难的承载，无疑是对在激烈的社会搏杀中的男性的一种精神支撑和心灵抚慰。而"地母女人"的另一面却又是性感的，是迎合着男性的身体需求的。男性最心仪的便是"把淑女的气质罩在娼妓身上，让她以淑女对外以娼妓对你"。② 因此，大肆宣扬、赞美"地母女人"的本应是男性群体，男性作家。显然，严歌苓虽然身是女性作家，其视角和创作的心态，其实完全是一种传统的男性中心主义视角。

通过塑造、歌咏"地母女人"受难的高贵和圣洁，来贬斥那些不肯自视低贱的女人是"女性干涸"了的、"功利的"、"非自然"的"陷阱"，这种一体两面的叙事意图，与无数人

---

① 严歌苓：《小姨多鹤》，作家出版社 2008 年 4 月版，第 178 页。
② 严歌苓：《金陵十三钗》，中国工人出版社 2007 年版，第 39 页。

在或激烈或委婉地高唱的"女人应有女人味"如出一辙。显然是在母性、雌性、人性、佛性的温情面纱下，在重建新的不平等的性别秩序、性别意识。被歌咏的"地母"是在男权规约下的"地母"，与原始的母神是南辕北辙的。在今天男权依然为主导的社会中，这一类型的叙事本来也并不会特别令人讶异。然而，这种建构行为出自一个杰出的跨界生存、跨界书写的知识女性笔下，却是令人困惑的，这是一种怎样的思想理路呢？难道，在女性解放运动开展得相对充分的西方，在见识了西方女性对自我的不懈追寻之后，严歌苓却产生了某种逆反，转而认为传统中国女性的个性品德特质才是最值得推崇的，才是化解两性冲突的根本之道？这是否是一种想象性的文化满足呢？假如以这种思想倾向为旨归，那么，女性解放就是完全没有必要、没有意义的，只要恪守传统的任劳任怨式的贤德贞淑，在混沌中依欲望天性而活，就一切尽善尽美了，女人的"女性"就不会干涸了。然而，对于路漫漫其修远兮的女性解放事业来说，是跪着的、柔顺的、牺牲的"地母"更值得歌颂，还是呼喊的、叛逆的"阁楼疯女人"呢？进而言之，若以"地母女人"隐喻弱势文化，则其生存姿态更不可取。在全球化的今天，没有任何一种弱势文化可以凭借其弱者的姿态而获得生存和发展空间，无论其怎样卑贱地"跪着"，也不可能避免被强势文化侵入和同化的命运。一部屈辱的中国近代史，已经再清楚不过地揭示了这一点。而今天的众多少数族裔文化、边缘文化的命运，同样在诠释着这一点。

虽然华人新移民作家中，女性作家的数量优势很明显。但值得注意的是，在这些女性作家中，除了虹影等极少数人外，大多都不具明显的女性主义思想情怀。最具影响力的新移民作家严歌苓，其女性塑造的意图更是与女性主义完全背道而驰。这是一个值得研究者关注的问题。她们对女性社会角色的这种诠释,显现着一种共同的性别价值观。研究者都已经注意到,新移民作家中女性数量为多的一个重要原因是她们的生活状态。由于所在国的相对较高的收入水平以及相对完善的社会保障体系,很多华人女性在结婚之后退出了职场,成为全职主妇,照料孩子,辅助丈夫。正是这种较为安闲的生活状态,导致了大量女作家的出现。女作家在日常生活中扮演的社会角色,无形中加强了她们对传统的贤妻良母式的女性性别角色的认同。反映在她们的文本中,自然也就很少女性主义的尖锐,而颇多传统的温良恭俭。当然,就严歌苓个人来说,她并非是真正意义上的全职主妇,而是一个职业作家,经常要参与很多文学活动。但这种参与社会生活的方式,与在职场上焦虑、紧张、激烈的搏杀,还是有着本质区别的,感受到的女性的被压制、被挤迫程度相对较弱。因此,即使她们在表述对女性的赞美、同情,甚至是为女性呼吁时,她们也很难超越自己在生活中扮演的社会角色的规约,她们的表达虽不是隔岸观火,总不免隔靴搔痒。

华人新移民女性作家这种立场,与她们的故国、当前中国知识界对传统文化的推崇、倡导在一定程度、一定范围上倒是非常合拍。我无意对这种推崇与倡导表示反对,中国传统文化自有其不可取代的价值,但我希望对传统的回归是有取舍的。至少就女性来说,她们在传统文化中是受到长期的残酷压制的。中国女性从"五四"以来所获得的解放其实很多都是局限于表层的、外在的权利,如同工同酬、选举权被选举权等。女性在家庭中、在社会生活中、在人们的观念与意识中所受到的挤压并没有完全消失,女性解放仍然是一场漫长的革命。因此,这种立场会在无意间更加遮蔽当前中国文化生态中性别政治的真实情形。这是值得我们思考的。

三、对立与主宰：极端化的女性表述

同为新移民作家，虹影塑造的女性形象在很多方面都与严歌苓的"地母女人"形成一种对照性的并置。比如虹影的《上海王》中的筱月桂，与严歌苓笔下的扶桑一样，也是一个出身底层的女性，是艺人，也是妓女。不可避免地，她也遭受过难以忍受的凌辱。但筱月桂面对苦难的方式，却不是以甘愿受辱的"跪着"的姿态，来承受命运的安排，承受男性的凌辱，包容一切，而是百折不挠，凭借非凡的勇气和智慧来改变自己的命运。她可以把"利用"与"依附"截然地分开，最终战胜了那些控制自己命运的男性，创造了自己的"上海王"传奇。

虹影的很多作品对于女性性别意识的表述和建构，都很具锋芒。她笔下的女人，一不以受难来呈现光辉，以牺牲来成为道德上的虚拟拯救者，二不带着重新发现的自我沉醉于"女人味、女性美"的获得，而是锋芒毕露地站在男性的对立面上，将命运的缰绳紧紧抓在自己手中，并试图以此驱策男性，使其臣服。这是一种较为极端的女性表述。所以，两性间的紧张对立是虹影作品中一种突出的色调。她的由三部中篇《康乃馨俱乐部》、《逃出纽约的其他方法》和《布拉格的陷落》组成的长篇《女子有行》（又名《一个流浪女的未来》）就是这种女性意识的典型表达。其中，《康乃馨俱乐部》是表达最极端的一部。

《康乃馨俱乐部》创作于1994年，展示的是在未来的2011年，两性间的极端对立和被男权压抑的女性所展开的无情报复。男性依然是不忠的、虚伪的、无耻的，女性却不再软弱地哭泣，也不是喋喋不休的怨妇，她们成为飞扬暴虐的惩治者。"猫"、

"债主"、"妖精"和蠛蠓等一批受到男人抛弃和伤害的女性组成了一个女同性恋团体,名为"康乃馨俱乐部"。她们着装怪异——寸头、文身、黑色的皮帽、红色的墨镜、金色的大蜘蛛项链,骑着马力强劲的摩托车,开着乞丐主义风格的吉普车,在暗夜的街头呼啸、驰骋,挑"厌恨已久的东西开心"。这个东西就是虚伪无耻的男人。叙述者蠛蠓本意只是要建立一个非暴力的女性团体,拒绝与男性产生情感,揭穿他们的虚伪面目。但女友们的行为逐渐失控。而当初抛弃过蠛蠓的古恒,因为被他抛弃的蠛蠓居然不痛苦而对她和她的俱乐部展开了处心积虑的报复,终于使这个俱乐部沦为阉割男人的暴力帮派,古恒也自食恶果。在叙述者蠛蠓凌乱、跳跃的语流中,未来的上海笼罩于阴暗、邪恶和暴力之中,男女两性势不两立,互相报复,一派血腥、狼藉,呈现出一种末世情调。

在三部曲的第二部《逃出纽约的其他方法》中,蠛蠓离开了暴力笼罩下的上海,前往纽约,却不料又莫名其妙地陷入纽约激烈的种族、宗教冲突之中。虽然她认为:"我并不需要男人,我喜欢独身,厌恶与任何一个男人共享一张床。"① 但在宗教组织的重重设计中,终于被一个教派首领桑二吸引,成为命定的大法师转体的孕育者,整个美国的东方人社会教团的政治未来就在她的身体里。于是,她陷在被追杀和被拯救的循环中,不断地试图逃离纽约。最后,在派系冲突中,蠛蠓流产了,桑二死了。在她不再想逃离的时候,她却被桑二的敌对者逐出了纽约。在这部作品中,两性虽然不再极端地、冷酷地对立着,但依然充满芥蒂,在爱与利用的模糊边缘徘徊。男人虽然利用女人来夺取权利,但毕竟女人在孕育世界的拯救者。虹影在这里赋予女性这种

---

① 虹影:《女子有行》,文化艺术出版社 2006 年版,第 117 页。

使命，表达着女性主宰世界的渴望。但蟑螂的流产，又在隐约昭示着这种渴望的空泛与虚乏。

第三部《布拉格的陷落》更是旗帜鲜明地描摹出一幅女性主宰世界的图景。其时，以华信公司为代表的东方商团已经掌控了捷克的经济命脉，与这个国家的人民处于一种紧张的对立之中。而东方财团的首领是蟑螂的女友花穗子。蟑螂离开纽约后来到布拉格，与花穗子恩怨纠结，并被这里的左翼社会党视作拯救者。两个女人虽然充满争斗，但都是世界的主宰者，而不是传统的臣服于男性的弱者。

虽然以小说家而扬名，但虹影的叙事从来没有摆脱她曾经是一个先锋诗人的痕迹。她的叙事经常是跳跃的、凌乱的，以种种诡异的感觉牵引情节的发展。与此相连，她的笔下也几乎没有传统的女性形象。她的女主人公要么是精神世界丰富到诡异的程度，要么是冷酷的男性杀手，再或者是睿智到非同凡响。但有一点是共同的，这些女性都不是世界的弱者，而是具有主宰意义的强悍人物，甚至承担着拯救世界的希望。除了《女子有行》这样的典型文本外，她的成名作《饥饿的女儿》中，母亲虽然呈现出一种丑陋、粗俗的外在形象，但母亲在家中同时也是一种主宰者形象，她用扁担和绳子挑起了全家的生活，养大了六个儿女。她的粗俗中显现着力量的强悍。《英国情人》中的闵，表面上温柔娴雅，羞怯沉静，但在与裘利安的情爱关系中，却是主动的一方，是完全的主宰者。

在虹影的很多作品、特别是前期作品中，女性与男性很难和谐共处，他们彼此伤害、尖锐冲突。即使有短暂的和谐，最后也还是相互背离，女性总是孤独的、忧伤的。但她们不是软弱的，她们强悍、叛逆，生命力蓬勃。这与虹影本人的女性主义思想是密不可分的。她明确表示过女人应走出自我囚禁，反抗男权世界的压抑。不过,虹影的近作越来越走出了两性对立的极端化表述,开始呈现真正的爱与温情,比如《上海魔术师》,兰胡儿与加里的终成眷属就呈现出传统的温情脉脉。

由于以先锋诗歌般的语言和跳跃性思维来结构小说,使得虹影前期的很多作品风格生涩,明确的主题常常湮没在混乱的语流中,这很难说是一种优点。正如陈晓明教授所说:"过分的实验性文体已经没有多少革命性的意义,在格非和孙甘露之后,中国小说已经没有多少形式方面的障碍需要逾越。"① 所幸,虹影后来逐渐摆脱了前期的这种风格,趋向平实,这使她获得了更多的读者。

值得称道的是,虹影在表现她的女性主义主题时,展示出对未来叙事的热情,而未来主义正是飞散内涵的一部分。这不仅在女性作家中是少有的,在整个华人文学中也是不多见的。她以自己的不同寻常的想象反复思考未来世界的图景,热衷于探索神奇而怪异的超现实体验。《女子有行》既是女性主义的极端表达,同时也是出色的未来叙事文本。在她的未来世界中,现代科技的过分发达,摧毁了神话和理想,人类的身心存在方式被彻底改变。她所表达的对人类群体生存的关注,对未来的时空中,不同宗教信仰、不同文化背景的人类各个群体将如何共处的想象,是发人深省的。当然,她最关注的仍是未来社会中女性在两性世界中的位置和她们对两性关系的态度与行为方式。比如《逃出纽约的其他方法》虽然描摹出未来时空中不同种族、不同信仰的激烈冲突以及科技的过度发展与环境保护、移民问题等。但核心的主题仍然是在广阔的背景下表现女

---

① 陈晓明:《女性白日梦与历史寓言——虹影的小说叙事》,《一个流浪女的未来》序,漓江出版社 2001 年版,第 4 页。

性的孤独、压抑和迷茫。可以说:"它制造了一个跨国资本主义时代的全息图,一大堆令人眼花缭乱的后现代超级奇观,一个盛大的世纪末的狂欢节,它是后当代寓言和女性白日梦最奇妙的结合。"①《布拉格的陷落》虽然将时间定位在并不是十分遥远的 2011 年,但作者所表现的布拉格的情形却是超越现实的图景。以华信公司为代表的东方商团对捷克经济命脉的掌控,与今天一边倒的"西方压倒东方"的经济图景大异其趣,为我们描绘出全球化时代的另一种图景。这个三部曲,既给我们描绘出全球化时代人类所面临的精神与文化困境,也使我们在这种困境中更加关注女性的未来命运。

飞散是向不可知的未来漂移,飞散的结果是无法预料的。这种不可知是吸引人们漂移的终极动力。飞散者在漂移之中需要思索未来,探询未来的多种可能。因此,"未来主义"是飞散的题中之意。

第六节 晦暗的男性形象:心理优势的失落

在海外,作为所在国的新移民,男性的谋生压力非常之大。这种压力迫使他们必须要选择实用的专业、行业,并且要全力投入,才能尽可能快地完成物质财富的积累,实现"美国梦"。无法借以谋生的写作,尤其是使用自己的母语进行的写作就只能是作为业余爱好。所以,新移民作家中,男性远远少于女性。当然,也有个别像哈金、裘小龙这样的作家,由于获

---

① 陈晓明:《女性白日梦与历史寓言——虹影的小说叙事》,《一个流浪女的未来》序,漓江出版社 2001 年版,第 4 页。

奖可以凭借写作来谋生、成为专业作家，只是为数极少。与此
同时，存在大量的特别意义上的"专业"女作家。这使得新移
民文学中的很多男性形象是女性来塑造的，他们的面目上不可
避免地涂抹着出自女性视角的色彩。这些色彩大多数时候是比
较暗淡的。比如严歌苓的《少女小渔》中的江伟，《阿曼达》
中的杨志斌，吕红的《美国情人》中的老拧，融融《夫妻笔
记》中的任平，陈谦的《爱在无爱的硅谷》中的王夏等。严
歌苓的《拉斯维加斯的谜语》更是从一个特别的视角写出了一
个男人在移民生活中的异化。

　　《拉斯维加斯的谜语》在严歌苓的作品中是个相对朴素的中
篇，不像《扶桑》那样语词绚丽铺陈，也不像《人寰》那样充
满频繁的闪回和叙述语调的变换，而是结构简单、语言清淡的，
但却格外地发人深省。严歌苓没有像通常的移民故事那样致力于
描摹移民生存的艰辛、文化的冲突或对故国的怀想，而是致力于
揭示异化，揭示"中国人根性中的一些素质在移民的异化中是
如何表现的"。① 她把这种异化的表现聚焦于一个知识分子男性
老薛身上。

　　老薛本是个为人循规蹈矩、生活认真节制的化学教授，跟随
考察团赴美考察并探望在美生活的女儿时，在拉斯维加斯的赌场
赌上了瘾，于是留在了美国，过上了勤勉打工、然后再勤勉赌博
的生活。老薛的移民很像是一次意外，他赴美时似乎本没有移民
的打算，他既不是因为在国内难以立足、也不是因为想追求更好
的生活和发展而放逐自己的。就因为一次赌博，他"本性中的
一个潜伏被突然照亮"，② 他欲罢不能，他移民似乎仅仅是为了

① 严歌苓：《严歌苓自选集》，山东文艺出版社 2006 年版，第 171 页。
② 同上书，第 145 页。

留在美国赌博。然而，老薛却又不是像一般的赌徒那样表现出对钱财的极度贪婪，反而有些无所谓；他也不是为了品尝赢的快感而赌，赢的时候，他快速地兑款，只为了把"赌"这个绵延的过程接续起来，不能让"赢"中断了它；所以，在他赌博的时候，既没有赢的急切，也没有输的慌乱。

老薛在物质生活上几乎是最大限度地节俭，一直穿着国内带来的衣服，包三明治的塑料袋都要洗涤后反复使用，除了吃和住，所有的收入都投入到"赌"的过程中。赌博使本来就很节制的老薛更加克己，更加轻视肉体最起码的物质需求。于是，老薛的沉迷赌博变得很难理解，被女儿视为疯狂。但当叙述者"安小姐"再次在赌场中目睹老薛赌博的状态时，她终于了悟，老薛赌博时绵绵不断地填筹码、拉操纵杆的过程，形成了一套不断回旋、无始无终的动作，是一个永远可以持续的过程。这个过程使他得到彻底的解脱、彻底的忘我。"如此一个清教徒般的赌棍，使赌博原本所具有放荡和纵容，以及一切罪恶成分都发生了变化。"① 变化的过程，便是他异化的过程。

严歌苓认为，移民的过程，实际上也是人性的一次异化过程。在特定的环境中，人性中的某些质素会出乎意料地走到极致，而这些质素，若没有这种特定的环境，可能会一直隐藏得很好，即使是当事人自己也不会意识到它们存在于自己的身上。老薛在国内的环境中，一直都是清寒本分的知识分子，穷尽各种可能，他也不会成为一个赌徒。但当他来到了美国，这个"对千般百种的生存方式给予冷漠的宽容"的地方，他见识了赌场，于是"本性中的一个潜伏被突然照亮"，② 他沉沦在惯性的旋涡

---

① 严歌苓：《严歌苓自选集》，山东文艺出版社 2006 年版，第 164 页。
② 同上书，第 152、145 页。

里。那套一成不变的玩角子机的动作形成一种惯性,这种惯性可以使他忘却一切,他享受的便是这种忘我的感觉。他那种赌场苦行僧的形象与人们通常理解的赌博所应当具有的贪婪放荡丝毫不合拍,他性格中固有的认真、节制、自律、勤俭的优点,在这个惯性的旋涡中显得如此荒诞。在这个与众不同的赌徒身上,严歌苓为我们诠释了人性的异化。

其实,不仅是老薛,生活中的许多人都是被异化的,只是我们常常不自知而已。正如老薛的女儿艾丽斯所言,住好房、开好车跟烟瘾、赌瘾一样,都是"毒瘾",走火入魔了,九死一生都甭想戒。艾丽斯是知道自己的瘾的,但许多人却不知道自己已异化为物质的奴隶,正如老薛也并没有清楚地知道自己的异化一样,对能使自己忘我的惯性的沉迷和专注,在他眼睛里形成了一片长久不散的"奇特黑暗",这片黑暗蒙昧着他,也蒙昧着很多人。社会学中有"角色丛"的概念,用来说明人性的复杂多样。一个人可能在生活中扮演着多个角色,这些角色很可能看起来非常矛盾。老薛这个形象正好为我们诠释了这个概念,他既是一个狂热的赌徒,也是一个认真、勤俭的老实人,还是一个慈爱的父亲,当然他也是一个华人移民中的失败者形象。

虽然新移民中女作家为多,但男性作家毕竟也有一定的数量。照理说,男性作家塑造的华人移民的男性形象应当比女作家笔下的更具光彩。但当我们阅读新移民男性作家的作品时,我们发现情形并非如此。在他们大多数作品中流淌着的某种情愫,也很具同质性。这种情愫使他们与同一群体的女性作家们对女性形象的塑造形成了一种有意思的对照和映衬。

范迁的《红颜》剪取了生活中的一次邂逅。主人公雅安曾是上海的芭蕾舞演员,因为当年的一次演出,倾倒美籍华商陈迪克,得以嫁入豪门,来到美国。丈夫过世后,留给她大笔遗产,过着衣食无忧的空虚生活，时常缅怀青春岁月。在与律师聊天时，她无意中获悉，少女时代的梦中情人、芭蕾舞团的天鹅王子周兵也来到了美国。40岁的雅安思绪纷乱地跑去周兵打工的中餐馆，愕然发现，旧日令她心仪、令她仰视的白马王子已经蜕变成表情木然、眼神谄媚、形容猥琐的半老头。雅安满怀惆怅，因为"年轻时的梦，现在掉到了污泥里，在那儿拼命地扑腾着翅膀挣扎不起，狼狈不堪"。① 雅安在是否要帮助周兵的念头中徘徊。这种犹疑终于在他们相约的一次共进晚餐中彻底结束。因为周兵不仅在高贵的西餐厅中举止不当，而且鬼祟地偷偷拿回了雅安留在桌上的小费。无意中窥见此情形的雅安，绝尘而去。一次重温旧梦的约会就此狼狈终结。范迁虽为男性作家，但从女性视角展开的叙述，温婉有致，节奏明晰。在男女主人公国内、国外与今时、旧日的对照中，折射着男女两性在移居地的不同际遇以及伴随而来的心理失衡。

沙石的《我的太阳》，以一个移民父亲的伤心诉说释放出一个失意男人的复杂心绪。主人公沙锅移民美国前是单纯憨厚的汽车修理厂的技术员，阴差阳错地娶了小资情调很浓的女人竹梅，在无休止的吵闹中有了儿子铁子。为了改变生活的状态，他移民美国。历经千辛万苦，才终于把妻儿接到美国。但夫妻间的矛盾并未因移民而改变，竹梅来到美国后，日渐美丽，英文流畅，终于离婚投入白人托尼的怀抱。沙锅拼死争得儿子的抚养权，从此父子相依为命。沙锅在离婚后虽然得到国内单位的原工会主席牛五斤的帮助，有过短暂的事业辉煌。但由于受骗，生活很快又回到原点。与此同时，随着儿子的成长，父子矛盾日渐尖锐。在频

① 范迁:《红颜》,《红杉林——美洲华人文艺》[美国] 2007年第4期，第29页。

繁的父子冲突中,已经成年的儿子在感情上越来越倾向母亲和继父,蔑视失败的父亲,嫌弃父亲的不雅举止和生活习惯。父子之间终于爆发了冲突,儿子居然打了沙锅。视儿子为太阳的沙锅万念俱灰,离家出走,怀着自杀的念头徘徊在旧金山的冷雨中。这部作品既讥讽竹梅的薄情,更悲悯沙锅的失意。希望靠移民缓解家庭矛盾的沙锅,却在移民后失去了一切,老婆、孩子、朋友和老领导的信任。移民对许多人而言,是一个从根底上改变人生方向、获取更加美好生活的契机。然而,平庸的沙锅并没有因为移民而改变自己的平庸,反而使自己的平庸得到放大,最终失去了赖以支撑自己生活信念的儿子的亲情。沙锅的生活,其实从来也没有真正融入美国的内里,在他的家,敞着门是美国,关上门还是中国。移民多年,他连儿子的英语也听不懂,轻易地就被女骗子洗劫一空。他生活的唯一乐趣和力量就是儿子,然而已经美国化的儿子却无法再容忍作为失败者和美国的局外者的父亲。他的太阳焚毁了他的生活。在陌生异质的土地上,他茫然无依。

阎真的《曾在天涯》是少有的完全以负面视角展现华人移居者的作品。当然,严格说来阎真并不算是新移民作家,而是海归作家。但他的《曾在天涯》在海外华人新移民中曾经引起了广泛关注,所以一直位列于新移民文学研究的重要文本之一。《曾在天涯》是一个陪读丈夫的自述。英语水平不高的历史学硕士高力伟,凭借能干的妻子林思文的努力,不费吹灰之力就飞进了加拿大。他本没有移民的梦想,所以抱着赚一把就走的信念,甫一落地,就积极寻找打工机会。而精明能干的林思文却是打定主意要留下来的,夫妻的分歧从相聚的第一个夜晚就开始了。语言的障碍,使高力伟处处碰壁,赚钱的愿望一再地遭受打击。由于凡事都要依靠妻子的张罗,他在不得不听命于姿态强势的妻子的同时,心理严重失衡,甚至直接影响到夫妻生活的状态。在与妻子林思文由分歧走向分离的过程中,以及离婚后与情人张小禾相爱但无法结合的情感折磨中,高力伟始终挣扎在男性脆弱的自尊和现实的严酷之间。作为一个中国男性,他无法接受自己的女人强过自己,那会提示着他的无能和多余,令他沮丧。只有女性的柔弱才会激起他的怜爱,这种怜爱会化成强大的心理动力,使他"在荫庇了对方的同时证实着自己"。①

　　生存的艰难无疑存在于每一个新移民身上,但由于显而易见的原因,知识分子对艰难的耐受力显然较之劳工阶层更差。作为对所在国几乎毫无利用价值的文科学者,这种精神上的挣扎尤甚。作品中两个最具代表性的男性知识分子,高力伟和周毅龙,一个是历史学硕士,一个是历史学博士,都生活在一心上进的妻子的精神重压之下。他们既无法在加拿大寻找到自己理想的工作,也没有信心、没有能力重新开始学习,只有沦落在中餐馆中做苦力。这非常具有象征意味。精神上盈满着几千年的厚重历史,却在一个历史短暂的国家里失却尊严,被"钱"——这个中国知识分子最不屑的词汇,挤压出知识分子始终极力躲避的身上的"小"来。两个身躯高大的"伟丈夫",在言行上流泻的都是小心算计、狭隘自负、怨天尤人、自我哀怜。周毅龙坦承:"承认自己的渺小没有意义也要有一点勇气,人在心里总逃避这个。"② 日复一日的打工生活,使两个曾以研究历史为业的知识分子思索出移民生活的荒诞、生命的短暂。在异国的土地上,他们愕然发现,男人存在的价值原来只能靠钱和地位来度量。在钱和地位上失去了优势,他们也就失去了作为男人的心理优势。漂泊异国两三年,高力伟自感从没有找到生活的基点。他一直为了

---

① 阎真:《曾在天涯》,人民文学出版社 1996 年版,第 86 页。
② 同上书,第 210 页。

钱而忍受着这种失落。但他不能无限期地忍受。林思文、张小禾们在困境中拼命挣扎,坚决不肯回国,怕失去了在加拿大生根的机会。而高力伟更留恋在中国的逍遥生活,更看重在中国的根。于是,当"赚够五万加元"的目标达到后,高力伟决然放弃了继续等待令人眼红的加拿大绿卡,只身返回了中国。而前妻林思文、情人张小禾一方面无法承受黯然回国后面对家人的压力,另一方面也无法放弃加拿大绿卡将会带来的优厚福利,于是只能继续在加拿大挣扎。林思文准备投身商海,张小禾则以美貌换财富,投入了有钱人的怀抱。

陈瑞琳认为,这部作品具有精神深度和艺术气质,"所涉及的主题,是一代新移民在海外如何重新寻找自己的人格位置、又如何面对感情天平失衡的痛苦,这几乎是每一个海外游子所共同经历的心路历程。震撼人心的结论是最后男主人公放弃了异乡无奈的漂泊,离开了自己曾经深爱的妻子,回到了自己渴望生存发展的祖国。小说完全不是爱国主题的演绎,而是灵魂无所依托的挣扎。尤其具有艺术感染力的是表现婚姻爱情在新的生存环境下炙烈的考验,经济地位的变化导致的情感天平的错位,东方文化下男人的价值观被彻底地粉碎,这严酷的现实造就了一代学子悲剧的故事"。①

的确,《曾在天涯》没有把个人的精神痛苦和人生失意都笼而统之地放在文化冲突、种族歧视之下,而是少有地展现出华人男性在异域文化之中比女性更甚的生存窘境,以及造成这种窘境的一个根本原因,即他们骨子里不肯放弃的中国传统的男尊女卑的观念和"男主外、女主内"的生活格局。高力伟的失意其实

---

① 陈瑞琳:《原地打转的陀螺——论北美华文文学研究的误区》,《中外论坛》(纽约)2002年第3期。

折射着中国男性群体在当今时代的某种落寞,科技的进步不仅使得工作中由于男女生理差异而形成的工作分工和区别越来越多地得到消除,而且越来越多地将女性从繁琐的家务中解脱出来,女性的能力得到更大的发挥,其人生价值得到更大的体现。相比而言,男性似乎并没有从中获得更多的益处,这使他们从过去那种传统观念和生活格局中形成的所谓自尊、自信受到了极大挑战。作品将故事的背景设置在加拿大,在这个迥异于中国的生存环境之中,这种挑战的严峻格外凸显出来。高力伟的返回中国,正是他无法适应这种挑战的结果,他既不能在新的环境中依然保持男性的强大,也不能在女强男弱的生活格局中泰然生活,那么留给他的当然只有退却这一条路了。

这些男性作者的文本中,几乎一致性地充满着对男女两性的双重批判。文本中的男主人公通常是生活的失败者、失意者。而女性,虽然或拥有金钱美貌、或事业成功、或努力上进,但无一例外缺少纯真美好的心灵、温柔谦卑的气质。而这些恰是中国男性最为看重的品质。这种同质性的表达,透露出了男性的复杂心绪。在移民这个特殊的生命体验之中,男性的自信失落与困窘表现得格外突出。他们经常酸溜溜地悲叹:"女孩子总是被洋人邀入美国文化,而中国男人却老得在人家文化的边缘上挣扎、闯关。"[1]

新移民文学中的对男性形象的塑造,无疑与中国几千年文化传承中的性别政治有关。当一种文化下形成的性别期待,置放于另一种迥然有别的文化中时,释放出的是五味杂陈的复杂气息。

既然"所有叙事作品都是艺术家真实自我的假面舞会,我

---

① 陈霆:《漂流北美》,中国文学出版社1998年版,第34页。

们可以在似乎最荒诞不经的作品中发现自叙传的因素"。① 那么,细究新移民作家的"文本自我",绝不是一种无聊窥测,而是可以从中见出华人新移民在飞散生活状态下,其精神维度上的微妙变迁,以及这种变迁在整个中华文化变迁的大背景之上所具有的参照意义。

第七节　亚文化探触:性伦理的变迁

在所有文化中都存在一定的性禁忌,禁忌的存在也就造就了一些受到主流文化压抑、游离于主流文化之外的亚文化形态,比如同性恋等人类的特殊情感形态。新中国成立以后,秉持非常严厉的性道德观念。因此,像同性恋这样的亚文化,是绝对禁忌的。不但学术界不能进行公开的研究,在普通人眼中,更是不可公开谈论的丑陋的变态行为。这使得很多人对同性恋几乎是一无所知。直到20世纪90年代以后,才有学者对此展开系统、科学的研究。相应地,在同时期中国当代文学中出现的、对这一亚文化形态的描摹也是稀少而隐晦的,也是一个禁区。

在严厉的性道德观念中成长的人,一旦移民到一个相对宽容的社会环境中,有机会见识这些曾经被视作洪水猛兽的亚文化,精神冲击是难免的。从本能的厌恶、好奇到宽容的理解、泰然地共处,有一个缓慢、复杂的变迁过程。这些在新移民文学中也都留下了痕迹。因此,对同性恋等亚文化的呈现,也是新移民文学中比较常见的主题。当然大部分只是惊鸿一瞥、点到为止,并没

---

① 戴锦华:《新时期文化资源与女性书写》,叶舒宪主编:《性别诗学》,社会科学文献出版社1999年版,第41页。

有对这些特殊情感作出深入的讨论,如陈霆的《漂流北美》、欣力的《纽约丽人》、严歌苓的《学校中的故事》和《也是亚当,也是夏娃》等。但也有部分作品,以优美坦荡的笔触正面展开了对这些特殊情感的描摹与探索,从中发掘出人生百态的复杂、人性的宽容。这其中,严歌苓的《白蛇》、《魔旦》、鲁鸣的《背道而驰》等都是比较优秀的。而且,鲁鸣的长篇小说《背道而驰》几乎是唯一一部从心理学的角度来认真探讨同性恋的小说。虽然今天我们的社会已经可以比较冷静客观地在心理学、社会学的意义上探讨同性恋问题,但文学领域对其做正面展现的仍不多见。《背道而驰》的意义不言而喻。

鲁鸣在1988年赴美前曾在南开大学先后就读过哲学系和社会学系,研究过社会心理学。赴美后,他在哥伦比亚大学先后获得了艺术硕士、哲学硕士和社会心理学博士资格,还曾经在纽约精神病研究院工作过三年。因此,他的小说创作一般比较倾向于展示人的心理、个性与世界的冲撞,如短篇《纪念》、《证明》、《失踪》等。他的作品显然是有源之水、有本之木。

《背道而驰》是鲁鸣的第一部长篇小说,以一个在纽约行医的华人心理医生柳牧一为叙述者,经由他而连接起华人画家米山、米山的两个妻子白人安玛和华人江雅文、华人生物教授李之白和他的妻子田麦以及柳牧一自己的妻舅、混血画商京典等人。通过他们的诉说、他们的性爱,展开了一幅纽约城里丰富多彩的同性恋和双性恋的亚文化图景。作者并未以猎奇的心态着力渲染这些性现象的情色意味,而是从一个心理学家的视角出发,从科学的角度揭示同性恋、双性恋的生理机制、心理机制和普通人的性心理、性意识。也通过这几个人的不同生活遭际,严肃地探讨了人的性自由与性责任之间的关系,以及不同文化冲撞中华人性意识的变迁、信仰的改变。鲁鸣说:"从文化背景和个体心理感受的双重角度来说，纽约是人类心理学研究文化冲突最好的地方，不管是研究群体的社会心理学，还是研究个体心理学。这部小说的叙述，就是从这样的双重的角度进行的，涉及文化杂交、爱欲、宗教信仰和家庭关系。"①

米山是由画商京典一手操办、作为杰出艺术家来到美国的。由于京典是同性恋，作为艺术家的米山也对同性恋产生了好奇，试图探索自己是否会有同性恋倾向，于是先后涉足同性恋影院、同性恋酒吧、同性恋澡堂等，最终确认自己仅仅是好奇。但这段探险般的求证过程，使米山得以从一个新的角度窥见了男性的阳刚、性爱的困惑和生命的渴望，创作了很多同性恋题材的油画作品，获得了巨大的成功。在巴黎出席画展时，米山和妻子安玛认识了华人留学生江雅文，三人互生爱慕。于是，安玛主动与米山离婚，让米山跟雅文结婚，顺利进入美国。"艺术家的疯狂和人性的盲目交织在一起"，使得三个人居然开始了三人同居、一夫二妻的奇特生活，交织着异性恋、同性恋和双性恋。面对朋友柳牧一的质疑，米山认为："世界的存在只有被当作一种艺术现象，活下去才合理、才精彩……我们把这种生活本身当作一种艺术现象……艺术是我们的生命，我们的生命就是艺术。"柳牧一却认为："艺术高于生活，其本质是美，而生活的常态和本质是平庸，两者是矛盾的。""当你的存在成了一种艺术现象后，其结局很可能是悲剧。"② 果然，在安玛和雅文分别为米山生下了一个女儿之后，这个奇特的家庭愈加复杂了。三人在抚养教育孩子与个人的事业发展等诸多问题上矛盾重重。米山在陷于复杂的婚姻生活之后，丧失了艺术创作灵感，沦为平庸的画匠。在米山

① 鲁鸣：《背道而驰》，中国社会出版社 2005 年版，前言。
② 同上书，第 50、113、114 页。

的一次出轨后，这个奇特的婚姻终于解体，雅文携女返回了中国。

故事的另一条主线是有关生物教授李之白的。他由于身材矮小，因此自幼崇尚男性的阳刚之美，并通过努力锻炼而体格健美。留学美国的日子里，在孤独的生活中，他被指导教授的儿子兰德引入了同性恋世界，并由此触发来了自己潜在的同性恋倾向，成为一个彻底的同性恋者。但由于中国文化中对同性恋的禁忌，他隐瞒了自己的性取向，依然与未婚妻田麦正常结婚。结果，无意中感染艾滋病毒的李之白也传染给了不知情的妻子田麦。伤痛绝望的田麦只能辞掉原来的工作，进入制药企业，从事艾滋病药品研制，在自己身上试验各种新研发的抗艾药物。发病后的李之白在悔恨与内疚中客死异乡。

"在人头攒动的世界里，命运的差异在很大程度上是其个体心理特征的不同。""人生本身是个美丽妖艳的陌生女人，不断迷惑着充满欲望的灵魂。在如此崇拜快乐的时代里，人的思维诠释已不足以赶上及时行乐的汪洋大海"，而移民，又是一种生命风景的彻底改变。在移民生活之中，"选择过什么样的生活，不但是完全崭新的生命体验，更是一个心理和意志的考验"。[①] 作者是以一个社会心理学家的思考来讲述华人移民的特殊爱欲故事，发掘悲欢离合背后所隐含的复杂莫测的心理。正如叙述者在文中引用的蒙田名言"每个人身上都具体细微地备有人类境遇"。因此，解析几个主人公的心理，也是借以探索华人移民在飞散生活的过程中的心理变化、特别是一向被忌谈的性心理、性意识的变化。作者既从文学的角度细致幽微地描述了男性的性心理，又从心理学的角度分析了这些心理的生理机制，如替代性满

①　鲁鸣:《背道而驰》，中国社会出版社 2005 年版，第 76 页；前言。

足、心理定势、阳具崇拜、窥视癖,等等,以及这些生理问题与文化背景之间的关联。在目前所见的新移民文学作品中,尚没有一部作品能在男性性心理的描写和分析中达到如此深入的状态。因此,《背道而驰》是新移民文学中一次具有探索性的可贵尝试。

作为新移民作家中的领军人物,严歌苓几乎写过所有移民文学的题材。严歌苓喜欢在自己的作品中对各种感情做不怀偏见的探讨。她认为任何感情都可以有诗意,特殊的情感也具有特别的色彩与深度,呈现出极其丰富的层次与面貌。所以她有很多作品表现的都是非常规的情感,如《白蛇》、《魔旦》、《拖鞋大队》、《学校中的故事》表现同性恋,《花儿与少年》、《约会》、《红罗裙》、《人寰》、《我不是精灵》、《阿曼达》等则表现母子之间的、少女与父辈间的近乎乱伦的暧昧感情。其中,《白蛇》和《魔旦》都是表现由艺术的魅力而引发的同性恋,笔调含蓄节制,气息却神秘幽暗,富于艺术的魅惑力。

《白蛇》的故事发生在"文化大革命"期间,是一个著名舞蹈家孙丽坤和她的崇拜者徐群珊之间心照不宣却始终克制的同性感情。以《白蛇传》闻名的舞蹈家孙丽坤在"文化大革命"中遭受迫害,被关押在剧院的布景仓库。失去了舞蹈、在日复一日地写交代材料的过程中,曾经美丽神秘、如神如妖的孙丽坤在绝望中坍塌成一个臃肿鄙俗的市井妇人。一个神秘的中央特派员徐群山突然来调查她,"他"高贵、神秘而清雅的气质迷住了孙丽坤。"他"的欣赏使孙丽坤摆脱了绝望、恢复了身材、褪去了精神上的污秽,焕发了艺术神采。然而,"他"却在最后一刻变成了"她"——徐群珊。错位的情感、巨大的失落,夹杂着轻微的恶心,摧垮了逆境奋起的舞蹈家。孙丽坤被送进了精神病院。还原了身份的徐群珊执著地陪侍在医院。两人的关系亲热而微妙。平反后的孙丽坤重返舞台，却已魅力不再。两人在失落中无奈地选择凡俗的婚姻，在人生的道路上渐行渐远，将这段微妙的情感历程留在岁月的尘烟中。

严歌苓以罗生门的风格，通过"官方版本"、"民间版本"、"不为人知的版本"，从不同的角度展示了这场神秘恋情的面貌。官方的调查、民间的传言、当事人的感受，多侧面地型塑出这个由艺术魅力而延展至情感牵连的事件的微妙之处，有情而无色，有精神的游动而无细节的描画，是典型的汉语文学的写意风格。严歌苓曾在接受采访时说过，移民到了国外，才认识了同性恋，才恍然领悟之前遭遇的一些异样感情。因此，严歌苓描写的同性恋，不接近细节，而着力于那种微妙而神秘的感觉。对于当年那种充满性禁忌的文化语境来说，这种写意风格恰是最准确地表达。这种风格也出现在《魔旦》之中。

《魔旦》的背景是在美国，20 世纪 30 年代的美国旧金山唐人街。叙述者是一个对唐人街历史着迷的华人移民，她在旧金山唐人街的"华人移民历史展览馆"中，偶然发掘出一段有关 30年代"金山第一旦"阿玫的故事。阿玫的舞台风采迷住了一个神职人员、白人奥古斯都。他无怨无悔、赤胆忠心地捧着阿玫。然而阿玫却爱上了一个阔佬的情妇芬芬。绝望的奥古斯都试图带阿玫逃离旧金山。却不料在阿玫与芬芬的策划下，成为阿玫的替死鬼。阿玫与芬芬的结局没人知道。作者在文末暗示，那个展览馆的看守人温约翰就是当年的阿玫。

男旦在旧时代的中国一直是男性同性恋的最重要的参与者，我们在中国文学中时常能遭遇这种情节。严歌苓把这个常见的故事搬演到美国的唐人街，给它涂抹上一层异域的神秘色彩。阿玫凭借自己的生存智慧，逃脱了他的前辈阿三和阿陆的悲剧命运，却把这个悲剧赋予了痴情的奥古斯都。作者并没有流露自己的道德判断，只是把这个中西相遇的同性恋故事氤氲在旧日时光的神秘之中，给人以无尽的想象与回味。

同性恋这种特殊的情感现象普遍存在于世界上的各个文化之中，有它漫长的历史。在很多文化中，它被视为正常的现象。但在中国文化中，对它的态度一直是暧昧含糊的。尤其在新中国建立后，严厉的性道德规范，使得同性恋成为一种极其隐秘的地下亚文化。因此，新中国成立后成长起来的一代人几乎对此是完全无知的。同时，在中国的当代文学中，很长时间里也缺少表现同性恋的作品。即使在现代文学及近代、古代文学中，对同性恋的表现大多也是只可意会不可言传的，仅有少量作品直面这一情感现象，而这些作品又大多为禁书。所以，不难理解，在开放的西方国家，华人新移民接触到同性恋时所受到的巨大文化冲击。他们对这种特殊情感现象的直接表现，也成为当代汉语文学中很重要的部分。他们在作品之中对这种亚文化的表现也是各具特色的，既有《白蛇》、《魔旦》这样重在渲染其诗意性、曲径探幽式的写意风格的作品，也有《背道而驰》这样以心理学、社会学为基础的科学探讨式的作品，这些不同风格也可以说隐含着新移民对它的认识与接受的不同阶段。当然，随着近些年中国内地思想的逐渐开放、文化控制的日益宽松，在李银河教授等社会学家的推动下，对同性恋亚文化的研究开始公开进入人们的视野。在文学上的表现也渐趋增多。但新移民文学在这一领域中的开拓，是不应被忽略的。

除了同性恋这种亚文化，还有其他一些长期为我们所禁忌的亚文化现象进入新移民文学的表现范畴，譬如恋尸。王瑞云的《戈登医生》就是这样一篇独特的作品。

王瑞云在新移民作家群中属于作品数量不多，但却比较独特的作家。除了散文集《美国浮世绘》外，她目前仅有《戈登医

生》一本小说集行世，另外，有些散见于文学刊物的中短篇，
如登上2005年度中国小说排行榜的中篇《姑父》（《收获》2005
年第1期）。但她的小说却有其不能忽视的价值。她从第一篇小
说《戈登医生》开始，就跳出了移民文学的藩篱，远离那种新
闻报道、个人自传和异国猎奇采风的套路，而是致力于反映当
时、当地的美国社会的行进状况，以及置身其中的人们和他们的
命运。因此，比较其他新移民作家而言，她极少写华人圈子里的
故事，她的《母亲》、《一个美军谍报员和越共》等都是纯粹的
美国人故事。有些作品，如《戈登医生》、《华四塔》，虽然其中
也有中国移民的形象，但却并非简单地叙述移民生活的状况，而
是通过移民的视角，去探察人性的复杂幽微，人生百态的奇异曼
妙。她的作品传达的价值观、伦理观往往是超乎寻常的，如
《母亲》中，一对相依为命的母子，表面看来都是窝囊、糊涂
的，做母亲的为了儿子一再拖延再嫁，为了帮助儿子消除对女性
的怯懦恐惧，竟然亲自带儿子去妓院，还放弃休息时间加班加点
地赚钱，供儿子去妓院买春，引起全镇人的非议。然而，他们母
子却是始终相亲相爱的。母亲以她无私宽广的爱，始终耐心地等
待儿子的心理成长。最终，儿子自然而然地获得了爱情，成家立
业，生儿育女，摆脱了对母亲的心理依赖。母亲也与满怀怨恨等
待多年的情人团聚在一个屋檐下，三代人其乐融融的生活又让全
镇人艳羡。《一个美军谍报员和越共》，通过一个越战老兵的回
忆，勾画出战争背景下，一个美军和一个越共，以金钱的交易开
始，却收获了高贵的友谊。这种友谊超越了国界和政治的敌对，
散发着人与人之间的温暖。在这些看似离奇的故事中，都充满着
令人温暖、感动的精神和品格。

作为王瑞云的代表作，《戈登医生》的故事不仅离奇，甚至
有些惊悚，但在离奇惊悚的背后，却是一脉温情，是对一种极端

纯粹的爱的歌咏。戈登医生是一个优雅温和的、英俊体轻的、受人尊敬的脑外科医生,他在中国妻子因病去世后,因为不能忍受挚爱的妻子在泥土中腐败,于是将其遗体通过防腐技术制成了木乃伊,放在卧室中,终身陪伴。因为对妻子的不能释怀的爱,他在妻子去世后不再婚娶,而是到中国领养了一个孤女,与那个永远微笑的"静止妻子"组成了一个温馨美好的家庭。即使面对叙述者,一个同样来自中国的年轻漂亮的女留学生的感情表白,他也不为所动。后来,由于养女在学校中无意地透露了这一事实,舆论哗然,戈登医生被视为心理变态,妻子的遗体被地方政府强行移走,秘密下葬。虽然经过专家的反复测试,证明戈登医生与养女爱米都没有任何心理不正常的表现,戈登医生也被判无罪,但爱米依然被社会福利组织带走,因为法院认为戈登医生不具备独立抚养儿童的令人信服的健康的心理习惯。戈登医生于是在失去了爱妻和爱女后,孤独地去世了,他要求死后与妻子合葬的愿望也不能被满足。面对这一离奇事件,虽然整个社会都表现出鄙夷和唾弃,但戈登医生的黑人管家凯西、他的中国养女爱米和曾短暂做过爱米保姆的叙述者却都能够理解戈登医生的纯洁灵魂和深沉爱恋,因为他们在戈登医生家里亲身感受到的是温馨和关爱的氛围,而不是世人以为的阴森和恐怖。在这个多种族杂居的家庭里,没有种族和文化的紧张冲突,有的只是人与人的和谐相处。

戈登医生的做法当然是很离奇的,与通常的社会习惯是相悖的,但正如他为自己辩解的,"这么做实际上并没有妨碍任何人,也没有构成任何公害","这种保存的意识是人无以寄托爱的特别手段","法律不应对习惯进行制裁,即使这个习惯只为最个别的人所拥有"。戈登医生的这种极端的爱,"它太纯粹因而过于耀眼,以至惊吓住了我们只拥有脆弱视网膜和狭隘理解力的人群"。戈登医生终于在世人的谩骂中孤独地死去，他只渴望能在另一世界中与妻子相伴，他通过自己墓碑上的铭文告诉妻子，也告诉人们"这个世界不是我们的家园，我们仅是携手路过"。①

一个离奇的、耸人听闻的"恋尸"故事，却没有惯有的恐怖、丑恶、变态，而是带给我们温暖的感动和深深的思考。人类的生存样态是复杂多元的，多数人认同的并不必然代表着正确与合理，少数人坚持的也未必是怪诞与荒谬。对每个人的无害于他人的选择给予理解和尊重，才是人类的相处之道，才能缔造一个和谐宽容的社会，正如戈登医生的那个如诗如画的湖畔宅第。

① 王瑞云：《戈登医生》，广西人民出版社2004年版，第35、45、46页。

第 三 章

双向交融:文化的翻译与整合

移民的生活处境既是现实的,也是象征的。它寓意着人的某种永恒的生存处境。作为宇宙中目前所知唯一有生命的星球,地球无疑是孤独的;作为已知物种中唯一有思想的生物,人类无疑是孤独的。随着现代化的演进,在群居生活中成长起来的人们,正日渐步入个体化生存的状态。彼此的陌生、疑虑和防范日渐浓重。每个个体都在体味着孤独。心灵的孤独使每个人都处在自己生活圈层的中心与他人生活圈层的边缘,感受着不同圈层的碰撞、冲突、疏离与交融等种种复杂的情愫。这与移民生活的整体状态有着某种共通性。它们呈现的都是生存的破碎与凌乱、文化的分解与融合。生长于不同文化圈层交汇处的新移民文学,在正视自身的双重边缘化处境的同时,也在努力实现着朝向双方的融合。

第一节 边缘与中心的对峙和互动

不同文化之间的差异性会在人们的日常生活中形成一种巨大的吸引力。因此,总有一些移民是怀揣"生活在别处"的信

念而去国离家、去寻找和感受另一种差异性的文化的。移居者
离开了故土，定居于新地，面对异质文化的包围，自然就处于
边缘的位置。被边缘化当然会有失落与痛苦，但由于边缘的位
置是处于两种文化的交汇地带，在这个位置上能够看到中心所
不容易看到的，能够同时望向两个，甚至是多个中心，这就获
得了一种独异的视角，因而也就有了特别的价值。而且，处于
边缘的人不仅可以沟通两种文化，还会在一定程度上成为旧有
文化的革新者。

我们在论及边缘与中心的关系时，往往特别关注边缘在位
置上的一种意义，即它相对于中心来说，是被冷落的，是疏离
的。其实，我们忽略了另一种意义，那就是边缘的存在恰恰说
明了某种包容性的存在。在一元化的时代，常常无所谓主流与
边缘，或者说主流与边缘基本上是重合的，整个社会服从于一
种思想和观念，臣服于一个权力中心，任何个体和群落在面貌
上都是相似的，异端是不可能生存的，因为中心的威权覆盖了
所有的角落。只有在多元化的时代，社会在一定程度上能够兼
容并包，这时候才有众多不同于中心的边缘存在。虽然，边缘
与中心和主流在一定时间内是疏离的，但一个具有包容性的社
会同时也是有活力的，任何个体和群落都是可以自由移动的。
因而，边缘可以努力向中心运动。当然，中心也是有可能被挤
压至边缘的。位置的不确定性带来无限的可能性。因此，边缘
的意义就不仅仅是与中心的对峙，它还与中心处于一种互动的
过程之中。

新移民文学是在两种或多种文化的混杂中产生的，无论是在
其母语文化的圈层还是在其居住地文化的圈层，都处于一种特殊
的位置，常被视为边缘。这种边缘的位置和其混杂化的身份使它
在全球化语境中具有值得关注的意义和研究的价值。

华人新移民群体的写作，在归属上是处于交叉地带的。一方面，国内研究者把这些创作视为全球华人文学的一部分；另一方面，由于他们在国籍上已经是属于其居住国的合法公民，他们的文学产品理应是其居住国文学的一部分，尽管可能是影响很小的一部分。一些研究者近年在不断地论及华人新移民文学"从边缘走向主流"的问题，理由是华人新移民们在度过最初的艰难的适应期后，绝大部分已经凭借知识、技能和勤奋进入了所在国的科技、教育和工商界，也就是所谓"主流社会"，他们正在成为真正意义上的世界公民，因而他们的写作已不再主要是以"乡愁"、"漂泊"为主题，而是着重表现华人新移民对新国家的融入和认同。这种论点的逻辑似乎是这样的：过去的海外华人没有进入主流社会，其文学是"漂泊文学"，是边缘的；目前以新移民为主体的海外华人已经进入了主流社会，因而代表他们的新移民文学就不再是"漂泊文学"，也就从边缘进入了主流。

笔者觉得这样的逻辑推论好像过于简单，华人新移民进入了所在国的主流社会，并不必然地等同于他们的写作也能进入所在国的主流文学；他们的写作不再主要表达"乡愁"和"漂泊"，也并不必然地等同于他们的作品进入了主流文学，这其中并没有必然的逻辑联系。笔者认为，对于华人新移民群体的写作，应当在更细致的划分之下进行分别的研究，才能确知它们目前的状态以及他们是否进入了主流文学、进入了哪一范畴的主流。

一、汉语写作的主流与边缘

很显然，属于一个国家主流文学的作品，首先必须是使用其官方语言写作的。当然，使用一个国家的官方语言写作的作品也并不一定都属于其主流文学,"一个国家的主流文学总是包含着一些必要的系统性元素,如历史立场、确定的传统继承、建立在政治和经济基础上的权力等,这些因素往往决定了主流文学的显著性和重要性"。① 华人新移民群体的写作,在其居住国来说,是属于少数族裔文学,因为其立足的文化根基不属于居住国的主流文化。对于使用汉语写作的华人文学,毫无疑问目前是居于边缘的,因为汉语在他们定居的国家里是极少数人才会使用的语言。因此,对于这部分在当地读者面很小、传播和流通范围非常有限的写作来说,如果说有一个从边缘走向主流的趋势的话,那么,很显然,它们目前还只能是在中国的两岸三地的范围内走向中国文学的主流。

很长一段时间里,海外汉语写作的作品在中国内地的文学界也被视为"边缘",这使很多新移民作家很不以为然:"为什么老是说移民文学是边缘文学呢?文学是人学,这是句 Cliché。任何能让文学家了解人学的环境、事件、生命形态都应被平等地看待,而不分主流、边缘。文学从不歧视它生存的地方,文学也从不选择它生根繁盛的土壤。有人的地方,有人之痛苦的地方,就是产生文学正宗的地方。有中国人的地方,就应该生发正宗的、主流的中国文学。"② 赵毅衡教授说:"我一向坚持,中国文学,不只是中国的文学,而是'文化中国'的文学。而文化中国的版图,就是使用中文的范围。"③ 这些言说,都是肯定着新移民

---

① 张琼:《何处是家园——从美国文学的少数族裔研究说起》,《外国文学研究》2004 年第 5 期,第 30 页。

② 严歌苓:《人在哪里,哪里就是文化和文学的主流》,《台港文学选刊》1998 年第 8 期,扉页。

③ 赵毅衡:《后仓颉时代的文学》,《握过元首的手的手》,百花文艺出版社 2004 年版,第 188 页。

文学的正宗和主流。既然新移民写作所操的是同样的汉语，尽管在其间可能会出现新鲜的语汇；他们所写的也多是华人故事，尽管其间闪动着许多洋面孔的形象；那么，他们的作品当然是正宗的中国文学或者说汉语文学的一部分，而不能以他们身居国外为理由视其为"边缘"。在这一意义上说，华人新移民群体的汉语作品在中国文学或者说汉语文学中从边缘走向主流，并非是一个自身发展的问题，而是中国文学、特别是内地文学评论界对其位置的一个重新认定。

其实，严歌苓、虹影等新移民作家的作品最早都是在台湾发表、获奖的，他们在港澳台等地并不存在居于"边缘"的问题，所谓"边缘"云云，仅仅是内地文学评论界曾经的一孔之见，是传统的"中原心态"在作怪。持这种心态的人认为，新移民作家居住、生活于海外，在地理上远离内地，在法律意义上都不是中国人了，他们的创作自然不能成为中国文学的主流。在这种狭隘心态的支配下，内地文学评论界长期以来对海外汉语文学的发展或者视而不见，或者轻描淡写，不肯承认其文学价值和文学地位。这种心态"不仅拘囿了文学史构建的视域，而且会从根本上割裂中国文学的生命整体感"。[①]随着全球化时代的来临，资讯的日益发达使得这种有意的忽视已不再可能；同时，以严歌苓、虹影、张翎等为代表的华人新移民作家群体不断推出大量的优秀作品，不仅征服了阅读市场，而且也征服了越来越多的评论家，终于使新移民文学以及海外汉语文学的发展进入了评论界的视野。因此，华人新移民群体的写作，在汉语文学中，从边缘进入主流的过程，实质上是内地文学评论界对文学史构建重新认识

---

① 黄万华：《中国和海外：20 世纪汉语文学史论》，百花文艺出版社 2004 年版，第 7 页。

的过程。

当然，新移民群体毕竟是居住、生活于海外，有着不同于内地的文化环境，因而他们的写作与本土的汉语文学相比有其明显的区域特点。这种区别不能成为它们在汉语文学中被视为边缘的理由，但却能够成为它们在汉语文学中独树一帜的原因，有其不能漠视的意义和价值。

华人新移民群体远离了曾经的祖国、故乡和母语的语境，空间上的距离同时也衍生出心理上的距离，这使他们在审视母语文化的时候多了几分冷静和客观；脱离了旧的意识形态和权力系统的笼罩，使他们在表达上更为自由和真切，几乎没有什么话题是不能触及的。正是这种距离使一些作家大声发出了对政治极权的控诉，但这种距离也使很多作家放弃了对政治的单纯的控诉与指斥。当他们在新的家园安身立命后，血缘与文化的牵扯，使得他们对故土怀着复杂的感情。因此，"移民也是最怀旧的人，怀旧使故国发生的一切往事，无论多狰狞，都显出一种奇特的情感价值。它使政治理想的斗争，无论多血腥，都成为遥远的一种氛围，一种特定环境，有时荒诞，有时却很凄美。移民特定的存在改变了他和祖国的历史和现实的关系，少了些对政治的功罪追究，多了些对人性这现象的了解"。① 这种感情给他们以更加深入的思考。所以，同样是由于这种距离，使严歌苓能在新的生活和文化环境下，写出了《天浴》、《人寰》这样杰出的作品，充盈着对人性的思索和对民族性的反思。

同时，由于移民在栖息地所独具的一种近乎局外人的情绪、心态，使得他们对当时当地的现实采取一种模糊游离的态度，静观多，而参与少、表态少。"一个表态最少的人内心往往是最丰

---

① 严歌苓：《呆下来，活下去》，《北京文学》2002 年第 11 期，第 55 页。

富的。因为他有旁观者的冷静立场和清晰思路，有积累信息、处理信息以及反思的从容。还有，外地佬永远不会像本地佬一样，找到百分之百的认同感，永远处在一种离间状态中。因此你不会对现实不假思索地接受，你会对每一点既定现实默默地怀疑。正是这份怀疑，给了从事创作的人一次难得的重新认识现实、重新诠释现实的机会。"① 这种旁观者立场使得严歌苓这样优秀的新移民作家对自己生活于其中的、在法律意义上已经是自己的国家，同样能拉开必要的距离，清醒地审视其制度、文化对于个体的意义。严歌苓的《也是亚当，也是夏娃》就从一个边缘人的角度看到，在美国这样的国家，虽然能够对任何一种生活方式秉持冷漠的宽容，极其尊重个人的权利与自由，但对传统的人伦情感的缺失却无能为力。化名"亚当"的男主人公作为一个同性恋者，他的性取向能够在美国的民主自由中得到充分的尊重。他的才华和能力可以使他享受着优裕的物质生活。但他还是希望像任何一个普通男人那样拥有自己的孩子。他以优厚的条件雇佣了化名"伊娃"的"我"，以身体不接触的科学方式使"伊娃"孕育了孩子，以最科学、最理性的配方"饲养"怀孕的"伊娃"，终于使自己的孩子菲比顺利诞生。于是，一张支票结束了"亚当"和"伊娃"之间的交易，也隔离了"伊娃"和菲比之间的母女亲情。菲比出生于美国最现代的技术与最充足的金钱之中，却不能免于由母爱缺乏所造成的身体和精神残疾，她实际上是死于情感的匮乏。

一个生命个体的自由选择却是对另一个生命个体的戕害。现代的个体自由与传统的家庭情感相背离所构成的伦理困境是美国这样的后现代社会所无法回避，同时也是难以解决的问题。作为

---

① 严歌苓:《外地佬的自白》,《美国故事》,昆仑出版社 2005 年版,序言。

来自于传统的重视家庭伦理社会的华人新移民,对西方社会的这一困境有着比局内人更清楚的认识,更强烈的感受。菲比是"亚当"和"伊娃"通过现代科学方式相结合而诞生的,本应当是东西方文化相融合的产物,但菲比的夭折却冷酷地昭示:东西方文化的融合不可能是 $1+1=2$ 的简单运算,如果没有彼此间的充分了解和沟通,再缜密的计算最终也会归零。

由于所使用的语言不同,族裔作家的母语作品以前往往不能被承认为所在国文学的一部分,仅仅被含混地归入移民文学,也很难被写入文学史,更不容易对所在国的读者群产生多大影响。不过,近年来,这种状况正在得到改善。一些从事族裔文学研究的学者所撰写的文学史中,已经开始包括这些使用非所在国语言创作的作品,比如美国洛杉矶西方学院美国研究系的尹晓煌教授撰写的《美国华裔文学史》,就不仅包括使用英语写作的华裔文学作品,也包括了使用汉语写作的华裔文学作品。一些使用母语写作的族裔作家的作品,在译成所在国语言后,也取得了很大成功,赢得了大量读者。就华人新移民作家来讲,像严歌苓、虹影等这些优秀作家,他们的很多作品不仅已被翻译成所在国的语言,而且还译成了更多国家的文字,在异语言的读者群中产生了影响。严歌苓作为好莱坞专业编剧所具有的影响力,也有助于使她的作品的影响范围进一步扩大。因此,尽管从整体上说,大多数新移民作家的汉语写作目前对所在国的非华裔读者群来讲尚没有产生很大的影响,但像《扶桑》这样的杰出作品所获得的成功,还是为汉语作家带来了希望。他们的汉语写作在所在国虽然还是边缘的,但却不是毫无意义的,他们从边缘人的视角获得的对所在国的制度、文化的思索,对所在国的读者群有着来自圈外的启示。

另一方面,汉语写作虽然尚未对非华裔读者群体产生很大影响,但在华裔族群中却具有不可低估的影响力。特别是在美国这样的华人移民的主要目的国,目前已经有了相当数量的华裔人口。美国的人口普查显示,在美国的近 300 万华裔人口中,大约有 75% 的人会讲汉语,这些人中大部分都能阅读中文读物。因此,汉语写作的作品对华人群体一直在产生着影响,特别是对老一代华人和当今的新移民群体。他们作为第一代移民,成长于故国文化之中,这种文化因子构成他们文化背景的主色调。老一代华人,虽然在居住国已经度过了大半生,接受了异域文化的大量影响,但融化于血液之中的母语文化依然会使他们找到家和乡土的感觉。尤其是那些文化素质不很高,一直在唐人街这样的华人商业区生活的草根阶层,乡土观念还是很重的。而新移民群体,初到陌生的文化环境中,面临的剧烈的文化冲击,也难免会有一段时间无所适从,孤寂迷茫。在这种时刻,中文报刊无疑能为他们提供一个心理的缓冲,帮助他们度过从母语文化环境到异域文化环境的适应期。所以,汉语作品在华裔人群中是备受欢迎和关注的。随着华裔人群在居住国地位的不断提高,以及与主流社会的日趋融合,特别是汉语在世界各国的推广,汉语作品也会通过华裔群体逐渐向主流社会渗透,其价值得到应有的承认是可以期待的。

所以,作为肯定自我存在的一种重要方式,华人新移民群体在异质文化语境中的汉语写作,无论是对汉语文学的发展,还是对所在国族裔文学的发展都是一种有意义的行动。这种写作,如前所述,当然是应当居于汉语文学的主流之中,但就地理意义和文化意义上讲,这类写作又的确是处在中华文化与他种文化的交汇地带,有它的特别之处。尤其在华人新移民的定居国,它"具有建构少数族群弱势自我的历史整合功能。从某种意义上说,华文书写本质上是一种抵抗失语、治疗失忆症,重新拾回一个族群历史记忆的文化行为；它构成族群生存的历史之维，保留下生存的踪迹。从这个层面看，海外华文文学具有在多元种族多元文化并存的社会中保持自身文化身份的意义与功能"。①

二、族裔文学的主流与边缘

对于使用非汉语写作的华人新移民群体的作品，在两岸三地的阅读视野中，基本上是以中译本而被接受的，如汤婷婷、谭恩美、任碧莲、哈金等的作品是使用英文写作的，程抱一、山飒、戴思杰的作品是使用法文写作的，两岸三地的读者通常是阅读其中译本。由于汉语与其他语言之间的显著区别，他们作品的中译本往往不能取得与原作同样的阅读效果。因此，上述作家的作品在中国的读者不是太多，影响基本上也仅限于从事这一领域研究的学术界和少量文化层次较高的读者。而且，由于是译作，基本上被归为外国文学之列。因此，他们的作品在两岸三地的汉语文学界可以说是无所谓主流的。另一方面，他们的作品在其所在国是可以进入主流阅读视野的，只是由于其作品基本是华人故事，文化根基往往还是中华文化，因此常常只能在族裔文学的范畴内被认识和评价。

族裔文学在欧美文学界长期以来都是边缘的，一方面是因为族裔文学所立足的文化根基是少数族群文化，就白人主流文化而言，是理所当然的边缘，正如在汉文化为主流的中国，少数民族文学也被视作边缘一样。因此，当族裔文学被置放于主流的、强势的文学机制中来审视时，就无法不被边缘化。另一方面，相当

---

① 刘登翰、刘小新：《都是"语种"惹的祸?》，《华文文学》2002年第3期，第21页。

多的族裔文学作品往往过于注重自我表达、自我宣泄和异域猎奇,特别是在那些以纪实、自传面目出现的作品中体现得比较明显。这类一般都是表现美国梦的主题,展示主人公在美国获得个人和家族成功的人生经历,同时这些作品也都具有非常浓郁的东方情调,充满着一些中国文化的符号。评论界将这种作品概括为"异域、异族、异性、异文化"。① 我们在前述章节中已经讨论过,这里不再赘述。不唯华裔文学如此,其他族裔文学如非裔文学等也都有这样的特点。这无疑在一定程度上影响了评论界对族裔文学作品的文学价值的认定,它们的成功往往被看作是因其社会学、历史学上的意义而导致的,因此,它们的边缘处境也是必然的。

自20世纪70年代以来,情况发生了很大变化,提倡主流文化与族裔文化和谐共存的文化多元化的观念日益取得主导地位,注重差异、重视族性话语是当代世界文化的主导倾向之一,特别在后殖民理论的推动下,对族裔文学的认识和评价也相应地发生了变化。1974年以来,美国多元族裔文学研究会一直在定期出版学术性刊物 MELUS, MELUS 是 The Multi—Ethnic Literature of the United States 的缩写,意为美国多元族裔文学。美国的现代语言学会也陆续地在发布许多族裔文学的研究书目。同时,族裔文学本身也逐渐摆脱了过去的表达局限,不仅仅宣泄自我、抨击种族歧视和文化隔膜,也注重发现自身的盲点,直面文化偏见,重新界定自我,更加注重探索人性、族群文化差异、多种族共存等较为深刻的问题,因为"人只有从自己固有的文化根源中走出来,只有当他的视点发生转移时,才能看到许多自己所不曾意识

① 单德兴:《析论汤婷婷的文化认同》,载《文化属性与华裔美国文学》,(台北)"中央研究院欧美研究所"1994年版,第3页。

到的方面，这一点，并不是仅仅针对主流文化中的人，也对散居或少数族裔作家适用。转移的视点对促进文化理解和交流是至关重要的，它也是激发创作灵感和洞见的推动力"。①

以华裔文学而论，作为土生华裔的汤婷婷的《孙行者》、《第五和平书》，任碧莲的《典型的美国佬》、《蒙娜在福地》等作品基本摆脱了单纯的自传面目，既注重对族群历史、文化的表达，也毫不回避族群文化传统中的负面因子，淡化、超越了种族冲突、文化冲突的主题，从更广阔的视野关注少数族群的个体面对周遭环境的应对和选择。而以《残月楼》一书获温哥华城市书籍奖，并获加拿大总督奖提名的李群英，其主要作品《肚皮舞娘》、《公爵美元》、《女同性恋和其他颠覆者》等都不是单纯局限于华裔移民生活的，而是对同性恋、女性主义等诸多社会重大问题进行了深入思考，跳出了族裔文学的藩篱。就新移民文学而言，虽然仍有大量的自传类作品在出版，但也有戴思杰的《巴尔扎克与小裁缝》，山飒的《围棋少女》、《和平天门》、《柳的四生》，裘小龙的《红英之死》、《石库门骊歌》、《外滩花园》、《红尘岁月》，哈金的《等待》、《战争垃圾》等引起广泛好评的纯虚构作品出版。

自 20 世纪 70 年代以来，族裔文学越来越引起西方主流评论界的重视，欧美文学大奖也多次颁发给族裔作家，如奈保尔、拉什迪、库切等飞散作家都曾获过英国文学最高奖——布克奖；1995 年，加拿大华裔作家崔维新的长篇小说《玉牡丹》就荣获了加拿大三叶文学大奖；汤婷婷、谭恩美等获得过美国的国家图书奖、全国书评家协会奖等各种文学大奖；曾以《琵琶的故事》

---

① 张琼：《何处是家园——从美国文学的少数族裔研究说起》，《外国文学研究》2004 年第 5 期，第 33 页。

入选全美最佳短篇小说集的张岚还在 2006 年被任命为美国爱荷华大学作家工作室主任，成为这个享誉美国的作家工作室成立 70 年以来担任这一职务的第一位亚裔作家。新移民作家群体中哈金是获奖最多的，他的短篇集《红旗下》1996 年获美国弗兰纳里·奥康纳短篇小说奖，其中的《光天化日》还单独获得了 1993 年度凯恩书评奖和 1995 年度普什卡特奖，并入选了《诺顿小说入门》和《诺顿文学入门》；另一短篇小说集《词海：军队里的故事》1997 年获美国笔会/海明威小说奖；中篇小说《在池塘中》被《芝加哥论坛》评为 1998 年的最佳小说；《等待》1999 年获美国国家图书奖，他是继汤婷婷之后第二位获得此奖项的华人，也是这一奖项 50 年的历史中第三位以非母语写作而获奖的作家；2000 年，《等待》又获美国笔会/福克纳小说奖；《战争垃圾》2005 年继《等待》之后又一次获得第 25 届美国笔会/福克纳小说奖。此外，华人新移民女作家李翊云 2005 年出版的小说集《千年敬祈》，先后获得了爱尔兰的短篇小说奖弗兰克·奥康纳奖、美国笔会海明威小说奖、怀丁作家奖、英国《卫报》新人奖、美国杰出青年小说家奖，并入围过 2006 年桐山环太平洋图书奖和英国橘子文学新人奖，等等。2001 年，华人移民女作家山飒的《围棋少女》获得法国中学生龚古尔文学奖，之前她的首部法文长篇小说《和平天门》获 1997 年法国龚古尔处女作奖、法兰西学院小说大奖，她的另一部小说《柳的四生》荣膺 1999 年卡兹奖；2003 年华人作家戴思杰以《狄的情结》获得法国费米娜文学奖，老作家程抱一也曾以《天一言》获此奖项；2002 年，生活在英国的马建以长篇小说《红尘》获得英国托马斯·库克旅行文学奖。这些列举并没有涵盖全部，但这些列举已能够充分说明这一情势的转变。

"文化的传播方式并非仅从中心向周边单向地投射，给与受,其实总在互动中相斥兼容……"① 因而,作为边缘存在的族裔文学,对所在国的文学、文化的丰富发展价值是毋庸置疑的。相对于主流强势文化来说,族裔文学自然是异质的,异质性既是它存在的标识,也是其存在的价值所在。"这些所谓主流外的文学,代表了相异文化争战下的弓张弦紧的对话。这些异花受精的繁殖,其实提供了主流意识里所看不到、可能也无法达到、但却可能大大丰富主流意识的空间。"② 尽管某些族裔文学作品,在表层上是依赖、趋附于主流的西方话语的,但它们的原创性也在深层上改变着主流话语的某些既定原则。同时,族裔文学在消除文化偏见、矫正错误认知上也是具有很大的意义的。以华裔文学而论,一方面,很多优秀的族裔文学作品发掘了华人移民的历史,重新塑造了移民的民族形象,这不仅是对华人历史和文学的丰富,也是对所在国历史和文学的丰富,因为这些移民的历史从本质上说也是所在国历史的一部分。虽然作家的文学性建构并非完全忠实地记录历史,但这种建构却是对所在国历史中相对来说比较匮乏、甚至是被完全抹杀、几乎散佚的那部分历史的重要补充。汤婷婷的三部长篇小说均在美国获得文学奖项(《女勇士》获 1976 年度美国全国书评家协会奖,《中国佬》获 1980 年美国国家图书奖和全国书评家协会奖,还获得普利策奖的提名,《孙行者》获 1989 年美国西部国际笔会小说奖),她作为华裔作家入选《哥伦比亚美国文学史》,她的代表作品《女勇士》入选《诺顿文集》和《希斯文学选集》并成为美国中、小学的语文教材,就从一个侧面说明了她和华裔文学、华裔移民的历史所受到

---

① 康正果:《会心的漫游》,《南方周末》2006 年 7 月 20 日。
② 叶维廉:《异花受精的繁殖:华裔文学中文化对话的张力》,《世界华文文学论坛》2004 年第 4 期,第 5 页。

的关注。严歌苓的《扶桑》虽是首先以汉语写成，但也不仅仅只是面向华人的文本，她所深入探察的华人移民历史本是美国历史的一个局部，《扶桑》英文版在美国获得了极高的评价和相当不错的销售业绩，充分说明了它所得到的认同。华裔文学作为族裔文学，能够促使所在国的主流社会和其他族裔重新思考华人对所在国的历史发展作出的努力和贡献，思考华人在所在国过去、现在和未来的地位。因而，族裔文学不仅是要重新诠释少数族群的过去，更是要为族群塑造更美好的未来。

因此，使用非汉语写作的华人新移民文学作品，与当地土生华裔作家的作品一样，作为所在国的族裔文学，目前是处于正在从边缘向主流运动的过程中，但还不能说已经处身于主流或即将处身于主流，这个运动的过程恐怕是一个较长的时间段。而且，这一时间段的长短也并不完全取决于写作者群体自身的努力，同时还有赖于整个西方社会多元文化策略的发展情况。族裔作家对自身在主流文学圈中的位置也有着相当清醒的认识，他们希望读者和评论界能超越族裔归属的局限，仅从文学作品本身的成就来衡量他们，不要一味给他们贴上族裔作家的标签。他们既不希望以自己的族裔归属，作为提升作品评价的助力剂，更不愿使其成为个人文学追求道路上的羁绊。当然，我们欣喜地看到，近年来，由于中国国力的提高，华人及中华文化在西方发达社会中的地位也在相应地提高，例如在美国，2006 年，美国已将汉语与中国文化作为高中生预考科目，这一事实折射出美国及其所代表的西方社会对中国的重视。随着这种重视的不断加强，华人及中华文化在西方社会中由边缘向主流的运动也会有所加快。

移民既在地理上跨越了边界，也在精神上跨越了边界，打破了思想和体验的壁垒，正如萨尔曼·拉什迪所言，他们在同一时间内既是内部人又是外部人，因而具有"立体视野"，这使他们摒弃了偏执、排外的思考方式，可以更清醒、更客观地审视身后的母语文化和目前面对的居住国文化，认识到文化的渗透性、偶然性、混杂性。因此，新移民文学处身两种、多种文化的交汇处，其独特的边缘地位，也正是其优势所在，它以非主流的方式对主流文化表征系统进行抵抗和颠覆，纠正其中的曲解和误读，努力以自己有效的表征系统进行自身的文化诉求，由此也逐步获取文化上的平等权利。在资本流通和运作已经全球化的时代，疆界、边界在不断被打破，各个经济和文化群落都在进行着直接的深度接触，一切"中心"都已经在呈现一种"非中心化"的趋势，而且，"按照阶级、性别甚至是族性的身份来看，'中心'与'边缘'一样是混杂和不稳定的，对立联盟的策源地就暗中变得几乎无比复杂，以至于各种团体可以一时是'中心'的一部分，另一时候又是'边缘'的一部分，有时又可能两者同时具备"。① 在这种情形下，正如霍米·巴巴指出的，当今文化的定位并不在某些传统的纯正的核心，而是不同文明之边缘处。在那里，一种新的、"居间的"，或混杂的身份正在形成。当今时代，边界越来越定义着核心，边缘也日益建构着中心。所有形式的文化都不断处在混杂的过程中。这也正是华人新移民文学对于汉语文学和所在国文学所具有的价值。

第二节　双向的文化翻译

"人们的头脑总是向着新的经验开放；认知的和情感的自我

---

① 〔英〕巴特·穆尔—吉尔伯特:《后殖民理论——语境　实践　政治》，陈仲丹译，南京大学出版社 2001 年版，第 250、251 页。

正期待着新的发现。这些新的经验并非仅受制于自己族群的文化，而应当包括与其他文化的接触。所有的文化本身都是可以修正的。"① 而由于不同文化之间存在的巨大的差异，使文化之间的接触不可避免地存在交流的障碍和文化误读，因此在不同文化之间进行传通和翻译就是十分必要的。

翻译是把某种事物从一种语言变成另一种语言的活动，是沟通不同民族、不同文化之间隔阂的重要途径。而文化翻译，原本是人类学家对自己工作的性质的一种描述和界定。人类学家为自己所属的民族和文化的读者提供关于陌生民族、陌生文化的知识，因而人类学家认为自己的工作是不同文化间的翻译，是把一种文化翻译成另一种文化能够理解的语言和逻辑，或者说是使用本民族的逻辑概念来系统表述他文化的观念。因此，虽然不同文化之间有着巨大的差异，但通过文化翻译，这些彼此迥然有异的文化之间是可以相互连接，相互渗透的。

霍米·巴巴的文化翻译概念是借自本雅明的，本雅明在《翻译者的任务》一文中认为，翻译的本质是艺术创造，而不是机械的逐字翻译，翻译者的任务是展现原文的可译性，有创造性的译文才能体现原文的重要。而所谓可译性，其实是指人类不同的文化、不同的精神现象之间的可沟通性。霍米·巴巴据此认为，移民是生活于不同文化之间的交汇地带，是在矛盾和冲突的传统中创造着自己的身份，既是此又是彼，生活在一种文化翻译的过程中。因此，移民一方面要保持自己的母族文化的特性，同时也要将这种特性用所在国的语言或文化语法重新表达，使之被更广泛地接受，形成新的跨民族的特性。从这个意义上说，移民

---

① ［荷兰］杜威·佛克马：《走向新世界主义》，王宁主编：《全球化与文化：西方与中国》，北京大学出版社 2002 年版，第 201 页。

作家的写作也是文化翻译的一种，移民文学作品就是文化翻译的"译文"。虽然，文化翻译理论指称的文化翻译一般是移民对自己母族文化的重新表达，但笔者认为，移民将所在国的文化重新表达后以母语向故土读者传递，也是一种文化的翻译。文化翻译应当是双向的，而非单行的。无论是在哪一方向上的表达，都是文化翻译、文化移植的行为，而不仅仅是一种简单的语言和文化对换。文化翻译能够传递文化之间的差异，重新清理被遮蔽的形象，纠正文化再现过程中的不平等现象。华人飞散作家、特别是我们本书讨论的新移民作家群体的写作在中国与世界的文化交流与翻译中已经开始占据一席之地，对于中国更好地认识和理解外面的世界、对于世界正确认识古老而年轻的中国都具有很大的价值。

一、族裔文学中的改写与文化翻译

以汤婷婷、谭恩美、赵健秀、任碧莲、伍慧明等为代表的留居者后代华裔作家所创作的作品，可以说无一不在展示着华人文化，但他们展示的方式并不完全相同，其中一些华裔作家对中华文化的表达备受争议，比如汤婷婷和谭恩美。许多华人认为，他们作品中展示的中华文化有一部分是经过故意歪曲的，是为了迎合西方读者的猎奇心理，他们的成功完全是因为其作品吻合了西方人对东方世界的想象，使西方人面对这些文本时感受到异国情调的刺激、陶醉、怜悯，从而产生美学上的崇高感和自我种族的优越感；另外一部分则是由于对中华文化的一知半解而产生了误读。由于他们的华裔身份，这种歪曲和误读就更加具有恶劣的影响。赵健秀与汤婷婷之间长达十几年的文化论争就与此有关。

赵健秀是出生在加州的第五代华裔。他的剧作《鸡埘中国佬》、《龙年》和长篇小说《唐老亚》和《甘加丁公路》在美国反响很大。赵健秀不仅致力于创作,在批评领域也卓有建树,他个性鲜明,批评措辞激烈,被称为"亚裔美国文学匪徒"。1974年,赵健秀与陈耀光等四人合作编选了《唉咿!亚裔美国作家选集》,这是第一部亚裔美国文学作品选集,赵健秀在这部选集中表达了他对某些华裔作家的不满,认为他们以自传的文本形式一方面大肆表现中国文化中的饮食、节日、重男轻女等风俗,刻意强调作品的异国情调,旨在满足白人读者的猎奇心理,从而在主流文化中强化了华人及中华文化的刻板形象;另一方面则随意歪曲、改写以中国神话、民间传说等为代表的中国文化。基于这一原因,他在这部选集中没有收入林语堂、黎锦扬、黄玉雪、李延富、刘裔昌等华裔作家的作品。

1976年,汤婷婷发表了她的成名作《女勇士》,引起了很大轰动。而赵健秀却给汤婷婷写信,表示了对汤婷婷以自传体方式将中国文化描绘成一种残酷迫害女性的文化的愤慨,同时对汤婷婷随意改写花木兰故事和"岳母刺字"故事也很不满,由此,两个同样出生在加州并在同年入读加州大学柏克莱分校英语系的作家断绝了往来,而且在此后的十几年里不断展开针锋相对的论战,在美国华裔文学圈中影响极大。很多评论家也批评汤婷婷在作品中回避种族问题。1982年,汤婷婷通过《美国书评家的文化误读》一文系统地表达了自己对各种批评的回应,她反对读者和评论界将自己的作品视为异国情调的东方作品,毫不迟疑地宣称自己是美国作家,写的是美国作品,是美国文学的一部分。因此,指责她对中国文化进行歪曲和亵渎是毫无道理的。1989年,赵健秀在自己的短篇小说的后记中以一个叫"Meijin"的女作家对汤婷婷进行了戏仿,"Meijin"既是"美金"的读音,也是广东方言"味精"的读音,言下之意是汤婷婷以歪曲自己的族群文化来换取金钱，其作品价值只不过是白人读者的文化调味品。

赵健秀和汤婷婷之间的文化论争一直持续到 20 世纪 90 年代。1991 年，赵健秀又主持出版了《唉咿！亚裔美国作家选集》的续篇《大哎呀！美国华裔和日裔文学选集》。赵健秀在他的文章《华裔作家：真的假的一起来吧》中，再次激烈批评了汤婷婷、谭恩美、黄哲伦等走红的华裔作家，认为他们是"伪"华裔作家，靠歪曲、篡改中国文化来迎合白人读者的阅读口味。汤婷婷在《女勇士》之后，又陆续发表了《中国佬》和《孙行者》，其中都贯穿有对中国传说、历史和文学典故、故事的改写（包括《镜花缘》、《西游记》等）。面对赵健秀的激烈批评，汤婷婷始终坚持自己对中国神话等文化符号的创造性使用是正确而有意义的，她认为中国神话是口耳相传的，本没有权威版本，每一次的重述都包含变化。而且，神话也必须变化，如果没有用处就会被遗忘。既然神话被移民带到大洋彼岸，中国神话也可以成为美国神话。她声称自己写的神话是新的、美国的神话。

尽管华裔文学在今天有了更进一步的发展，但这场文化论战所涉及的问题依然存在。在新移民作家中，以所在国语言写作的很多作家也同样面对着汤婷婷等留居者后代华裔作家所受到的指责，闵安琪、张戎、哈金、戴思杰等就是突出的代表。因为以所在国语言写作的新移民作家们，在题材上依然还是中国故事，而且多数还是关于改革开放前的中国，而不是今天日新月异的、在全球化浪潮中沉浮的中国。自然，在他们的文本中也就依然充斥着中国文化的符号，其中包括一些代表中国落后文化的符号，如小脚等。因此，不管是这些作家所在国的华人读者，还是中国国内的读者与评论家，都不可避免地要指责他们是以展示中国文化

中的陋习——甚至不惜歪曲事实,来满足白人读者对中国文化的
"东方主义"化的想象。哈金的获奖作品《等待》在中国所受的
冷遇,就典型地说明了这一情形。

应该说这种指责并非是毫无道理的,不管是汤婷婷这样的留
居者后代,还是哈金、张戎这样的新移民,他们的写作中的确是
存在出于现实利益考虑而采取的利用、歪曲中国和中国文化的策
略。新移民作家张戎,在对她的作品《鸿》进行宣传演讲时,
随身带着一只绣花小鞋,现场展示给好奇的西方读者看,满足他
们对小脚的兴趣。哈金更是在描述发生在 20 世纪 50 年代的故事
(《等待》)时,还生硬地赋予他笔下的女主人公(淑玉)小脚
女人的身份。这些任何人都不能够回避的事实,说明读者和评论
家的指责是有据可依的。显然,他们对中国文化的翻译是借助于
西方文化中的"有关中国的'规定符号'和'标准印象'来达
到的。这种对符号和印象的使用模糊了它们背后的历史成因,掩
盖了其形成过程中的文化/权力内容"。[①] 这种文化翻译的目的
性、指向性是很值得深思的。

但是,仅仅指责是不够的,我们还应该深入地探察飞散作家
改写中国文化的根本原因在哪里。赵文书博士在他的《华裔美
国的文学创新与中国的文化传统》一文中,为我们透彻地解析
了这一问题。他认为,问题的关键并不在于这些飞散作家们在利
用祖先文化资源时是否尊重传统,文本层面上的忠实与否固然重
要,但更为重要的是华裔作家利用传统文化资源所建构的东西是
否与中华文化的精神传统一脉相承。"华裔欲在文化多元的美国
社会中立足就必须建构自己有别于其他族裔的特性,他们必须借

---

① 高小刚:《乡愁以外:北美华人写作中的故国想象》,人民文学出版社 2006
年版,第 194 页。

助自己族裔的传统文化资源才能形成与主流文化不同且平等的族裔文化。由于处于弱势地位,他们为了取得平等地位势必要利用主流社会的规范,不可能摆出自己族裔文化中的标准来要求主流社会向少数族裔看齐。为了显示出不同,以免完全受主流同化而导致自身特性的灭绝,他们必须利用自己民族的文化资源以区分出我类,同时因为平等的标准是主流社会的,族裔文化势必要经过变异才能为少数族裔所用。"① 因此,从另外一个角度看,像汤婷婷这样对中国古老神话、民间传说进行转化、改编、重组甚或扭曲式的借用,虽然采用了西方的价值尺度,但毕竟也是一种有价值的文化翻译行为。因为,文化翻译不同于一般的文字上的翻译,是否忠实于原语言及其文化并不是根本,能否使其在新的文化语境中被理解才是更为重要的。毕竟,"文化翻译的结果不是正统概念的延续,而是混合概念的产生"。②

值得注意的是,评论家在激烈批评汤婷婷对中华文化的改写时,似乎没有以同样的热情讨论她对西方经典文本的中国化。她在《中国佬》中,将《鲁滨逊漂流记》叙述成为中国故事,把Robinson 完全以广东话发音拼写成"Lo Bun Sun",并解释这个名字暗含的意义,"Lo"有"劳"的意思,有"裸"的意思,还是"骡"的谐音,还寓意罗汉的"罗";"Bun"则是与叙述者的叔父同名;"Sun"既与英语"son"谐音,又谐音广东话的"身"、"孙"和"新"等。这样,"Lo Bun Sun"这个名字的含义就成为一个像骡子一样、赤身裸体地辛勤工作的人,像崇尚俭朴生活的罗汉,他一个人代表儿子、孙子几代人,其实也就是整

---

① 赵文书:《华裔美国的文学创新与中国的文化传统》,《外国文学研究》2003年第 3 期,第 71 页。
② 童明:《家园的跨民族译本:论"后"时代的飞散视角》,《中国比较文学》2005 年第 3 期,第 155 页。

个民族的化身。"Lo Bun Sun"在荒岛上做的事也完全是中国化的,他种豆子,做豆腐和豆浆,造草纸等。"Lo Bun Sun"搭救的野人,名字也是按广东话发音拼写为"Sing Kay Ng"(星期五)。同样是在《中国佬》中,在《檀香山的曾祖父》一章中,汤婷婷将奥维德的《变形记》中的驴耳朵国王的故事也叙述成了一个中国猫耳朵王子的故事。这个故事除了隐喻着华人在美国社会的"失声"和"发言"以及包括性和生殖权利在内的人权的被剥夺等以外,也在显示着作者对西方经典文本中国化的叙事手段。这种叙事手段与她改写中国神话和传说的叙事手段是一致的,同样也是文化翻译的一种行为。她的文化翻译是双向的,并非单纯是对中国文化的"歪曲"。所以,如果我们将这两种叙事手段给予同样的重视,我们或许就可以更加客观地看待以汤婷婷、谭恩美等为代表的华裔作家的中国叙述。

从这样的视点出发,我们也就可以更加宽容地看待哈金等新移民作家对中国文化的不忠实表现,虽然他们的文本中生硬地出现了诸如小脚这样的落后文化符号以及不太真实的"文化大革命"符号,但除开这些细节,他们的"中国叙述"更多地还是表现了不同文化之中共有的人性的弱点以及人类情感的复杂和温馨,有着自己独特的价值,对于西方文化界更好地认识中国文化、中国历史,并非没有意义。同时,以英语、法语等西方语言描述中国的作品,也在一定程度上向西方读者展示出这些语言在表现中国生活和人物时所能达到的新的深度。他们的创作等于是把一种文化翻译成了另一种文化能够理解的语言和逻辑,其文化翻译价值应该得到严肃地看待。我们试以山飒的《围棋少女》为例。

山飒从1995年开始以法文进行写作,多次在法国获奖。她的《围棋少女》不仅是法国最畅销的小说之一,而且在评论界也颇受赞誉，法国著名评论家帕里斯·德勒布尔称赞这部作品"如歌如吟，震撼人心"，是"继戴思杰的《巴尔扎克与中国小裁缝》之后，来自百花王国的又一奇葩"。① 现在，《围棋少女》已经被译成英语、德语等十几种文字出版。山飒的法文创作以及她不断获奖的成就，在法国文坛引起了轰动，钱林森教授称之为"山飒现象"，并认为"山飒现象"是中法文化关系史上一个耐人寻味的文学现象。

《围棋少女》的故事发生在 1931 年东北三省沦陷至 1937 年抗日战争全面爆发的一段时间，在伪满洲国治下的千风城，一个日本间谍和一个 16 岁的中国少女每日在千风广场对弈，在棋盘上的残忍厮杀中却渐渐萌生情愫。但两个人毕竟分属互相敌对的民族，爱情的结局只能是被残酷的战争毁灭。当少女在战乱中沦为日本军官的俘虏时，为了她的纯洁不被玷污，为了忠实于爱情，军官甘愿放弃战争、背叛祖国、辱没祖宗，他痛苦地杀死了少女，随即自杀，临死前的最后一刻，他才知道少女的名字叫夜歌。而夜歌始终都不知道军官的名字。小说的结构是双峰对峙式的，单数章节是少女夜歌的独白，双数章节是日本军官的独白。因为在这一场凄美的爱情中，男女主人公之间基本没有发生多少语言的交流，只有很少的几句交谈，彼此几乎还是陌生的。但在棋盘上，他们却彼此相知，他们以棋局中的厮杀传递了精神上的交流，他们的思想在角逐中对话。

山飒在新移民作家中属于年轻一代，她的作品虽然不能免除书写中国故事的题材局限，但却跳出了新移民作家多写个人经历的窠臼，是完全源于奇异想象力的虚构叙事。《柳的四生》是个

---

① [法]帕里斯·德勒布尔：《"围棋少女"》，山飒：《围棋少女》，附录，赵英男译，春风文艺出版社 2002 年版，第 252 页。

穿越时空的故事，主人公从明朝来到了今天的现代都市；《围棋少女》也是与她相隔甚远的 20 世纪 30 年代的故事。在《围棋少女》中，她将一对相爱的男女置于中日战争的大背景下，而承载爱情的是极具象征意义的文化符号——围棋。围棋是兴盛于亚洲的智力游戏，由中国发源，而后传至日本、朝鲜等地。在整个亚洲，围棋文化最繁盛的就是中、日、韩三国。作者选取围棋这个在中日两国文化中共通的符号来连接一场悲剧的爱情，传达出深沉的文化意蕴，因为棋手们越是在棋盘上钩心斗角，越是在生活中互相信任。中日两个民族由于历史上的紧密勾连而在文化上有着相当多的相似处。无名日本军官由中国乳母教导而通晓汉语，谙熟中国文化，这一细节像一个暗示，传达出日本文化与中国文化间的传承关系。但不同的自然环境、不同的历史发展、不同的教育孕育出完全不同的民族性，战争来临的时候，严酷的体罚式教育下形成的虐待心理使得残忍、血腥的暴力像是一种本能在日本军人身上迸现。而当敌对双方同时陷入绝境时，"为了保留最后的尊严，日本人选择了进攻，中国人选择了死亡"。山飒让男主人公从日本人的视角，看到中日两个民族在文化上的相似和相异，以男女主人公在棋盘厮杀中诞生的爱情映照出两个民族既互相敌对又互相爱慕的复杂文化意蕴。男主人公的一段独白很好地传达出作者的这一意图——"莫非这就是我心目中的中国，我恨爱交加的对象。当我接近她时，她的贫困令我失望，当我远离她时，她的魅力时刻萦绕我心。"①

作为 20 世纪 70 年代出生的人，山飒成长于一个相对开放、自由的时代，这一代人身上不再铭刻时代的创伤，也就拥有着相对自信、开放的心胸。因此，当他们选择去国漂流时，心情是明

---

① 山飒：《围棋少女》，赵英男译，春风文艺出版社 2002 年版，第 26、183 页。

朗的。置身异质文化之中,他们感受到的更多的是惊奇,而不是过去时代的移民那种无助和忧伤。在走天涯、看世界的过程中,山飒充分意识到自己代表一种遥远而神秘的文化。因此,通过自己的创作,将这种文化传达给身边的异族人,让他们更深入地理解这种文化、接受这种文化,就成为她自觉的选择。不论是她的书法、绘画,还是她的诗歌、小说,其中都满布中国文化的符号。《围棋少女》在意境的营造上就颇具中国画的韵致,结构上跟中国古典小说中的"花开两朵,各表一枝"的叙事结构一脉相承。通过她的小说,法国人对围棋文化有了更进一步的理解。山飒的三部小说在法国都获得奖项,书法、绘画也大受欢迎,说明她将中国文化向法文世界的翻译是极其成功的。她和前辈作家盛成、程抱一,新移民作家高行健、戴思杰等共同在法国文坛上张扬着中国文化的旗帜,使得"法国读者早已习惯看到几个中国作家在法国文坛上独领风骚"。使得他们对这个古老国度"创作优秀文学的传统"① 深信不疑。这比一些华裔作家只是让西方世界的读者产生对中国的怜悯和哀叹显然更值得称道。

当然,山飒所追求的并非仅限于向法国人传达中国文化,她在中国文化的符号间栽植的是对人类生存、感情危机的思考,对幸福和未来的美好期许。她说:"《围棋少女》是一场梦,希望梦中的沉沦与爱情能带来现实的清醒,能让人们对幸福对未来有一种特别的追求和信心。"在作品中,她借男主人公之口说:"只有美才能解救军人在世间的沉沦。"② 围棋少女身上的高贵、纯洁、智慧之美,最终解救了在血腥暴力中沉沦的日本军官。中

---

① 山飒:《围棋少女》,附录,赵英男译,春风文艺出版社 2002 年版,第 257 页。

② 同上书,序言,第 186 页。

国文化的浸淫，欧洲文明的浸染，使得各种文化在山飒这个中国女性身上得到了融合和重组。因此，她面对战争和暴力，给出的不是复仇的烈焰，而是美的拯救。

二、汉语写作中的文化翻译

使用所在国语言写作的作家，通常将故国文化向居住地读者翻译，而在新的国家仍然使用汉语写作的作家，则往往承担起将居住国文化向故国读者翻译的任务。在新移民作家的小说、散文等作品中经常包含一些关于居住国的教育、道德、价值观念的阐述，这些阐述对于国内的读者而言，是一种思想的启迪，引导读者思考中西文化之间的差异与共通之处，并深刻理解这些差异背后的根本性缘由。除了小说、散文等传统意义上的文学作品外，近几年一些海外华人的时评类写作备受关注。虽然，康正果教授将这些取代传统的政治讽喻杂文的"文化批评、时政评论、调查访谈"等针砭时事、立场明显的评论性文章的风行，视作新移民写作"非文学化倾向"的表现之一，但林达、薛涌、李雾等人的时评类写作，在中国知识界引发的反响远远大于新移民小说，他们的文章经常成为各大媒体热议的话题，其文章中间所携带的大量异文化气息、迥然有别的道德观念和政治理念、教育理念，等等，对青年一代的知识分子群体造成了很大的冲击。因此，忽略、忽视他们的写作及其写作中的文化翻译价值对文学评论界来说是不应当的。

林达、薛涌、李雾都是非文学行当的。林达，是丁宏富、李晓林夫妻合用的笔名，他们经常使用的另一个笔名是丁林。他们的专业是工科，1991年赴美。他们赴美后没有扎在华人成堆的纽约、旧金山、洛杉矶等大城市，而是定居在美国南方佐治亚州的农村，自称为"第二次插队落户"。他们周围没有华人同胞，也没有精英阶层，都是最普通的美国民众，草根阶层，包括当年参加三 K 党的农民，也包括黑人。他们选择的生活方式很具有波希米亚气息，每年用半年时间手工制作各种艺术品，自己开车运到集市上出售。另外半年时间则在自己的百年老屋内读书、写作。林达的作品除译著外均为散文，有"近距离看美国"系列:《历史深处的忧虑》、《总统是靠不住的》、《我也有一个梦想》和《如彗星划过夜空》以及《带一本书去巴黎》、《一路走来一路读》和《在边缘看世界》、《扫起落叶好过冬》、《西班牙旅行笔记》等。

林达的作品在知识阶层很受欢迎，他们最初的"近距离看美国"系列是以与朋友通信的形式写作的。由于他们在美国完全生活在美国底层的劳动者之间，与众多的普通美国民众建立了友谊，因此他们能够越出一般华人留学生的限制性视野，他们感到自己看到的美国与传媒建构出的美国、与留学生口中、新移民小说家笔下的美国完全不同。这使他们脑海中在从前形成的被夸张的、甚至被妖魔化的美国形象彻底坍塌。震撼之余，他们与国内的朋友频繁通信，大谈自己的见闻和思考，试图找出美国现状的制度根源。从 1997 年开始，他们和朋友的通信在三联书店结集出版，即为"近距离看美国系列"。林达在当时的图书市场上是个陌生的名字，但这些书既无序，也无跋，介绍性文字也很少。在这样没有任何宣传炒作的情况下，书出版后的反响却出乎意料的好，从"之一"到"之四"都成为当年的畅销书。这个系列很受包括青年学生在内的知识阶层的激赏，被称为"公民教育最佳读本"。一些教授甚至将林达的作品列入学生的必读书目，认为他们的作品与艰涩的学术著作相比，能够使学生更好地理解美国的政治文化。此后，他们便一路写下来，并在《东方月刊》、《南方周末》等报刊开设专栏，很受读者欢迎。由于夫

妻合作，因此行文间既可见女性的清新温婉，又有男性的思辨和
缜密。

　　林达的散文与一般新移民作家的散文相区别的一个重要的
特点是目的性很强。移民的散文通常包括两大类，一是思乡、
怀旧，二是异域的新鲜见闻，往往都是兴之所至，有感而发，
并没有特别的策划。林达的散文却不同，虽然看起来好像也是
异域见闻的类型，但读后却能感受到其中的大不同。他们的写
作不是兴之所至的抒情或记事，尤其没有那种浅薄的猎奇之
意，而是有意识地选定了几个领域，主要是美国的政治制度、
司法制度、宗教信仰、种族问题等政治、社会领域中较为严肃
的方面，向国内的读者作深入而透彻的解析。作者选择案例、
正在发生的新闻时事、历史人物的逸事以及有影响的小说和电
影等为切入点，将严肃、枯燥的历史资料融会在娓娓动听的故
事讲述中，集知识性和趣味性为一体。通过对历史材料的梳
理、对时事背景的分析，为读者呈现了一个相对真实的美国，
打碎长期存在于人们意识中的那些貌似真理的成见、谬见。在
林达的作品中，"近距离看美国"系列尤其突出地体现出作者
写作的目的性、策划性。

　　第一部是《历史深处的忧虑》，由15封信组成。作者在这
15封信中，回顾了美国的建国历程，简单介绍了宪法的设计
理念和过程，并通过具体的案例分析了美国宪法中的第1条至
第10条修正案，即我们通常所说的《权利法案》。作者由讨论
美国作为一个移民国家的复杂情形切入，首先谈的是美国人由
于受到法律限制而导致的种种"不自由"，然后由"不自由"
转入讨论美国人的"自由"是什么，那就是人的最基本的权利
能够得到保障，而这种保障来自于宪法，尤其是宪法中的修
正案。

在这些信中,作者通过切身经历和对"哈瓦德·莫蓝事件"、"沙利文案"、日本留学生被枪杀的事件以及著名的"辛普森案"等具体的事件和案例的分析叙述,介绍了修正案中关于言论自由、个人拥有武器的权利、对个人隐私、私人财产和私人领地的保护等内容。在作者的娓娓讲述中,读者惊讶地了解到,美国的言论自由居然与真理无关,强调的纯粹是人权。而使这种自由得到保障的制度性原因就是权利的横向分割——联邦政府与地方政府的权力分割,以及竖向的"三权分立";知道了美国的政治公开化以及对政府权力的制约与新闻的免预检制度是密不可分的;明白了为什么美国枪支滥用的问题如此严重,但却始终不禁止私人拥有枪支的根本原因。作者尤其对"辛普森案"进行了细致的叙述,通过这一案件,作者既使我们看到了美国司法民主的运作过程,也分析了死刑的存废、陪审团制度的优劣、无罪推定的重要意义等,指出美国的司法精神的出发点就是保护公民的自由和权利不受侵犯,防止美国政府和政府的执法人员侵犯公民权。当然,作者也指出,美国的权利法案和司法制度并不能防止冤假错案,它的意义在于,这种制度能够做到不以社会安全为借口,非法剥夺一个公民的自由和权利。

"近距离看美国"系列的第二部是《总统是靠不住的》,由16封信组成。作者以"水门事件"和克林顿当政时期的"旅行门"、"档案门"、"白水门"等事件为线索,叙述了美国大选的规则和运作过程、"两党制"的实质、美国政府的权利结构和运作模式等内容,并细致入微地分析了制度背后的文化背景,纠正了读者对某些问题的认识误区。第三部《我也有一个梦想》则以洛杉矶骚乱、阿姆斯达事件、南北战争等为例,着重讨论了与美国种族问题有关的社会意识和法律演进史。第四部《如彗星划过夜空》与前三部的出版相隔了几年,是在出版了《一路走来一路读》和《带一本书去巴黎》后才出版的。
这一部依然采用书信体形式，主要是通过记述发生在1787年
美国费城制宪会议前后的一系列故事，梳理美国宪政民主从源
头发展到相对成熟和付诸实践的基本过程；另外，还记述了20
世纪60年代美国反越战运动中的"五角大楼秘密文件"事件，
通过新闻媒体与美国政府行政当局的抗衡，展现出美国式民主
的运作机制。

　　虽然，这其中的某些内容，读者早在中学时代就从政治教科
书上知道了，但教科书中的介绍往往是浮光掠影或语焉不详，在
作者的解说下，这些内容才呈现出生动的面貌。正是通过阅读林
达的书，许许多多的普通读者才第一次了解了美国宪政民主的源
头和它从初创到成熟的发展过程，以及美国宪政民主的运作机
制；同时也了解了美国的乡村自治、美国社会中普通民众生活中
的法律和政治情况，知道了美国的自由到底意味着什么，弱势群
体是如何通过法律手段争取自身利益并最终推动整个社会进步
的。林达认为这些是美国制度的根本，也是中国目前需要学习和
借鉴的。而此前，国内这方面的书几近空白。

　　林达在文章中涉及的一些美国的法律制度等，并非是初次介
绍到中国，诸如《权利法案》等，当然是早有中译本。但普通
读者往往是没有兴趣去研读这些文字的，即便读过，也只是看到
了几行条文的表述，产生不了深刻的理解。而林达是以故事、案
例等来具体地阐述、解析这些原本枯燥的文字，使得它们变得灵
动起来。透过一个个故事，读者才真正理解了《权利法案》的
意义所在。

　　林达的写作，毫无疑问是在做一种翻译工作，文化的翻译。
虽然林达并不认为自己是学者，而是双手起茧的体力劳动者，是
小贩，但他们深入浅出地解析西方文化和历史的各个层面，且文

笔优美，思想深邃，启迪了众多的青年学子，给予读者美好的阅读感受。因此，他们的作品虽然不是传统意义上的文学作品，而是介于历史、政治与文学之间的混杂化的文本，但正是这样的文本，才更具飞散的内涵，其混杂化的特性、其开阔的思想视野、其文化翻译的价值，都应使我们给予其足够的关注和评析。

林达曾被《南方人物周刊》评为50位公共知识分子之一，与他们一起位列其中的还有一个与他们写作风格近似的作者薛涌。薛涌毕业于北大中文系，曾供职于《北京晚报》和中国社会科学院政治学研究所，1994年赴美攻读历史学博士。薛涌是近年来十分活跃的时评杂文作者，在《南方周末》等报刊开有专栏，其文章结集出版的有《直话直说的政治》、《右翼帝国的生成：总统大选与美国政治的走向》、《谁的大学》、《炫耀的足球》、《美国是如何培养精英的》、《精英的阶梯：美国教育考察》、《中国文化的边缘》、《中国不能永远为世界打工》等。虽然他的本业是历史，但其写作所涉及的范围却十分广泛，从政治、经济、教育到体育，我们仅从以上所列的这些书名便可见一斑。

薛涌认为："1980年代在中国知识分子中形成的关于美国的概念，仍然是当今中国人对美国的认识的一个'观念原型'。这个'原型'和现实的出入已经越来越大。"① 因此，他跟林达一样，试图告诉读者一个真实的美国。同时，由于中国目前在教育等领域存在着诸多亟待革新之处，而美国的教育体制与我们差异极大，能够给我们提供很好的参照。因此，薛涌对读者介绍美国，是与国内的相关领域的现状紧密联系的。他从自己居美十几

---

① 薛涌：《解读"陌生的美国"》，《右翼帝国的生成》，广西师范大学出版社2004年版，序与跋。

年的经历和自己的专业视角出发,对美国的政治和教育等社会生活的重要领域给予了格外关注。也因此,他被人称为"身处美国的中国观察者"。一些读者则戏谑地说:"林达和薛涌是中国安插在美国的一南一北两大卧底。"

　　林达、薛涌等几位作者,在写作上具有很大的相似性,他们针对的都是目前国内民众强烈关注、议论热烈的领域,都是将这些领域中的某些状况与国外相比较,试图为国内的政治、经济和教育改革寻找更好的路径。他们在自己的文章中,都竭力纠正着国人在过往的知识和经验中得到的偏颇认识、形成的不客观判断,希冀通过自己的写作,能够让国人摘掉意识形态的有色眼镜,产生对世界更真切的认识,从而能更客观地面对自己的问题。比如,林达在自己的作品中,多次提到由于文化的巨大差异,使得一些词汇在翻译的过程中没有找到最合适的对应,因而造成了文化上的误解。他在《总统是靠不住的》中,首先就解释了在汉语中都译为"政府"的两个英语词"GOVERNMENT"和"ADMINISTRATION"的重要区别,指出在词的差别背后所连带的制度性意义。这就不仅仅是谈翻译,而是在解释翻译问题的同时,向读者传递出另一种文化的准确信息,是在语言和文化的边界上对两种话语和他们建构的文化前提进行一种比较和沟通,当然是一种文化的翻译。透过这种文化翻译,我们惊奇地感受到,从我们的语境和文化中看似负面的行为,在另一种文化里却含蕴着独立、自由等进步的意义。因此,只有跨出了一种文化的局限,才能清楚地了解我们对他文化的许多理解其实只是想当然的揣测,这种揣测常常是影响两种文化沟通和交流的严重障碍。

　　进入 21 世纪,每个人都能感觉到,中国改革开放的步伐明显在加快,公共知识分子在社会进步发展中的意义和价值正在日益显现。而一些具有双重文化背景且对国家、民族的公共事务怀有热忱的知识分子，更能够在其中发挥重要作用。查建英在《芝加哥的北京梦》里曾经说："人需要一些不同的空间、关系、语言，才能够取得平衡、接近客观。"① 林达、薛涌等人，正是有了这样的空间距离后，才能够从容接受不同文化的差异，才从一种相对客观的视角，重新看待自己的民族文化。

当然，客观只是相对而言，写作者总会不自觉地流露自己的文化倾向。选择什么向读者进行介绍，实际上已经掺杂了自己的是非判断和取舍。所以，在一片叫好声中，我们也不难听到质疑的声音。有人认为这些写作者虽然在破除人们观念上的桎梏方面功绩卓著，但也存在对美国民主制度的美化倾向，在人性观、文明观上有一定的褊狭。启蒙者并非圣人，自然也会有自己的局限。作为文化翻译者，他们抛弃了我族中心主义的狭隘文化视角，但难保不会在某些时候陷入"他族中心主义"，成为强势话语的附庸。但看到这种局限，并不能否认他们所从事的文化翻译工作在沟通中西、开启民智方面的价值和意义。

第三节 民族性与异质性的整合

文化虽然是基于地域的，但并不囿于地域。按照后殖民理论的观点，任何文化都是不纯的、混合的、混杂的，所有形式的文化都不断处在一种混杂的过程中，应当把文化视为一系列构建、重新构建、拆散文化原料的过程。当移民携带母国、母族文化，进入一个全新的异族文化，这是一个文化接触的过程，在这个过

---

① 查建英：《说东道西》，辽宁教育出版社2001年版，第71页。

程中，既有文化冲突，也会有文化采借、文化同化。文化来源的多重性和矛盾性使新移民文学的文化性格具有多元整合性，既保留了母族、母国文化的某些特性，是母族、母国文化在新的居住地的延伸，同时也包蕴新的居住地文化，是多种文化的融合、交汇，是民族性与异质性的整合。

一、新移民文学与民族传统文化的当代阐释

伴随着全球化进程的加快，今天，面临着文化认同问题的已不仅仅是生活在两种文化交汇处的移民，即使是足不出国门的人，也在面临文化的认同问题。当"情人节"、"圣诞节"的烛光从北京、上海一直摇曳到边陲小镇时，当全国各地大力追捧韩剧时，谁能否认我们也面临着文化选择与认同呢？美国人类学家M. 米德在20世纪80年代就提出了"文化上的移民"的概念，用于说明这种状况。她认为在社会急遽变化、价值观念更迭频繁的时代里，不能适应这种变化的人，特别是老一代的人，会成为"文化上的移民"，只是他们的迁徙并非是空间上的而是时间上的。随着"全球化"浪潮的加速推进，成为"文化上的移民"的人无疑会越来越多，人们在文化上的"认同危机"将日趋强烈。因此，民族传统文化要在新的世纪继续得到保存并获得发展，不能不寻求更好的当代阐释样态，否则，我们就有丧失自己文化的危险。一个民族如果丧失了自己的文化，不啻为生活在自己土地上的文化难民，从文化上被根除比离开故土的流亡更为可怕。正如作家龙应台所言："人本是散落的珠子，随地乱滚，文化就是那根柔弱又坚韧的细丝，将珠子串起来成为社会。而公民社会，因为不依赖皇权或神权来坚固它的底座，因此文化便是公民社会最重要的黏合剂。"文化使孤立的个人产生归属感，使"零散的、疏离的各个小撮团体找到连接而转型成精神相通、休

戚与共的社群"。①

但今天，我们的花木兰故事连中国孩子都不知道了，而迪斯尼的《花木兰》却使全球孩子认识了这个勇敢的中国少女。那么，今后存在于下一代、下几代文化记忆中的花木兰难说不会是这个美国版的花木兰。面对挑战，我们需要为民族文化找寻一种合宜的阐释方式。因为"文化不仅是看待世界的一种方法，也是创造和改造世界的一种方法"。②

新移民作家，以他们丰富的文本呈现出"带有综合倾向的现代艺术层面上的探索。新移民作家的创作……对西方现代主义、后现代主义艺术因素的借鉴、化用显示出'综合'的文化倾向，不仅在留摄新移民一代人的历史命运，表现其久遭压抑后爆发的人性欲望上寻找现代、后现代艺术的平衡点，而且往往交织进民族传统中的传奇、历史叙事等因素"。③

在新移民作家群体中，裘小龙的写作比较特殊，是以侦探推理小说而闻名的。侦探推理小说，被国内很多评论家视为通俗作品，几乎不屑于评论，因此，我们在大量研究新移民文学和作家的论文中很少能见到裘小龙的名字。其实，作为小说中一种源远流长的类型，侦探推理小说同样含蕴丰富，通俗的形式并非不能承载严肃的内涵。

裘小龙是"九月派"诗人卞之琳先生的关门弟子，在国内时以翻译意象派诗歌著称，致力于艾略特研究，是《荒原》的中译者。20 世纪 80 年代后期，裘小龙赴美留学，就读于艾略特

---

① 龙应台：《如果你为四郎哭泣》，《南方周末》2004 年 12 月 23 日。

② ［美］阿里夫·德里克：《后革命氛围》，王宁译，中国社会科学出版社 1999 年版，第 195 页。

③ 黄万华：《20 世纪美华文学的历史轮廓》，《华文学》2000 年第 4 期，第 49 页。

家乡的圣路易斯华盛顿大学,后来留在该校教授中国现当代文学。20 世纪 90 年代末,裘小龙在教书和写诗之余开始从事小说写作,处女作《红英之死》(*Death of a Red Heroine*) 2000 年出版后畅销美国,入围"爱伦坡推理小说奖"、"白瑞推理小说奖",获得了全球推理小说最高荣誉——第 32 届世界推理小说大奖"安东尼小说奖",并入选纽约《新闻日报》2000 年十佳小说,先后被译成十余种文字出版。之后,他的《外滩花园》(*A Loyal Character Dancer*)、《石库门骊歌》(*When Red Is Black*)相继出版,成为以上海的公安局刑侦队长陈超为主人公的系列推理小说,在欧美读者中培养出一批"陈超迷"。法国最具影响力的杂志 *Telerana* 为了满足"陈超迷"的好奇心,派出了记者与裘小龙一起回到上海,走访他小说里的场景和人物原型,亲历"案发现场"。法国、德国的一些旅行社也以"跟着陈探长的脚步来中国"为名义组织很多旅行团来中国旅游。

侦探推理小说在西方历史悠久,影响深远,有很大的读者群。柯南道尔的福尔摩斯探长和阿加莎·克里斯蒂的大侦探波洛都属于世界文学长廊里最著名的人物形象。中国虽然也有公案小说的传统,但并非侦探推理小说,中国的侦探推理小说是舶来品。中国似乎一直都缺少有影响力的侦探推理作品,所以有人认为中国人的逻辑思维不如西方人,太过感性,写不出好的推理小说。裘小龙的推理作品在西方的畅销,可以说打破了这种谬见。他获得"安东尼小说奖"是华人首次在世界推理侦探小说的写作中取得的最高成就。

虽然被视为通俗畅销书作家,而且是打东方情调牌的畅销书作家,但裘小龙并不认同这种看法。他否认自己是打"中国牌",他认为自己并没有为了投西方所好而去大写"文化大革命"和其他一些显示旧时代落后文化的民族文化符号(如鸦片烟枪、男人的辫子和女人的小脚等）的内容。恰恰相反，他是想借用侦探小说的框架来承载一些严肃的内容，是想探讨人性的困惑和人的悲剧性这些东西。正是基于这样的考虑，作者选取的主人公陈超并非单纯是一个刑侦队长，同时还是一个熟悉西方文化的知识分子。他不仅专注于破案，同时也在思考案件背后的东西，他的命运与历史的发展紧紧连接在一起。除了故事本身，作者还着力写了中国在 20 世纪 90 年代以后的物质和精神生活上的巨大变化，以相当的信息量向西方呈现出一个当代的、变化中的中国。所以，《芝加哥论坛报》评价裘小龙的作品让西方读者进入了一个从美国人的角度看到的更商业化、更当代的中国。应当说，这也是裘小龙的作品在西方广受欢迎的原因之一。

　　也许本身是诗人，同时也研究诗歌的关系，裘小龙将自己笔下的主人公陈超塑造为一个通晓西方现代诗歌的浪漫的警察，是"中国的意象派诗人"，追求浪漫的正义。因此，作品中不仅时常出现约翰·多恩、艾略特、奥登、叶芝、马修·阿诺德、路易斯·麦克尼斯等西方诗人的名字，而且还有许多诗歌作品穿插其中。更为引人注目的是，裘小龙在作品中大量引用了中国的古典诗词，这在之前以外语写作的新移民作家中是很少见的。在他的处女作《红英之死》中，裘小龙引用了包括晏殊、张籍、杜甫、李白、王昌龄、杜牧、李商隐、李贺、孟郊、陆游、柳永、秦观等在内的 20 多位古代诗词名家的作品，总共有近 30 处，多是人们耳熟能详的佳句，如"记得绿罗裙，处处怜幽草"、"无可奈何花落去，似曾相识燕归来"、"山重水复疑无路，柳暗花明又一村"、"洛阳亲友如相问，一片冰心在玉壶"、"今宵酒醒何处，杨柳岸，晓风残月"，等等。在其后的《外滩花园》和《石库门骊歌》中，同样各有十几处引用了古典诗词，其中出现较多的是苏轼、李商隐、李煜等人的作品。由于这些古典诗词非常受西方读者喜爱,有人甚至能全部背诵。所以,裘小龙在美国顺势又出版了一本中国诗歌翻译集。除了古典诗词,京剧、太极拳、《红楼梦》、《聊斋志异》、《论语》等典型的中国文化符号都频繁地出现在裘小龙的文本中。裘小龙在接受记者访谈时指出,他是有意识地将中国的优秀传统文化融入自己的英文作品中,希望在展现当代中国风貌的同时,也使西方读者品味到中国古老文明的佳酿。

从裘小龙的推理作品中,我们不难看到,他并非仅仅着力于讲一个引人入胜的侦探故事,而是在讲故事的同时,以西方读者乐于接受的方式,在文本的间隙中努力填充进民族文化的断片,既使西方读者认识一个正在迅速发展变化的当代中国,也使他们在阅读中领略到中国古老文明的绚烂。因此,尽管只是些文化断片,但随着裘小龙推理小说在世界各国的畅销,唐诗、宋词这些汉语文化中色彩亮丽的组件,无疑会对汉语文化的传播及影响的不断扩大起到积极的作用。

二、新移民文学与民族性和异质性的整合

新移民随着身份的逐步演变,由闯入者、暂住者,到定居者,其文化心理相应地发生着不断的变化。在他们身上,自身所携带的民族文化传统与异质文化之间通常也会由冲突到妥协,最终达到两种差异性文化的融合。终生顽强固守自己的民族文化传统的,或许只在老一代的极少数移民中才存在。而完全不知自己的民族传统为何物的情形,恐怕也只会出现在移民的第二三代以后的少数人中。以知识分子为主体的新移民群体一般而言都有着开放的心态,对文化更有着自觉的意识。因此,他们在与异质文化的长期密切接触中,既会有意识地保存

自己的民族文化中的优秀质素，也会自觉地吸纳异质文化的某些质素，最终会在两种文化间找到某种平衡，实现对民族性与异质性的整合。

这种对民族性和异质性的整合在新移民作家身上的体现，无疑是他们写作上的变化。新移民作家的教育大部分都在祖国得以完成，他们从出生就浸淫在自己民族悠久的文学传统中，这种传统是融化在他们血液里的。而在居住地，他们又全面地被包围在迥然有别的西方文学传统中，这种传统的影响同样是极其强大的。两种文学传统的激荡，使他们的创作呈现出新的面貌。我们可以从严力的作品中看到这一点。

《遭遇9·11》是严力2002年的作品。《遭遇9·11》区别于一般的新移民小说之处在于，它没有以华人为主角，既不回顾华人新移民在中国的"文化大革命"经历，也不讲述华人新移民在移居国的奋斗和见闻，而是在"9·11"的大背景下，讲一个债务缠身的美国商人凯维的故事。这其中既有关于民族、种族、宗教以及文化之间冲突与融合的宏大叙事，同时也关注在现代社会中生活窘困的普通个体的欲望和梦想。

凯维公司的办公室就在纽约世界贸易中心的旁边，"9·11"恐怖袭击发生时，他正要去世贸大厦还一个债主的钱，亲眼目睹了飞机撞击大楼的过程，他要还钱的债主也很有可能丧身其中。惨象既令他震撼，同时又启发了他，由于埋在废墟里的人肯定无法辨认，因此他完全可以假装在这次袭击中遇难，然后离开这个城市隐居起来，从此就可以摆脱一切债务。他于是假装帮助一个受伤的人，借机拿了他的外套穿在自己身上，冒险回到办公室，带了自己的护照、其他证件、手提电脑和零钱，准备实施自己的计划。巧的是，顺手拿的伤者的外套中居然有主人的驾驶执照和信用卡。于是，他开始使用这个叫柯里斯基的人的证件。他化装参加了自己的葬礼，偷了一辆车，开着它穿州过府，在美国各地奔走。在隐居的过程中，凯维主要通过网络来了解新闻，关注"9·11"事件的后续状况，基本上不与现实生活中的人打交道，因此他感觉"自己是人类的旁观者"。① 当凯维在拉斯维加斯的赌场中结识了来自中国香港、婚姻正处于危机的华人女子文迪后，由于对文迪产生了爱情，在文迪离婚后，决定跟她一起去香港开始新的生活。但凯维由于一时疏忽，在餐馆使用了自己的信用卡结账，于是暴露了行踪，在机场被联邦调查局抓获。

然而，这个故事其实在整个文本中只是一小部分内容。严力的这部作品明显是一部具有元小说特性的后现代作品，作者以叙述者的身份侧身文本之间，甚至与自己笔下的人物相遇在文本的故事层面。元小说最主要的特点是自我揭示，有意暴露小说中的虚构痕迹，揭示叙述世界的虚构性质，反映出作者在创作过程中的自我意识。传统的全知叙述作品，总是尽量掩藏起叙述的虚构痕迹，力图让读者在阅读过程中沉浸于故事进程，相信自己读到的是真实的情景再现。最好的传统小说，是能让读者有代入感，想象自己就是作品中的某个人物，随着情节进展且歌且哭，顿足捶胸。而在《遭遇9·11》中，作者并没有这样做。

《遭遇9·11》的文本中，存在两类文字，反映在印刷文本上，就是两种字体，大字体的部分是叙述凯维的故事，小字体中一部分是作者或者说是叙述者的坦白交代，对为什么以及将如何叙述这个故事的交代。叙述者在故事开始不久，就坦然承认，自己作为故事的作者对这篇故事的考虑，对主人公凯维将去哪里隐

---

① 严力：《遭遇9·11》，上海文艺出版社2002年版，第83页。

居，以何谋生等细节的设想，叙述者还坦率地承认自己也不知道
凯维的命运最后到底怎样，要看情节发展需要来定。这样，对凯
维故事的叙述与叙述者自己的写作动机和叙述过程就基本上是同
步展现在读者面前。于是，读者看到，叙述者不断中断对故事的
叙述，来交代写作的细节，交代他与朋友是如何讨论决定凯维下
一步行动的，猜测凯维作为美国人对"9·11"事件的看法，等
等，如此一来，叙事的虚构性就毫不遮掩地暴露出来。读者虽然
能够了解故事的发生发展，但却不容易完全进入故事的情境中，
而会保持清醒的意识，关注作者的叙事过程。

　　小字体的另外一部分内容则很驳杂，包括叙述者对与"9·
11"事件有关的各种问题的见解，如宗教冲突、民族矛盾、政
治利益、人性善恶、战争后果等，也包括"9·11"事件之后媒
体上的大量相关报道，如事件发生当天布什的活动，对布什政府
情报工作的谴责，对本·拉登的介绍，事件亲历者的讲述，还包
括赌博规则介绍，一支名叫"9·11"的乐队的介绍，等等。因
此，相比起来，整个文本中，对凯维故事的叙述，在内容上，远
远少于这些虽与故事有关但并不直接相关的材料。这些材料零散
地出现在文本的各处，屡屡打断故事的进程，使得整个文本成为
一个杂乱的拼贴画。

　　后现代文化虽然从 20 世纪 80 年代开始影响了我国的文学艺
术创作，也出现了先锋派这样的后现代文化的追随模仿者，但真
正意义上的元小说作品并不多见。因为元小说的文本形式通常比
较陌生，语言和叙事方式都流于晦涩、艰深，因此典型的元小说
作品的读者范围始终很难越出学院的围墙，使得元小说对传统叙
事方式的挑战和发展意义不免大打折扣。同样，这种远离完整明
晰的故事情节的小说形式也不合乎我国的阅读传统，所以经历过
先锋派作者的短暂实验后，元小说在我国很快就销声匿迹，余

华、马原等先锋派作家在 20 世纪 90 年代后纷纷回归传统的叙事方式。

作为新移民作家的严力却在 2002 年推出了这样一部元小说作品,既具有元小说的特质,又不像西方纯粹的元小说那样晦涩,可以说兼具传统叙事的线索明晰与后现代元小说的形式实验,无疑是一部成功的作品。这种成功显然既离不开他长期的西方文化浸染,也与他的中国文化积累有关。西方现代、尤其是后现代文学和艺术一直都有过度强调形式创新的特点,每一次的创新都强调彻底颠覆既有的文学成规、艺术规范,使得形式越来越奇崛、骇异。但中国传统的文学和艺术往往更强调继承,重视在继承的基础上获得的创新,特别是在亲历"五四运动"和"文化大革命"时期倡导彻底抛弃传统带来的不良后果面前,当代中国的文学艺术更加重视对传统文化进行现代阐释而不是一弃了之。如此进步的步幅尽管较小,却稳健有力,也更容易被接受。严力的这部元小说作品的成功再次印证了这一点,只有在借鉴西方的基础上,将民族性与异质性加以整合,才能创造出真正属于自己的、立得住的作品。

严力的作品中并非仅仅《遭遇 9·11》具有这种西方实验文本的特性,其实他的创作一直都不是单单局限于以传统方式讲述华人故事,收在小说集《母语的遭遇》中的《菜单》、《为谁自杀》、《糊涂的墓碑》等篇,在文本形式上都与《遭遇 9·11》有相似处,只是由于篇幅的短小而没有能充分表现出来而已。他还有一些作品,情节比较荒诞,但在荒诞的情节下埋藏的却是非常严肃的思考。在《血液的行为》中,李雄本是勤恳努力的,生意却屡屡失败,被同学所骗。后来,他受到爷爷用贫农的血换掉自己地主的血的思想启发,决定将自己的血液全部换成可口可乐,他说:"可口可乐,我终于找到你了,你在我血管中一旦流动起来,什么样的生意我不能做成呢? 我不再讲义气和太重感情,我将一帆风顺地把生意做起来!"果然,李雄换血后迅速在商场上获得了巨大成功。作品中诗人维尔钦的话更进一步说明了李雄由换血而导致的成功的奥秘:"生意是不讲感情的,生意需要的是产品,产品是没有感情的物质……这个世界以它越来越多的商业行为影响了人们更少感情的行为,所以说如果能把产生感情的血液换成可口可乐,人类就会少一些麻烦和矛盾。"① 李雄换掉了血,就失去了由血液产生的人本应具有的义气和感情,人由此异化为可口可乐一样的商品。作者以换血这一荒诞的行为隐喻现代人被商业规则主宰的社会异化的现实。与此相似,《药片与缘分》中"我"只有在服用了名为"特种维生素",实为一种毒品的药片后,才能激发起爱的激情,向喜欢的女人示爱,药片的效力消失后就又失去了男子汉的激情和勇气。这同样是一种人的异化,生活于现代社会的人已经失去了从最本真的激情出发来生发感情、表达感情的能力,因为每一件事都会有利益的权衡和价值的考虑。貌似荒诞的情节其实昭示了现代商业社会的冷酷规则与现代人激情的匮乏。

严力结构这些情节荒诞的作品,一方面是由于他长期生活在纽约这个现代大都市,对后现代社会和文化有着深切的感怀,因此,他的写作特点的形成无疑是得益于其移民生涯的。另一方面则源于他所具有的丰富想象力,使得他笔下的荒诞几近科幻。而新移民作家石小克,则是以科幻风格承载现实思考。

石小克 1986 年赴美留学,定居洛杉矶,经商之余从事写作。石小克的作品主要有长篇小说《基因之战》、《震撼》、《美人

---

① 严力:《血液的行为》,《母语的遭遇》,上海文艺出版社 2002 年版,第 201、207 页。

草》,中篇小说《超光速运行》、《魂断洛杉矶》和中短篇集
《美国公民》等。他的作品经常以科幻的框架承载华人新移民在
居住地悲欣交集的生命历程。作为一个出身工科的业余写作者,
石小克的作品在叙事上显然是比较平实的,人物塑造有概念化的
倾向。但他的工科背景使其得以在作品中构建出一个与众不同的
框架,那就是科幻叙事。

石小克的《超光速运行》是以光子信息的定向传送技术为
理论基础,设想主人公、美国华裔科学家傅冬民掌握了使微粒
子以超过光速 50 倍的速度运行的技术,从而可以用超微粒子
射束获得光子信息,不仅能将过去发生的事情进行实况还原,
而且在军事上具有重大的应用价值。傅冬民由于其华裔背景被
同事怀疑向中国内地非法传递技术资料,从而引发诉讼。他的
《基因之战》则是以基因重组理论为基础,假设在猫身上植入
狗的基因后发生了变异,使得狂犬病病毒生成了新的变种,引
发了一场波及整个街区的瘟疫。这两部作品在叙事结构和节奏
上明显具有好莱坞科幻电影的影子。以《基因之战》为例,主
要的故事是发生在 24 小时之内的,围绕 12 个病人的生死存亡
以及主人公于向东与导师和未婚妻的激烈冲突而展开,格里
芬—霍桑症候群到底由什么原因引起?濒临死亡的病人能否得
到救治?于向东如何应对导师的无耻要求?凌飞飞在两个男人
之间如何抉择?悬念迭起,环环紧扣。整个叙事进程宛如一场
节奏紧张、画面变换迅速的电影,惊心动魄,紧紧揪着读者的
神经,令人透不过气来。

但石小克的写作不是仅仅为了获得好莱坞通俗文化的娱乐
效果,而是有着自己的特殊寓意。他试图通过这些好看的故事
情节,来表达华人新移民在美国所遭遇的不公正待遇。他说:
"在美国生活的华人移民,总是很难。不是物质生活方面的东

西,而是心理所承受的压力。"尤其是供职于高科技和防务行业的华人,总被美国的联邦调查局等执法部门视为潜在的间谍而备受防范。《超光速运行》的故事既有"李文和案"为凭,也有"麦大志案"为据。石小克感叹"什么时候才会有那种真正的信任和公正"?① 因而,节奏紧张、扣人心弦的科幻叙事框架不过是一个精美的载体,并非他的叙事目的。在明确的目的引导下,《超光速运行》和《基因之战》在各个要素上都是十分相似的。它们的主人公都是在美国从事科学研究的华人,都具有非同一般的科研水平,都不擅长与人周旋,因而都受到了极为不公正的对待。《超光速运行》中傅冬民被怀疑帮助中国窃取激光技术,被指控为间谍,关系密切的情人恰恰是最先怀疑他的人,多年好友在利益的诱惑下,不惜作伪证陷害他。《基因之战》中于向东被自己的导师斯坦贝克利用、强占科研成果,以致 8 年都没有拿到博士学位,未婚妻也在极度失望中背叛了他。在两部作品中同样都有一些正直、善良的美国人形象,如《超光速运行》中的律师提姆和罗杰博士,《基因之战》中的莱恩医生和芬利博士等。与此相对应的则是一些自私、狭隘的华人同胞,《超光速运行》中有林山和孙大壮,《基因之战》中有凌飞飞和刘戈壁。由于明显的"主题先行",使得这两部作品中的各类人物呈现出符号化、概念化的特征,缺少个性色彩,形象不够丰满,情节也过度地戏剧化。因此,石小克的作品获得的关注并不是很多。毕竟,好的作品不应当仅仅呈现世界是什么,而应当让人对世界多一种理解,与世界建立起更加富有想象性的、多样的联系。

但石小克没有像大量业余写作者一样被迅捷地遗忘,正是由于他独特的文本形式。如同推理侦探作品一样,科幻作品也是舶

---

① 石小克:《一点杂感》,《北京文学》2001 年第 8 期,第 37 页。

来品,在我国一直没有得到很大的发展,往往只在儿童文学中才有科幻叙事,基本等同于童话,在中国文学史上几乎没有地位。科幻叙事在数量上的奇缺,使得石小克的科幻叙事作品在新移民作家群体中无法被忽略,被冠之以"新科幻文学"。

裘小龙和石小克的写作具有一种共同性,即他们的文本在形式上的意义更大一些。他们所采用的推理侦探的文体和科幻文体在类别上均属舶来品,而且在中国内地的文学发展史上都属于不够发达的文学类别。前者长期被视为浅薄的通俗文学,后者则被视为儿童文学,严肃作家都极少涉猎。所以,一般人都认为中国,或者说在华人文学中没有真正意义的推理作品和科幻作品。因此,从这个意义上讲,裘小龙获得第32届世界推理小说大奖"安东尼小说奖"对华人文学在世界的影响来说意义非同一般。石小克的作品由于以汉语写就,当然不具有世界性影响,但至少在国内的评论界和读者中已经产生了影响,使读者和评论家们看到,科幻作品并非是只能存在于儿童文学中,只能戴着幼稚的娱乐帽子,它同样能够承载严肃的主题。因此,裘小龙和石小克可以说是新移民作家中将严肃性与通俗性、异质性与民族性进行有机结合的很好范例。

文化接触必然带来文化变迁,但文化变迁并非一定意味着弱势的一方被强势的一方所同化。文化从根本上讲没有优劣之分,但在经济全球化的时代,经济力量的强势却能够使其所属的文化在传播上也处于强势地位。强势的文化很自然会有一种吞并、淹没、同化弱势文化的倾向。弱势的文化要抵抗这种倾向,不可能采取顽强固守、拒不接触的策略,在全球化的时代这根本无法实现,而只能是在文化接触中,谨慎地、有选择地吸纳和采借强势文化的优秀质素,实现对自身传统的超越。在这种情势下的文化变迁将是与文化传承相得益彰的。新移民作家处身强势的异质文化的包围中，无论从生存还是发展的需要来讲，都不可能一味地坚守族裔文化传统，而只能在两者之间寻求平衡和有机的融合，将民族性与异质性整合起来，在居住地发展出独特的族群文化和文学。

第四章

双向疏离:混杂化与二元化

　　华人新移民文学作为一种生长于文化交汇处的文学,几乎是先天地具有双向融合的混杂化特质。虽然这种特质在各个具体作品中的表现各有不同,混杂化的程度不一。但不能否认,这是它有别于其他区域的华人文学的重要一点。对这一点,众多新移民文学的研究者关注度都很高,给予了大量的阐释解析。但与此同时,似乎少有人关注其疏离性。新移民文学在凸显出其混杂化特质的同时,其实也在很多间隙中流泻出其双向疏离的特质——与居住国文化的疏离,与故土文化的疏离。如一些学者所言,新移民作家"身在外国,脱离了国内生活每天压在我们肩头的真实的重量,脱离了中国作家群体心心相印、寻找背景依托的精神运动,就很容易两不着边,既难以获得异质文化的意识来梳理自己的中国记忆,又无法从本土当下的生活和不管怎样总算挣扎于其中的本土知识分子的精神运动中汲取同情的力量。对外既隔膜,对内亦脱节,因此不管在文学描写的技术上有何种突破,在文学的真正内核——对精神背景的突进和对自我意识的建构——上,却很容易缺氧乏力"。① 因此，新移民文学的混杂化其实是与其二元化并行的。

第一节　语言的混杂化

本尼迪克特·安德森把民族界定为"想象的共同体"，他认为："民族就是用语言——而非血缘——构想出来的。"② 语言具有地域和文化色彩，华人新移民离开故土，置身于另一个陌生的语言环境中，虽然在生活中主要使用异语言，但写作则可能仍使用母语或双语并用。因为母语是编织生命的经纬线。但当地域与文化发生改变时，由于语言自身的实用主义特性，使得新移民在使用母语写作时，自觉、不自觉地要重构母语的性能，甚至将母语与异语言混杂使用，才能准确地书写新的生活经验和新的思考。因此，他们的语言已经不可能纯粹，自然地呈现出一种混杂化的特性。我们看到，新移民作家在使用汉语写作时，会在汉语中加入居住国语言的一些词汇，在语法上也受到所在国语言的影响，句式不同于纯粹的汉语。这种"混杂化"的汉语，就如同华人早期移民的洋泾浜英语，虽混乱不纯，但不失有效，甚至还具有很大的创造性，产生出许多新的词汇和句式。而且随着时间的流逝，这些创造中一部分，也进入了规范化的语言体系，进一步丰富了语言的表达。对这一点，新移民作家在写作中是有深刻感受的，严歌苓就说过：

----

① 郜元宝：《谈哈金并致中国海内外作家》，《当代作家评论》2006 年第 1 期，第 71 页。

② ［美］本尼迪克特·安德森：《想象的共同体——民族主义的起源与散布》，吴叡人译，上海人民出版社 2005 年版，第 141 页。

"假如用中文形容一个少女的眼睛，我肯定会淘汰水汪汪这样的词，但英文的'水汪汪的眼睛'可以是'juicy eyes'，写成中文就不再陈旧，成了多汁的眼睛。"[1] 在高行健与杨炼的对话《流亡使我们获得什么》一文中，高行健表示，由于用法语写作，因此自己也试图根据法语的特性发展汉语，比如吸收法语的音乐性以及词的前、后缀，等等，用以丰富汉语的表达方式。而杨炼也认为，对海外汉语作家来说，"不是你'生在'语言之内，而是语言'生在'你之内"，他认为海外汉语作家"承担着一种语言吸收、试验、筛选、积累、创造、传播等的功能，从语言意识的更新，到语法的转换，句式的构造，直至新词、新字的'无中生有'，我们已经很难说，我们使用的仍是普通意义上的'汉语'了"。[2]

　　语言的包容性使得新移民作家对语言特性的某些重构成为一种十分有价值的行为。这种吸收了其他民族语言特性的重构，对于汉语的更新、丰富以及对外的沟通、交流都有着重要的意义。这种价值和意义已经被新移民作家清楚地认识到，严歌苓在马来西亚文艺营开幕式上发表演说时就说过："我们生活在两种、甚至多种语言的环境中，我们在聆听和阅读别种语言的过程中，应更有意识地体验别种语言的表达方式、描述方式，从而在华文中寻找出最精确、最令人心领神会的表述语言。一旦找到或创作出这样的中国文学语言，才不会在翻译过程中流失大量的中国文字之美丽、之含蓄、之生命。"[3]

　　日常生活中经常性的语言转换、语言混杂，也会使新移民的

---

①　严歌苓：《呆下来，活下去》，《北京文学》2002 年第 11 期，第 56 页。
②　高行健：《没有主义》，香港天地图书有限公司 2000 年版，第 141 页。
③　严歌苓：《中国文学的游牧民族》，《波西米亚楼》，当代世界出版社 2001 年版，第 111 页。

思维方式、思想内容发生变化。人在使用一种语言表述思想时,这种语言的结构和语法规则往往会把人浸润于产生这种语言的文化底蕴和价值观念中。居住国的语言对新移民作家而言是一种强势语言,在日常生活中须臾不可离,由这种语言所传达的文化价值观念和思维及表达方式也已经潜移默化地融入新移民的精神世界中。

同样,使用所在国语言写作的华人新移民作家,也会对这种写作语言进行一定的性能重构,以满足自己的表达需要。高行健曾谈及,自己在写作法文剧本《生死界》时,故意发明了一个法国字,虽然在字形上是绝对的法文,但却改变了词性,由名词变成了动词。他说:"我既然要用法语写作,就也要让法语'出格',写出一种有一定'陌生化'的法语,也和我在中文写作的做法相同。"[1] 更多的时候,他们的语言中显现着汉语的明显影响。哈金在获奖后,评论家称道他的文体简练、朴素,有海明威的韵味。但同时,也有许多学者和评论家指出,他作品中的英语表述是很不规范的,一些句式非常生硬。美国印第安纳大学比较文学教授欧阳桢就曾撰文指出《等待》中的许多语言瑕疵,如哈金的文中有 "In there he didn't see any of the nurses of his team",而较为规范的英语一般是 "Inside, he didn't see any nurses from his team"。[2] 类似的例子,欧阳桢教授举出了很多。显然,作为移民作家,不规范的句式和表述是难免的,这种英语与纯正的英语相比,是"混杂化"的。不过,这种"混杂化"在某种程度上也是作者的自觉追求。哈金曾经说过:"我刻意避免太美国化的说法,尤其当一部小说的时间和空间背景发生在中国

---

① 高行健:《没有主义》,香港天地图书有限公司 2000 年版,第 153 页。

② 转引自刘绍铭《一炉烟火》,江苏教育出版社 2006 年版,第 47 页。

时。"他认为，母语不是英语的作家，必须考虑一个问题，就是："我们如何丰富英语文学、如何形成自己独特的风格和文体。"① 因此，哈金在他的作品中常常把中文的口语化表达，以直译的方式转化为英语，如 "make him serve me like a grandson"（让他像孙子一样侍候我）、"catch them all in one net"（把他们一网打尽）、"tortoise egg"（王八蛋）等。这种看起来很不规范的英文表达，使得哈金的文本呈现出显著的个性特点，有人把他这种语言表达方式称为"中文为体，英文为器"，是"英语中文叙事化"。哈金自己也认为，他是用英语写作，但小说大部分取材于中国的生活，书中人物是说汉语的，所以写对话难免汉语就冒出来了，就要想办法来将之转换成英语，还得让读者信服。这不完全是坏事：中文也会融进英语、补充和丰富英语。他说："英语作品流畅性比较好，词汇量非常大，分得很精细，刀叉齐备，各有各的名称；但中文有中文的妙处，有四声，词汇很有伸缩弹性，一双筷子就全拿下来了。我在构思中虽然用英语，但是常常蹦出中文成语，汉语的节奏已经在我的血液中了。毕竟是母语，所以用英文想不通的时候我就退到中文慢慢摸索，要达到的目标是：既是英语的耳朵能听得懂的，又是英语的耳朵感到新鲜的。"② 从某种意义上，我们也可以说，哈金等众多的华人作家的创作丰富了英语的表达方式。

华人作家的这种语言策略，使得读者在阅读文本时不能不注意到自己的语言、文化环境之中的另一种语言及其文化的存在。在英语中掺杂使用汉字符号，其目的显然是"通过它们与英语

---

① 河西：《幸福也是人类生来就有的权利——哈金专访》，《外滩画报》2005年4月22日。

② 哈金：《中国作家不是技不如人，而是气不如人》，《多维时报》2003年9月29日。

之间的巨大张力,赋予并强化其符号象征功能,将它们的象征意义辐射整个文本,以此来构建一种整体印象,有意无意地以这种印象来影响文本的文化身份,这也是华裔文学与白人中国题材写作的一个显著差异"。① 随着华人作家的影响日益扩大,许多这类以汉字或汉语拼音组成的词汇已经进入到英语语言和文化之中,如"麻将"、"jiaozi"等。

这一饶有趣味的现象,不仅出现在华人移民作家的写作中,在其他族裔飞散作家的笔下也是如此,特别是一些具有第三世界国家文化背景的飞散作家,如美籍墨西哥裔女作家桑德拉·希斯内罗斯,她在《芒果街上的小屋》中使用的英语,就包含有许多西班牙语的词汇,其语法也不同于正规的英语,而是一种少数族群使用的移民英语,具有超短的句式,甚至许多不合正统英语语法的句式。这些特点使族裔作家独具一格,也并不妨碍他们的作品为评论界和读者所接受,《女勇士》和《芒果街上的小屋》均被选入美国的一些文学教材,受到评论家的褒奖,就充分说明了这一点。

这种现象显现出全球化时代不可避免的语言与文化的混杂化特性,称霸全球的英语,纳入了各国各族群的文化因子,每天都在增加新的源于异语言、异文化的词汇。同时,飞散族群以一种割裂标准语言惯用语法和意义的方式来使用这种语言,意味着"在词语的不正当使用中,在词语的不正确放置中,有一种要把语言变成反叛场所的精神",② 这是边缘族群对主流话语的反叛、颠覆。

————————————

① 胡勇:《龙纹:美国华裔文学的叙事艺术》,《宁夏大学学报》2004 年第 5 期,第 62 页。

② [美]贝尔·胡克斯:《语言,斗争之场》,载许宝强、袁伟选编《语言与翻译的政治》,中央编译出版社 2001 年版,第 111 页。

　　这种语言的"混杂化"无疑是一种语言的再创造,是一种语言策略,这种语言策略是绝大部分飞散作家都在自觉、不自觉地采用的。一方面,为了作品能进入所在国的主流阅读视野,许多飞散作家不能不选择使用所在国的官方语言进行写作;另一方面,飞散作家本身的文化背景和文化意识又使得他们并不甘心拘泥于这种官方语言的规范,而是力求突破其束缚,形成自己独特的语言风格。在英语世界获得广泛认同的萨尔曼·拉什迪就明确申明,不能按英国人使用英语的方式使用英语,而要按照自己的意图改造或重塑英语。这种语言策略正如霍米·巴巴针对全球化而提出的少数人化,或弱势群体化策略,即处于弱势的文化通过破坏强势文化和文学话语的纯洁性、使其变得混杂化,最终失去其霸主地位而对处于强势的文化进行抵抗和反渗透。因此,飞散作家使用这种混杂化语言进行写作的过程,既是一种语言的再创造过程,也是一种文化翻译的过程,在所在国官方语言的框架之中,能够尽可能充分地展示本民族的语言和文化,并使其以自然的方式为人所知;同时,又将自己本民族的词汇与语法结构通过这种自然的方式融入所在国的强势语言中,在一定程度上消解了强势语言的霸权,发出了自己族群的声音。通过这种语言的再创造,少数族群在一个自己的母语之声完全丧失意义的世界里,通过改造主流群体的语言而创造出了属于自己族群的语言。使用这种语言,少数族群可以更好地传达自己的文化,表达自己的文化诉求、确认自己的文化身份、表明自己的文化立场,以此取代或覆盖主流表征系统中对自身的忽略、歪曲和负面误读,同时还向主流话语传达出一种争取文化平等权利的自信与坚韧。而且,这种语言还"为另类的文化生产和另类的认知——对于创造反统识的世界观至关重要的各种歧异的思考和认知方式——开创了空间"。①

目前,有不少新移民作家都在进行双语写作,如李彦、严歌苓、王蕤等。虽然同是自己的思想,用不同的语言表述后,却会取得不同的效果,这是许多双语作家的切身感受。中文与英文写作的这种显著区别也是哈金的作品在美国和中国获得的反响不成比例的原因之一。哈金的英文作品,一方面具有英文的简洁、明确、直指事物核心的特点;另一方面又使用了中文里的一些表达方式和成语的直译,加上写的又是远离西方的中国的人与事,使得作品呈现出一种新鲜的生动与丰富。但当他的作品译为中文后,尽管译得很忠实,也还是很难获得多数中文读者的认同。中文的词汇极度丰富,描写场景和人物都常常是写意的,因此需要很多渲染,过于简洁便会流于单调干涩,使长期浸润于优美传神的中文中的读者难以感受到语言的魅力,也就难以体会作品的深刻。这一特点也是很多在西方获得成功的华人作家的作品在中国颇受冷落的重要原因。既然写的是华人,是中国故事,读者的解读和感受也就自然地植入了中文语境,使用中文的标准来衡量。

哈金因为在国内时并没有从事写作的经验,研习的专业又是英美诗歌,因此他也就相应地没有形成太多中文写作的习惯,这使他较为容易地开始了英文写作。所以,有人把哈金的成功称作是"断结母语的奖励"。而在中国时就长期从事写作的高行健,就在法文写作与中文写作间的转换上需要花些力气,所以他说:"当一个人用双语创作时,就会明白每一种语言有其感知和表述的方式,我无法用法文写中国的事情。即使是我的中文作品,如

---

① [美]贝尔·胡克斯:《语言,斗争之场》,许宝强、袁伟选编:《语言与翻译的政治》,中央编译出版社2001年版,第112页。

果要自己翻译成法语版，我觉得非常困难，还不如交给别人翻译。"① 他用法文写作的剧本，宁肯另外再写个中文版，也不去直接翻译。可见，双语写作并不是一个简单的文字转换问题，内里的思维方式和思想内容的不同是非常复杂的。

第二节　表述的二元化

按照本尼迪克特·安德森的观点，语言既是开放的、包容的，也是从根本上具有某种隐私性的。由此，我们也可以认为，语言所携带的文化信息也显然具有这种特性。这使得新移民一方面在一段时间的留居生活后，可以较为容易地理解居住地文化的部分内容，同时另外的一些则又极难融入。这些容易理解与接受的，通常属于文化的表层部分，如饮食起居的习惯等。而难以融入的部分，则属于文化的深层结构，如价值观、伦理观、思维方式以及由思维方式决定的语言表达方式，等等。正是因为存在这些难以融入的文化元素，使得一些移民作家在写作中试图呈现居住地的人文生态时，不免捉襟见肘，显现出与居住地文化的疏离。

这种疏离最直接地表现在新移民作家语言表述上的"非在地化"、二元化。新移民文学总是试图叙述跨文化的悲欢离合，这就需要有多种族人物的参与。那么，如何在叙述中自然贴切地体现出人物的不同种族背景、不同文化背景，就是一个对作者严峻的考验。我们在阅读中经常遭遇到这种情形：有时明明要刻画一个西方人的心理，但曲曲折折的句子出来，却是泛着经年黄晕

---

① 全球华人专业人士网络 www.networkchinese.com，高行健专栏。

的中国味道，"红楼梦"的味道，或者是"张爱玲"的味道。尽管以汉语呈现异族人物，难免一种隔阂，但汉语并非不能形象地描画来自异文化的人与事，只是需要更加细致的揣摩和组构，需要充分了解两种文化的关键区别。如果既没有深入地了解居住地的文化，又没有细致打磨语言，就只能以汉语思维来描画异族人物。这必然使得作品中人物的面目模糊起来，仿佛这人物仅有一个西方的名字，内里实际上却是一个华人。于是，一个越界状态的故事就完全蜕变为一个中国故事，只在门面上招摇着一个、半个的异域文化幌子。这种蜕变、这种语言表述的二元化就凸显出了新移民文学与居住地文化的疏离性。同时，这种"经年黄晕"，不仅是与居住地文化的疏离，也是与今日中国当代文化的疏离。著名诗人杨炼就曾经在与高行健对谈时谈及这种海外汉语写作的态势，他认为一些海外汉语作家"仅仅从传统笔记、志怪小说、话本中'借'来一些意识、句式、词汇、'口味'等等，加些现代生活的'佐料'，敷衍成篇"。他认为这种写作，无论从语言还是从文学的角度，都没有给文学史增加什么。① 因此，这种双向的疏离，使居于文化交汇、混杂地位的新移民文学，在很多时候，不仅没有显示出其融合异质文化的新鲜与生动，却仿佛落进了旧日中国的灰烬和阴影中，格外地拘泥与陈腐。

作家莫言、学者赵稀方等都曾指出，张翎的语言很有张爱玲的遗风（见莫言《写作就是回故乡》，《交错的彼岸》序；赵稀方《历史，性别与海派美学——评张翎的〈邮购新娘〉》，载《世界华文文学论坛》2004 年第 1 期），并对此作了高度的评价。这一点毋庸置疑，阅读张翎的所有作品，《望月》、《交错的彼

---

① 高行健：《没有主义》，香港天地图书有限公司 2000 年版，第 146 页。

岸》、《邮购新娘》等都可以清晰地感受到这种鲜明的语言风格。
但笔者认为，这种"遗风"未见得是优长，因为模仿得太过于
刻意，失却了语言的天然、纯粹与个性，反而妨害自己语言风格
的型塑。国内也有很多女作家在语言上刻意地"仿张爱玲"，但
仿得的常常只是"张爱玲腔调"，而非张爱玲的感觉方式和思想
厚度。当今日作家把这种欲语还休、曲折繁复的句式用在回忆久
远的旧日中国时，也许不乏妥帖处。但现成搬演到异国的舞台
上，用于描画异文异种的西方人时，其局促生硬就不免暴露出
来。我们以张翎的长篇《交错的彼岸》为例。当作者使用这种
"仿张"腔调塑造白人记者马姬·汉福雷时，这种契合上海小女
人曲折、细碎心思的婉转表达，与牧师的女儿马姬很难对接，于
是文本呈现出一种十分诡异的色调。当马姬去矿上看望彼得时，
看到曾经的贵族少爷彼得，如今黑瘦、疲惫，一身煤灰，举止已
经完全的底层化，心中百感交集。她揣度着彼得的思想："你喜
欢那种往下沉的感觉。你说过你要沉到世间的最底层，哪怕低为
泥尘。在那样的泥尘里你才可以开花结实。"① 这种表达句式，
任何一个稍微了解张爱玲、胡兰成故事的人都能从中读出其背后
的那句"低到尘埃里……从尘埃里开出花来"。这样的"张式"
腔调，出现在自幼独立闯荡、棱角锐利的记者马姬的嘴里，是不
是让人陡生一种错位之感？这种错位感在我们阅读这部作品的过
程中不时地出现，在安大略的教授哈里·谢克顿描述温妮的手绢
时所使用的"姜黄色"、"葱绿的点子"的句子中；在彼得猜测
母亲汉娜与安德鲁牧师的特殊爱情时；在麦考雷警长向马姬求爱
时……几乎在每一段西方人的情感表白话语里，我们都能读出上
海小女人的曲折幽微，而这些相似腔调的话语所出自的各色人等

---

① 张翎：《交错的彼岸》，百花文艺出版社 2001 年版，第 209 页。

本是性格迥异的。整部作品,也本应是从几个不同的视角展开的中西两个家族的异国情缘。但这种错位感使不同的视角无形中重合起来,都化作了作者本人的视角,失去了应有的区别价值。这种"非在地化"的表述方式,使得这个"发生在大洋两岸的故事"失去了移民文学本该具有的文化混杂色彩,在跨国、跨文化的帽子之下,是如假包换的中国脸庞,确切地说是具有浓厚中国旧文化色彩的脸庞。

有意思的是,在这部作品中,黄萱宁在评论马姬的小说《矿工的女儿》时,对这种错位感作了非常到位的表述:"你有没有意识到,你把她写得一半像中国人,一半像美国人?更确切地说,你把她写成了一个穿中国衣服,说中国话,长着中国脸庞的美国女人。浮光掠影地看过中国的人,写出来的书都是这个样子。听起来像中国,看起来像中国,其实却不是中国。你并没有扭曲,你也没有捏造,你只是用你的眼光,将你看到的和听到的重新诠释了一遍……如果把中国比喻作一片汪洋大海的话,你其实连裤脚都没有沾湿过。你至多被远远地溅上了几点水星而已。"① 我们如果把这段话中的"中国"替换成加拿大,那么,用来评价这部作品本身,同样贴切。应该说张翎在评价外国人描写中国时的文化隔膜把握得非常到位。为什么作者敏锐地看到了外国人写中国题材作品时所具有的致命症结,却不能克服自己笔下叙事失控呢?从张翎的一些创作谈中可以看到,这种"中西合璧"乃是作者的主动追求:"你试图用一种较为古旧的语言来叙述一些其实很现代的故事,用最地道的中国小说手法来描述一些非常西方的故事。你的阴谋是想用一张古色古香的中国彩纸,来包装一瓶新酿的洋酒。你希望借此营造一种距离感,不让自己

---

① 张翎:《交错的彼岸》,百花文艺出版社 2001 年版,第 58 页。

陷入时尚的泥淖中。"在张翎看来，"那些洋人洋在皮毛上，骨子里甚至比中国人更中国化"。因为，洋人与中国人的许多精神特质是共同的。张翎声称自己"更关注超越种族文化肤色地域概念的人类共性"。[①]

应该说，以对人类共性的关注作为自觉的创作追求，是一种冷静的、高远的选择。但是人类的精神特质尽管有其共通之处，并不意味着它们就会呈现出相似的面目。精神可以超越肤色、种族、地域与文化，但承载着这些精神的人却是无法泯灭其在种族、地域与文化上的重大区别的。因此，这种模糊了不同种族、不同地域、不同文化中的人的外在特质的"中西合璧"的表达，到底是"古旧然而充满性灵、意蕴深远"，"在晕染着浓烈的民族和地方色彩的同时又富有现代精神"[②]呢，还是一种语言、思维的"非在地化"，是一种文化疏离呢？也许只能是人言人殊、各花人各眼了。不过，我注意到，张翎其实也一直在努力超越这种语言风格。2005年的《雁过藻溪》和2007年的《余震》，其语言表述方式已经有所突破。2009年的新作《金山》，作为她破茧化蝶的里程碑，不仅在题材上彻底蜕却了家族史中女性情爱故事的躯壳，而且在语言表述上也已经远离过去的"仿张"腔调。虽然，其独具个人色彩的语言风格依旧是古色古香的，但已经开始与人物的不同个性、面目贴合起来，不再是千人一调、众口一词。张翎个人的这种突破，也许意味着新移民文学整体上正在进行着一次脱胎换骨的蜕变。

就目前来说，新移民文学作品中对居住地的本地居民的塑造刻画，大多具有一种"非在地化"的文化隔膜、文化错位。很

---

① 张翎：《一个人的许多声音》，《江南》2006年第4期，第186、189页。
② 徐学清：《论张翎小说》，《华文文学》2006年第4期，第92页。

多作者为了避免明显的生硬描摹，要么单纯表现华人的生活，要么只引入一两个的当地居民，象征性地与居住地文化构成交融。或许，这也是我们看到了太多异域情爱故事的原因之一，因为只需要一个异域情人的介入，就可以完成一个越界故事的建构。

对这种文化隔膜、文化疏离，新移民作家张慈曾做过明确的表达，她说："来美初期，我在国内开专栏写了一些美国人的生活，介绍了一些普通人。我将这些文章翻译成英文，拿给当事人看，他们不理解我怎么会将它们写成了那样——往他们的身上安了一张中国人的嘴，完全是异化了他们。这种异化不是我的眼睛造成的，也不是我的体验造成的。我不知道是什么造成的……"①

尽管张慈意识到了这种异化，但如她所说，却并未找到这种异化的原因。其实，很多新移民作家的文本中都多少存在着这种异化，只是他们没有像张慈一样明确感受到异化的存在。这种异化，就是语言、思维和情绪的"非在地化"。在地化，即localization，在使用上有客观融入当地的含义。在资讯领域则是指移植软件时，加上与特定区域设置有关的资讯和翻译文件的过程。简单说就是把软件的使用者接口由一种语言转换为该地区所使用的语言。我在这里借用由这一词汇发展来的"非在地化"来表述新移民写作中存在的与当地文化的隔膜，也许这种借用不是很准确，但所要表达的含义相信读者是可以了解的。

新移民文学中存在的这种语言、思维和情绪的"非在地化"，应该说，与他们在居住地的生活方式有着一定的联系，也与其文化态度有着必然的联系。

---

① 张慈：《写作的意义》，融融、陈瑞琳主编：《一代飞鸿——北美中国大陆新移民作家短篇小说精选述评》2008年版，第426页。

在飞散框架内解读新移民文学,我们当然是把华人新移民视作世界飞散族群的一部分,与从前殖民地国家飞散至前宗主国的群体视为同类。但华人新移民在居住国的文化感受是否与来自前殖民地国家的飞散者相似呢?他们对于遭受主流的"他者"文化压制的态度与来自前殖民地国家的飞散者是否相似呢?也许这是我们在考察新移民文学时一个应该细究的地方。

来自前殖民地的飞散者,由于其使用的语言与宗主国一致,文化上也长期受到宗主国的影响,同时也保留着殖民地原住民族的特色,是一种名副其实的混杂化文化。当飞散者携带混杂化的文化,以混杂化的面孔、血统来到宗主国时,在强势的宗主国文化面前,本以为与之同源,但现实中感受到的却是异流。这是一种感情的打击、尊严上的伤害。他们感受到的是一种远大于预期的区隔。因此,在表达主流文化的压抑上,来自前殖民地的飞散作家和土生的少数族裔作家往往具有强烈的批判性和颠覆性。

而华人移民则不同,他们来自的是一种与居住国截然不同的文化,他们在面孔上、血统上更是与居住国的主要民族或种族迥然有别。可以说,他们来到的是一个名副其实的异域。通常来说,到了人家的地盘上,他们没有指望自己的文化在居住国获得足够的接纳。作为少数族裔,他们的文化也无法与主流文化相抗衡。因此,在华人移民的感受中,所谓"他者"文化的压制是在一种什么样的感触之下呢?

我们通过大量的新移民文学作品可以了解,在美国、加拿大、澳大利亚等华人移民较多的国度,除了以草根阶层、文化教育水准较低的劳工阶层为主体聚居的商业化色彩浓厚的唐人街外,大部分具有良好知识背景的华人新移民,很少聚居。当一个人、一个家庭作为个体汇入居住国的居民中时,这一个体对自己的民族文化是否会顽强坚持,以及如何坚持,是一个很模糊的问题。而具体到新移民文学中的大量作品,我们从中似乎看到两种常见的文化选择取向。

一种是单向的趋同。做这种选择的华人新移民,除了饮食习惯,基本上采取的是以居住国文化习俗为标准参照体的生活态度,是一种极力地靠拢、努力地融入。比如在王小平的《刮痧》中,女主人公简宁不仅自己努力学习英语,力求口音地道,而且为了儿子将来能够说纯净的英语,甚至拒绝让儿子学习中文,她自己则尽量回避华人的活动圈子。这种主动的脱离、甚至抛弃姿态,在新移民中并非鲜见。虽然,他们主动融入的结果未必尽如人意,也许"移居到一个文化习俗全然不同的他乡,一辈子就只能是在这种接近成为本地人的过程中"。① 但无论怎样,这种态度与某些族裔飞散者试图努力保存自己的文化而感受到的排斥与压制是截然不同的。

另一种则是单向的区隔。很多华人新移民,向往的是移居国的文明、具体地说是物质文明以及完善的制度性保障,而非移居国的文化。因此,这类移民在进入了曾经向往的文明后,发现其文化却不是自己想接受的,于是势必就有尖锐的文化隔膜、文化冲突存在。面对这种情形,一些新移民选择在异国重新铺排开自己的文化。这种铺排当然大多是在自己人的小圈子里进行。于是,相当多的华人新移民虽然并不聚居,但工作之余的生活却几乎主要局限于华人圈子,形成一种特殊的"聚居",这种情形被美国密苏里州杜鲁门大学历史系系主任令狐萍称作是"文化社区"(Cultural Community)。令狐萍在著作《圣路易华人》(*Chinese St. Louis*)中指出,文化社区没有明确的地理界限,因为华人多数在主流社会的公司、机关与学校工作,定居于以白人为主

---

① 赵川:《不弃家园》,百花文艺出版社 2004 年版,第 134 页。

的郊区中产阶级住宅区，只在周末等业余时间时，才出现因文化而聚集在一起的现象。这种"文化社区"是围绕着以中文学校、华语教会以及华人社区组织为核心而形成的一种特殊社区，淡化了传统华人社区唐人街的商业色彩，而文化色彩得到提升。这种"文化社区"的存在，无疑在文化上凝聚了华裔，对于华裔保存自己的族裔文化善莫大焉。但也不可否认，这种"文化社区"也在某种程度上使很多华人移民在这种母语文化的"社区"小圈子里自成一统，自得其乐，与居住地的文化交往被压缩到最小。这是一种自觉、不自觉地与当地文化的二元化区隔。大量的新移民文学作品都反映了这种小圈子生态，如《美国戏台》、《美国围城》、《嫁得西风》、《望月》等。袁劲梅在《罗坎村》中对以同乡会为代表的这种小圈子生态做了辛辣的嘲讽："（同乡会）不过就是一大群走向世界却依然无事可干的老婆们，外加几个听老婆话的学者聚在一起互相抬举，凑热闹，都是因为在自家的金鱼缸里过习惯了。美国钱要挣，中国关系要结，样样割舍不下，于是就想着切一块中国带到美国来过。"①

单向的融入，使得新移民与母语文化日益疏离；单向的区隔，则使得新移民与当地文化始终疏离。因此，这两种选择，其实都在走向文化疏离。可以说，华人新移民是关起门来自我慰藉与满足，打开门来则谨慎地、努力地融入主流。当然，由于没有直接的调研，我们无法简单地断定某些事实的存在。我们通过阅读新移民文学的文本得出的判断，也并不能等同于社会学意义上的结论。所以，把与当地文化的二元化区隔，视作新移民文学中存在大量的"非在地化"、二元化表述的重要原因，这种判断仅是笔者一孔之见。

---

① 袁劲梅：《罗坎村》，《小说选刊》2009 年第 1 期，第 12 页。

第三节 情感的疏离化

新移民群体尽管大多可以较为坦然地认同新的家园，但这并不等于说他们对于故乡就完全弃如敝屣。他们与生养自己的土地以及在那土地上生息的父老之间有着一条无法斩断的情感之线。所以，在新移民文学中，我们经常可以读到新移民的回乡故事。文本中的主人公经常是在居住国遭遇生存困境、事业挫折或情感创痛时，选择重返故乡疗治伤痛。然而，这些满怀深情行走在回乡旅程上的新移民，时时感受到的却是双重的疏离之感。如果说与移居地的文化疏离是移民必须面对的精神挣扎，那么与故乡的情感疏离更是移民在寻找新的家园认同、文化认同时必须接受的情感失落。

查建英的《丛林下的冰河》是新移民文学中一个杰出文本，迄今少有可以超越它的作品。女主人公满怀冥冥之志，想入非非地奔赴美国找寻伟大的发现。她狂喜着拥抱着这个新大陆："我第一眼看见美洲大陆绿悠悠的影子，浑身上下的疲倦就一扫而空。第一脚踏上美国土地，就口鼻清爽，行走如飞。""激奋之情堪与哥伦布媲美。"20 岁的年轻和领风气之先的出国行动使她沉浸在浓郁的浪漫冒险色彩中，将从前的平淡人生轻松地抛之身后。她带着强烈的好奇探询着美国的一切，谈美国恋爱，交美国朋友，听美国音乐，从骨子里企盼着脱胎换骨，做个疯癫快乐的美国人，结果成为华人同胞眼中的"无耻洋化"者。但度过了语言关、适应了美国的生活节奏以后，好奇丧失了，她开始感到窒息，意兴索然，如"一只笼中之鸟"。这种窒息来自于文化的疏离。尽管她可以毫无障碍地接受美国生活的很多细节，但其文化最深层的东西却是一个移民永远无法感知到的。因为"文化是'泡'出来的。在这个缓慢自然的过程中，你所有的毛孔都得浸在水里。文化不仅有奶血之分，而且许多东西根本学不来。巧妇难为无米炊"。她的朋友、印度人巴斯克伦的一句轻飘飘的话却击破了她的思想牢笼："看看嘛不妨事，找是决找不到的。找到的就已经不是你要找的了。"于是，"往事踮着轻捷的雨足悠悠地来了"。^① 她陷入对往事的深深怀念，四处打探着初恋情人 D 的消息。传来的却是 D 葬身冰河的不确切死讯。

　　情人 D 被她视作理想主义的化身，为了回报曾经声援过受迫害的父母的一个西北人，在大学毕业后放弃大城市的生活奔赴偏远的大西北，到最基层做教师，在意外车祸中葬身冰河。得知死讯的剧痛使主人公飞回了大陆，希望能追寻 D 的西北生活踪迹，找到那条埋葬他的冰河。然而，故土的面目已经似是而非，她成为生硬嵌入这风景的不协调色彩。寄旅乡愁，自己说起来都"硌"，满脑子的苦闷彷徨在故土柴米油盐的基本生存面前成了说不出口的"闲愁"。她西行找寻 D 的踪迹，却明知是找不到的。她想象 D 的精灵如一只自由的蝴蝶，优游于故乡的天地之间。然而，在 D 生活过的土地上，尽管"我东扑西闪，活像一只没头苍蝇；东游西荡，活像一个梦游者。我踮着脚尖，小心翼翼地嗅着 D 的气息前行，自以为超脱于纷攘俗世之上，额头上刻着朝圣者的印章"。但她却无法看见 D 的精灵，无法真正追寻到情人的踪迹，在生疏的故土上，她既无法像 D 那样为理想而献身，也无法像周围大多数人那样麻木地活着，于是"浸染在

---

　　① 查建英：《丛林下的冰河》，载查建英《留美故事》，花山文艺出版社 2003年版，第 121、147、149、151 页。

悲壮的绝望中"。①

在文中穿插出现的亨利·詹姆斯的《丛林中的猛兽》,作为并置的文本,以约翰·马切尔错失了爱情、虚度了人生的悲剧与主人公的失败找寻相映照。主人公在新大陆没有找到自己想要的"伟大发现",却因为这种寻找而与一长串的宝贵东西失之交臂,永远失落了 D,"D 不是别的,而正是我生存的某种可能,是我自身的某种理想和精神"。这种寻找与错过正如约翰·马切尔的等待与错失一样。当主人公意兴阑珊地回到美国后,巴斯克伦也满怀着悲哀准备去某所偏远的大学就职。"我第一次切身感受到了他那种悲哀的沉重恰恰来源于他生存的某种空洞隔膜,某种轻与虚。为此我深受震撼,因为他的悲哀也是我的悲哀,他的未来也是我的未来。"②

双向的疏离使许多新移民无法坚实地固守在任何一点,因为新移民"既是作为其来源地的原初文化母体的'碎片',同时在其所进入寄居的国度,也常常呈'碎片'式的结构"。③生命中不可承受的"轻与虚"令他们困惑与惶恐,悲哀而沉重。新移民这些脱离了母体的碎片,若要融入新的异质性的本体,或许要经历很久的挣扎、碰撞与砍削,直到他们落地生根,不再异质。

张翎的很多作品也都可以从中读出这样的情感疏离之痛。

张翎的一系列作品中,新移民的归乡疗伤是屡屡出现的情节。在《望月》中,感情受挫的卷帘回到阔别多年的上海;在《交错的彼岸》中,失意的黄蕙宁躲开众人的视线,以失踪的方

---

① 查建英:《丛林下的冰河》,载查建英《留美故事》,花山文艺出版社 2003 年版,第 175、176 页。

② 同上书,第 183 页。

③ 钱超英:《流散文学:本土与海外》,海天出版社 2007 年版,第 195 页。

式回到了故乡飞云江边。广受好评的获奖中篇小说《雁过藻溪》也是一个失意的新移民的回乡故事。主人公末雁是一个从事大气研究的科研人员，她的生活是由事业的成功和婚姻的失败组合而成的。离婚后，她带着心灵伤痛携女返乡，办理母亲的安葬事宜，却不料在母亲的老家藻溪，她意外地发掘出自己的身世之谜、家族的尘封往事，经历了平生第一次疯狂的非婚性爱。

在作者的创作谈《一些关于藻溪的联想》中，可以看到，张翎把末雁的回乡之旅定位于"一个发掘自我的旅程"，末雁，"在五十岁的年纪上一程一程地回到人生的起点上，她发现的不仅仅是一个关于自己身世的硕大秘密，她其实也经历了错失在青春岁月的成熟过程。在那个叫藻溪的狭小世界里，她遭遇了她的大世界里所不曾遭遇过的东西，比如欲望，比如亲情，比如真相。震惊过后，猛一睁眼，她才真正长大了——尽管迟了三十年"。[①] 然而，客观地说，我认为作者的创作初衷并没有完全实现。虽然末雁发掘出尘封的家族往事，理解了母亲多年对自己的冷淡，但已经失去了母女和解的机会，"母亲和她之间，隔的是一座五十年的山。她看得见母亲，母亲也看得见她，然而她却没有五十年的时间，可以攀过那座山，走进母亲的故事里去了"。50岁的末雁，在年龄可以做儿子的百川的感情进攻中，终于扔掉了一个女人矜持的面具，疯狂地出了一次轨，疗治了自己在失败的婚姻中所遭受的精神打击，焕发出生命的活力。然而，身世秘密的最后揭晓，却将她与百川陷入乱伦的深渊，"百川经不起这样的故事，没人经得起"。更大的灾难在于，这一次的疯狂出轨却被末雁的女儿灵灵撞见，母女之间顿生隔阂。虽然末雁坚信自己"还有时间走进女儿的故事……女儿的故事里再也不会有

---

① 张翎：《一些关于藻溪的联想》，《中篇小说月报》2005年第4期，第27页。

山一样沉重的大秘密了"。但文末,灵灵用英语说出"请你别碰我"①来冷漠地拒绝母亲的亲近,却意味着末雁的"坚信"有可能是"轻信"。很难设想末雁会怎样向女儿解说自己的身世。如果和盘托出的话,灵灵面对的就不是一次容易理解的出轨,而是乱伦的丑恶。母女之间真的能不再如上一代那样隔山相望吗?因此,如果把末雁的回乡之旅定位在"经历了自己青春岁月里错失的成熟过程"上,这个创作目的显然没有达成。末雁的行为固然摆脱了旧有的思维方式的羁绊,但不计后果、蔑视伦常的一次解放却偏偏造下了难以承担的姑侄乱伦冤孽。这样的结局恰恰是末雁人生的再一次失败,这样的失败只能印证着末雁的鲁莽,而不是成熟。她的余生恐怕都将为这一次的出轨付出代价。

如果说末雁的精神确实经历了一次成熟和解放过程的话,那应该是在北极,是来自德国的同行汉斯所给予她的。她在故乡的情感放纵其实源自汉斯,是汉斯的温情抚慰让她释放出了多年的感情积郁。可以说,末雁的心结是在故乡形成,又在新大陆延续。但心结的解脱是在新大陆开始,在故乡完成。只是,旧的结打开的同时,却又挽上了新的结。末雁试图在故乡找寻到疗治创伤的灵丹,但她与母亲隔着50年的山,她与故乡隔着10年的河,精神的伤痛终究没有得到彻底的疗救。故乡,也终究是无法真正返回的时空,时间的无情流逝制造了其间浓重的疏离之感。

"文学是作家个体经验的泄露,是他的生活感受带意图性的投射。"②查建英和张翎的上述作品都具有很强的寓意性,它们所投射的正是许许多多的新移民在两种文化之间的双向疏离状

① 张翎:《雁过藻溪》,《中篇小说月报》2005年第4期,第26、27页。
② 赵毅衡:《后仓颉时代的文学》,《握过元首的手的手的手》,百花文艺出版社2004年版,第189页。

态。当新移民怀抱梦想出发远行时,心中常常是把故乡作为最后的退守之地和心理堡垒的,当他们在新大陆、新家园遭受挫折和创痛时,回乡就成为一种迫切的情感需求。但时间的流逝改变了一切。故乡,虽然在字面通常指代一个地理意义上的所在,但故乡其实不只是一个空间概念,同时也是一个时间的概念,它是一个游子在一定时间段中所栖居的那个空间。这样的时空,其实是无法真正返回的,它只能存在于游子的记忆和想象之中。任何重返故乡的行为,都只能是返回一个空间上的位点,而无法返回那一点上的时间。他们与故乡永远都只能隔着时间之河相望了。不断书写着温州故事的张翎,其实非常清醒地意识到了这一点:"你记忆里的那个叫温州的城市其实并不是现在出现在中国地图册上的那个城市,它们不过是同名而已。现在叫温州的那个城市,你只是和它隔绝着。其实中间隔的,不过是一条青石板路,窄窄的,看得见,却走不过去。"①

---

①　张翎:《一个人的许多声音》,《江南》2006 年第 4 期,第 189 页。

结　语

　　华人新移民作家群体既可以说是一个正在形成中的写作群体，也可以说是一个始终处于变动中的写作群体。随着全球化进程的加快，去国离家成为一种司空见惯的行动，新移民每天都在增加，相应的，也就不断会有新的作家出现在这个群体中。这个群体中已有的大部分作家正处于创作的旺盛期，其写作的风格与成就都有待假以时日的进一步发展和评论界与读者的充分检验。因此，从文学史的角度概括、评判他们可能为时尚早。正如康正果教授所言："现在还谈不上总结什么海外移民文学的特征，更不必急于树立所谓的经典作家，现在的努力应该是让不断增长的作者群继续壮大下去，让没有限制的写作活动扩展开来，让非文学化的写作探求中滋长出文学性来。但更重要的是，必须保持自由写作的品质。宁寂寞于海外的土地，也不要急功近利地拉拢权势，好给自己铺设从海外到国内市场和文坛的红地毯。独立是要付出孤立的代价的，海外华人的写作要在其置身的立锥之地上扎下安身立命的根，才开得出异域奇葩。"① 但从世界华人文学的发展总体格局看，新移民文学的确已经开始呈现出其有别于中国两岸三地的华人文学、

---

　　① 　康正果：《海外文学的文化建构》，《华文文学》2006 年第 1 期，第 10 页。

也区别于东南亚这样传统的华人聚居地区的华人文学的某些特征，具有自己独立的文学价值。因此，对其投入必要的和足够的关注并非小题大做。当然，与他们的创作同步进行研究，不免缺少了一定的时空距离所能带来的冷静审视，但同时也有着语境的一致和资料、信息的相对完备。

华人新移民作家的写作大多没有离开华人故事这个大的范围，或者是回忆国内的岁月，或者是记录移民生涯。但这一移民群体与过去的移民相比，在移民动机和移民后的生活以及对祖国、家园、民族、文化认同等重大问题的看法上有着极大的不同。"他们减却了漫长的痛苦蜕变过程，增进了先天的适应力与平行感。他们浓缩了两种文化的隔膜期与对抗期，在东方文明的坚守中潇洒地融入了西方文明的健康因子。"① 因此，黄万华教授认为："在21世纪的最初一二十年中，他们的创作将会引起海外华文文学格局的一些深层次调整。这种调整自然联系着他们各自跟居住国各族群的关系、各自在居住国主流社会所处的地位、社会参与方式等。"同时，他们的写作也超越了白先勇、於梨华时代的主要文学主题。"新移民作家是在承认'白先勇传统'的前提下挑战传统的"。而"'白先勇传统'最重要的内容当属'海外中国'，即以他的海外创作体现着'人世沧桑'的'苍凉感'这一'中国文学的最高境界'，始终关注着中国传统文化的现实命运，努力立足于海外环境来实现传统的现代性转换"，"新移民作家对'白先勇时代'的超越，可能主要是指他们异域创作的形象已迥异于白先勇笔下的'纽约客'、'台北人'，他们的价值寻求更多地纠结于个体生

---

① 陈瑞琳：《原地打转的陀螺——论北美华文文学研究的误区》（上），《中外论坛》（纽约）2002年第3期。

存方式的'转型'之中"。① 不同于母语的语言环境和文化氛围的浸染,不仅使他们的文化构成中融入了异域文化的因子,也让他们得以从全新的角度审视自己的民族文化,从而产生新的更为深入的思考。他们中的大部分人通常不会完全摒弃自己得以成长的民族文化,向所在国的主流文化做谄媚的趋附;也不会作茧自缚式地固守民族文化,将西方文明排拒在千里之外。在全球化的观念洗礼中,他们秉持开放的心胸,在不同文化之间自由地穿梭,致力于文化交流和文化翻译,逐步将民族性与异质性整合在一起,在新的生存境遇里,建构色彩独异的族群文化。体现在写作上,他们的作品正在超越传统移民文学中的乡愁、苦难等主题,而努力去关注对人性的探索,对生命价值的感悟,对一代人命运的反思,对后现代商品社会导致的人的异化的反思,对东西方文明之间的冲突与融合的思考等。毕竟,文学与人类生存普遍性问题的关联远比地域文明之间的差异更为重要,其可开掘的意蕴也更广。跨文化的生活,开放的胸襟,远离本土文化的拘囿,相对宽松的文化环境,都使他们拥有了更为丰富的写作资源,也能够进行更多样的文学实验,找到最适合自己的表达方式。

华人新移民文学走到现在,已成为具有独特的语言风格、题材日趋多样化的海外华人文学,造就出严歌苓、虹影、张翎、严力、哈金、裘小龙、山飒等一批思想深邃、文字功底深厚的实力作家。特别是一些业余写作者,始终对文学圈子的功利和流俗保持着疏离的姿态,依照内心的真实感触去描摹生活的世态人情,获得了动人的力量。它的成就引起了国内学术界的极大关注,华人新移民作家群体及其作品也成为国内研究者的热点。

---

① 黄万华:《"在旅行中""拒绝旅行"——华人新生代作家和新华侨华人作家的初步比较》,《中国比较文学》2003 年第 3 期,第 86 页。

　　但华人新移民文学在题材上过度集中于华人故事，很少关注所在国居民的生活与社会现实，难免视野狭窄。移民生活脱离了旧有的生活轨道和文化氛围，所获取的经验当然是新鲜的，但新鲜并不必然是超越的。如果这种新鲜仅仅停留在对异域生活的诧异上，且仅仅对这种诧异做直观的陈述，那它就将是保鲜期很短的"新"经验，很快就会被弃如敝屣。只有对这种新鲜经验做出纵深的开掘，寻找"新"之背后的恒常，它才会成为超越性的。飞散是对界限的跨越，因而飞散者的视野必定是不拘于一隅的，开阔的，包容的，只有主动去面向不同文化中的人，才能被不同文化的人所接受。"若海外获得的优势被有意当作返销国内的资本，则海外亦无异于国内，新世界的园地照样会受到旧框架的浸染。"① 我们看到，严力的《遭遇9·11》、余曦的《安大略湖畔》、裔锦声的《华尔街职场》、王瑞云的《母亲》等一些作品正在做出这样的努力，他们的笔触已经逐步离开华人的小圈子生态，切入了居住国生活的具体层面，开始通过纷繁的细节反映居住国的普通人的生活百态。当新移民作家以"语言双栖的方式在思维层面上力图介入'中心'，将来有没有可能出现既受惠于'中心'，又影响'中心的作家，是可以等待的"。② 因此，我们相信，假以时日，新移民作家群体将会有更广阔的发展空间，取得更卓著的文学成就。

　　也许，我们对华人新移民作家群体的解读不无虚化与曲解，每个新移民作家的作品表达也并不与他们本身的生活形成观念的匹配。甚至，有些论者认为，华人新移民文学就是普通的汉语文

---

　　① 康正果：《海外文学的文化建构》，《华文文学》2006年第1期，第10页。
　　② 黄万华：《"在旅行中""拒绝旅行"——华人新生代作家和新华侨华人作家的初步比较》，《中国比较文学》2003年第3期。

学，只不过其创作者刚好是新移民而已。确实，华人新移民作家群体作为一个涵盖很广、人数众多的作家群体，其内里的情况十分复杂，并非每一个新移民作家的写作都能在我们上述的分析框架内解读。有不少的新移民作家，所写的就是简单的通俗情爱故事，与国内的同类型作品并无太大区别，最多就是加上一个异国环境作为故事背景而已。但总体而言，华人新移民写作者确实有其特有的群体特征，其群体特征的显现又与20世纪70年代以来的全球飞散现象有着不可忽视的联系。毕竟，如果没有去国离家的漂流，没有离开后对故土的回忆与反观，没有在新的家园中的生存挣扎，没有这个色彩丰富的岁月延宕的过程，华人新移民群体是不可能为文学史呈上这些面目独异的、可圈可点的文本的。在全球化的时代，身份的确立、文化的认同、边缘与中心的对峙和互动等问题将越来越多地影响着世界各个民族文化的发展，当然也影响着文学的发展。华人文学作为世界文学的重要一支，自然也会在这潮流中浮沉。华人新移民文学作为一种飞散的文学，在这些问题上有着突出的文化表征。因此，在飞散的框架之中解读华人新移民群体写作的文化意蕴，既是对既有研究领域的深化与拓展，又不仅仅是一个学术领域的拓展。

参考文献

1. ［美］阿里夫·德里克：《后革命氛围》，王宁译，中国社会科学出版社 1999 年版。

2. ［美］爱德华·W. 萨义德：《文化与帝国主义》，李琨译，生活·读书·新知三联书店 2003 年版。

3. ［美］爱德华·W. 萨义德：《东方学》，王宇根译，生活·读书·新知三联书店 1999 年版。

4. ［美］爱德华·W. 萨义德：《知识分子论》，单德兴译，生活·读书·新知三联书店 2002 年版。

5. ［美］本尼迪克特·安德森：《想象的共同体——民族主义的起源与散布》，吴叡人译，上海人民出版社 2005 年版。

6. ［英］巴特·穆尔—吉尔伯特：《后殖民理论——语境 实践 政治》，陈仲丹译，南京大学出版社 2001 年版。

7. ［英］巴特·穆尔—吉尔伯特等编撰：《后殖民批评》，杨乃桥等译，北京大学出版社 2001 年版。

8. ［英］安东尼·吉登斯：《现代性与自我认同：现代晚期的自我与社会》，赵旭东等译，生活·读书·新知三联书店 1998 年版。

9. ［英］安东尼·吉登斯：《现代性的后果》，田禾译，译林出版社 2007 年版。

10. 〔英〕麦克尔·卡里瑟斯:《我们为什么有文化》,陈丰译,辽宁教育出版社1998年版。

11. 〔英〕特瑞·伊格尔顿:《文化的观念》,方杰译,南京大学出版社2003年版。

12. 〔美〕马塞勒等:《文化与自我:东西方人的透视》,任鹰等译,浙江人民出版社1988年版。

13. 〔美〕克里福德·格尔茨:《文化的解释》,韩莉译,译林出版社1999年版。

14. 〔美〕埃里克·H.埃里克森:《同一性,青少年与危机》,浙江教育出版社1998年版。

15. 〔英〕戴维·莫利、凯文·罗宾斯:《认同的空间——全球媒介、电子世界景观与文化边界》,司艳译,南京大学出版社2001年版。

16. 〔美〕马克·波斯特:《第二媒介时代》,范静晔译,南京大学出版社2001年版。

17. 〔美〕斯文·伯克茨:《读书的挽歌——从纸制书到电子书》,吕世生等译,中国对外翻译出版公司2001年版。

18. 〔美〕萨姆瓦:《跨文化传通》,陈南译,生活·读书·新知三联书店1982年版。

19. 〔加〕查尔斯·泰勒:《自我的根源——现代认同的形成》,韩震等译,译林出版社2001年版。

20. 〔美〕罗宾·洛克夫:《语言的战争》,刘丰海译,新华出版社2001年版。

21. 〔英〕C.W.沃特森:《多元文化主义》,叶兴艺译,吉林人民出版社2005年版。

22. 〔英〕诺曼·丹尼尔:《文化屏障》,浙江人民出版社1992年版。

23. ［捷］米兰·昆德拉:《被背叛的遗嘱》,余中先译,上海译文出版社 2003 年版。

24. ［美］华莱士·马丁:《当代叙事学》,伍晓明译,北京大学出版社 2005 年版。

25. ［美］马尔科姆·考利:《流放者归来——二十年代的文学流浪生涯》,张承谟译,重庆出版社 2006 年版。

26. 王德威:《想像中国的方法:历史·小说·叙事》,生活·读书·新知三联书店 1998 年版。

27. 刘禾:《跨语际实践——文学、民族文化与被译介的现代性(中国,1900—1937)》,生活·读书·新知三联书店 2008 年版。

28. 孙隆基:《中国文化的深层结构》,广西师范大学出版社 2004 年版。

29. 康正果:《身体与情欲》,上海文艺出版社 2001 年版。

30. 廖炳惠主编:《关键词 200:文学与批评研究的通用词汇编》,(台北)麦田出版社 2003 年版。

31. 单德兴、何文敬主编:《文化属性与华裔美国文学》,(台北)"中央研究院欧美研究所" 1994 年版。

32. 单德兴、何文敬主编:《再现政治与华裔美国文学》,(台北)"中央研究院欧美研究所" 1996 年版。

33. 单德兴:《"开疆"与"辟土"——美国华裔文学与文化》,南开大学出版社 2006 年版。

34. 王德威主编:《铭刻与再现——华裔美国文学与文化论集》,(台北)麦田出版社 2000 年版。

35. 凌津奇:《叙述民族主义——亚裔美国文学中的意识形态与形式》,中国社会科学出版社 2006 年版。

36. 尹晓煌:《美国华裔文学史》,徐颖果译,南开大学出版社 2006 年版。

37. 宋李瑞芳：《美国华人的历史和现状》，商务印书馆 1984 年版。

38. 吴景超：《唐人街：共生与同化》，天津人民出版社 1991 年版。

39. 葛健雄、安介生：《四海同根——移民与传统文化》，山西人民出版社 2004 年版。

40. 乐黛云、李比雄主编：《跨文化对话》，上海文化出版社 1998 年版。

41. 陶东风、和磊：《文化研究》，广西师范大学出版社 2006 年版。

42. 张海洋：《中国的多元文化与中国人的认同》，民族出版社 2006 年版。

43. 许宝强、袁伟选编：《语言与翻译的政治》，中央编译出版社 2001 年版。

44. 罗纲、刘象愚主编：《后殖民主义文化理论》，中国社会科学出版社 1999 年版。

45. 罗纲、刘象愚主编：《文化研究读本》，中国社会科学出版社 2000 年版。

46. 王宁、薛晓源主编：《全球化与后殖民批评》，中央编译出版社 1998 年版。

47. 史景迁：《文化类同与文化利用》，廖世奇、彭小樵译，北京大学出版社 1997 年版。

48. 乐黛云、张辉主编：《文化传递与文学形象》，北京大学出版社 1999 年版。

49. 张京媛主编：《后殖民理论与文化批评》，北京大学出版社 1999 年版。

50. 李晓东：《全球化与文化整合》，湖南人民出版社 2003 年版。

51. 汪晖、陈燕谷主编：《文化与公共性》，生活·读书·新知三联书店 1998 年版。

52. 李亦园：《人类的视野》，上海文艺出版社 1996 年版。

53. 周宁：《永远的乌托邦》，湖北教育出版社 2000 年版。

54. 王岳川：《发现东方》，北京图书馆出版社 2003 年版。

55. 叶舒宪、彭兆荣、纳日碧力戈：《人类学关键词》，广西师范大学出版社 2004 年版。

56. 李小江：《女性/性别的学术问题》，山东人民出版社 2005 年版。

57. 李银河主编：《妇女：最漫长的革命》，中国妇女出版社 2007 年版。

58. 叶舒宪主编：《性别诗学》，社会科学文献出版社 1999 年版。

59. 许子东：《为了忘却的集体记忆》，生活·读书·新知三联书店 2000 年版。

60. 高行健：《没有主义》，天地图书有限公司 2000 年版。

61. 陈瑞琳：《横看成岭侧成峰》，成都时代出版社 2006 年版。

62. 黄万华：《中国和海外 20 世纪汉语文学史论》，百花文艺出版社 2004 年版。

63. 黄万华主编：《多元文化语境中的世界华文文学》，山东文艺出版社 2004 年版。

64. 黄万华：《文化转换中的世界华文文学》，中国社会科学出版社 1999 年版。

65. 黄万华主编：《美国华文文学论》，山东文艺出版社

2000 年版。

66. 钱超英：《"诗人"之"死"——一个时代的隐喻》，中国社会科学出版社 2000 年版。

67. 钱林森：《光自东方来——法国作家与中国文化》，宁夏人民出版社 2004 年版。

68. ［英］罗宾·科恩：《全球飞散：概论》（Robin Cohen, *Global diasporas：An introduction*, London, UCL Press, 1997）。

69. ［英］霍米·巴巴：《文化的定位》（Homi Bhabha, *The Location of Culture*, London and New York：ROUTLEDGE, 1994）。

70. ［英］萨尔曼·拉什迪：《想象的家园》（Salman Rushdie, *Imaginary Homeland：Essays and Criticism* 1981—1991, London：Granta Books, 1991）。

附　录

部分新移民文学作品

非汉语文本中译本：

戴思杰：《巴尔扎克与中国小裁缝》，北京十月文艺出版社 2003
　　年版。

山飒：《围棋少女》，春风文艺出版社 2002 年版。

哈金：《等待》，湖南文艺出版社 2003 年版。

裘小龙：《红英之死》，上海文艺出版社 2003 年版。

　　　　《石库门骊歌》，上海文艺出版社 2005 年版。

　　　　《外滩花园》，上海文艺出版社 2005 年版。

　　　　《红尘岁月》，中文大学出版社 2008 年版。

程抱一：《天一言》，山东友谊出版社 2004 年版。

严君玲：《落叶归根》，中国友谊出版社 2003 年版。

程念：《上海生死劫》，中外文化出版公司 1988 年版。

巫宁坤：《一滴泪》，远景出版事业有限公司 2002 年版。

刘维隽：《荒漠玫瑰——我的人生故事》，中国工人出版社 2007
　　年版。

汉语文本：

严歌苓：《严歌苓文集》1—7 卷，当代世界出版社 2003 年版。

《一个女人的史诗》,湖南文艺出版社 2006 年版。

《金陵十三钗》,中国工人出版社 2007 年版。

《第九个寡妇》,陕西师范大学出版社 2008 年版。

《小姨多鹤》,作家出版社 2008 年版。

《寄居者》,新星出版社 2009 年版。

虹影:《饥饿的女儿》,尔雅出版社 1997 年版。

《女子有行》,尔雅出版社 1997 年版。

《K》,尔雅出版社 1999 年版。

《阿难》,湖南文艺出版社 2002 年版。

《孔雀的叫喊》,知识出版社 2003 年版。

《上海王》,长江文艺出版社 2003 年版。

《绿袖子》,上海文艺出版社 2004 年版。

《上海之死》,山东文艺出版社 2005 年版。

《上海魔术师》,上海人民出版社 2006 年版。

张翎:《望月》,作家出版社 1998 年版。

《交错的彼岸》,百花文艺出版社 2001 年版。

《邮购新娘》,作家出版社 2004 年版。

《尘世》,广西人民出版社 2004 年版。

《盲约》,花城出版社 2005 年版。

《雁过藻溪》,成都时代出版社 2006 年版。

《金山》,《人民文学》2009 年第 4 期、第 5 期。

刘观德:《我的财富在澳洲》,上海文艺出版社 1991 年版。

曹桂林:《北京人在纽约》,中国文联出版社 1991 年版。

周励:《曼哈顿的中国女人》,北京出版社 1992 年版。

沈文:《彼岸的七色世界》,上海文艺出版社 1992 年版。

武力:《娶个外国女人做太太》,天津人民出版社 1993 年版。

王周生:《陪读夫人》,上海文艺出版社 1993 年版。

纪虹：《自由女神俱乐部》，北京出版社 1994 年版。

雷辛：《美国梦里》，北京出版社 1995 年版。

李舫舫：《我俩——北京玩主在纽约》，群众出版社 1995 年版。

　　　　《我俩——1993》，河南人民出版社 1995 年版。

薛海翔：《早安，美利坚》，上海文艺出版社 1995 年版。

　　　　《情感签证》，上海文艺出版社 1998 年版。

阎真：《曾在天涯》，人民文学出版社 1996 年版。

张广群：《彼岸》，大众文艺出版社 1996 年版。

吴崎幸：《海外孽缘》，南海出版社 1996 年版。

米琴：《芳草天涯》，春风文艺出版社 1997 年版。

程宝林：《美国戏台》，东方出版社 1998 年版。

陈霆：《漂流北美》，中国文学出版社 1998 年版。

朱世达：《哈佛之恋》，中国电影出版社 1998 年版。

张士敏：《黄昏的美国梦》，上海文艺出版社 1998 年版。

筱青：《纽约卖身记》，山东文艺出版社 1998 年版。

张敬民：《美国孤旅》，中国社会出版社 1998 年版。

夏维东：《危险的爱》，皇冠出版社 1998 年版。

楚原：《夜幕降临曼哈顿》，河南人民出版社 1998 年版。

方思：《纽约遗恨》，中国文联出版社 1998 年版。

　　　《缓慢的绞刑》，中国文联出版社 1998 年版。

　　　《金子街的女人》，中国文联出版社 1998 年版。

丹娃：《风雨花季》，中国华侨出版社 1999 年版。

　　　《毁誉婚变》，中国华侨出版社 1999 年版。

　　　《纽约情殇》，中国华侨出版社 1999 年版。

欣力：《联合国里的故事》，作家出版社 1999 年版。

　　　《纽约丽人》，作家出版社 2001 年版。

王小平：《白色圣诞》，作家出版社 1999 年版。

《刮痧》,现代出版社 2001 年版。

《红色童话》,上海文艺出版社 2006 年版。

宋晓亮:《梦想与噩梦的撕扯》,中国友谊出版公司 1999 年版。

老六:《丫头,你嫩嫩地嫁了吧》,中国友谊出版公司 1999
年版。

郁秀:《太阳鸟》,江苏文艺出版社 2000 年版。

《太阳旅店》,江苏文艺出版社 2004 年版。

《不会游泳的鱼》,作家出版社 2006 年版。

邵薇:《文化鸟》,光明日报出版社 2000 年版。

常琳:《雪后多伦多》,中国华侨出版社 2000 年版。

《迷失在多伦多》,中国文联出版社 2006 年版。

李彦:《嫁得西风》,文化艺术出版社 2000 年版。

邬红:《美国围城》,时事出版社 2000 年版。

黄宗之、朱雪梅:《阳光西海岸》,百花文艺出版社 2001 年版。

叶舟:《美国爱情》,江苏文艺出版社 2001 年版。

孙博:《茶花泪——一个跨国风尘女的心灵跋涉》,中国青年出
版社 2001 年版。

《回流》,中国青年出版社 2002 年版。

石小克:《美国公民》,中国戏剧出版社 2001 年版。

《基因之战》,昆仑出版社 2002 年版。

树明:《寂寞彼岸》,江苏文艺出版社 2001 年版。

《邪舞》,江苏文艺出版社 2002 年版。

《旋涡》,江苏文艺出版社 2003 年版。

图雅:《图雅的涂鸦》,现代出版社 2002 年版。

张韧:《逃离美国》,知识出版社 2002 年版。

梧桐:《在海那边》,长虹出版社 2002 年版。

沈理然:《长岛火车》:中国工人出版社 2002 年版。

笑言：《没有影子的行走》，时代文艺出版社 2002 年版。

陈谦：《爱在无爱的硅谷》，上海文艺出版社 2002 年版。

　　　《覆水》，广西人民出版社 2004 年版。

李南央：《我有这样一个母亲》，上海文艺出版社 2002 年版。

木愉：《夜色袭来》，四川文艺出版社 2002 年版。

严力：《母语的遭遇》，上海文艺出版社 2002 年版。

　　　《遭遇 9·11》，上海文艺出版社 2002 年版。

融融：《素素的美国恋情》，中国青年出版社 2002 年版。

　　　《夫妻笔记》，世界知识出版社 2005 年版。

殷茵：《纽约的天空》，花城出版社 2002 年版。

刘索拉：《女贞汤》，海峡文艺出版社 2003 年版。

少君：《人生自白》，江苏文艺出版社 2003 年版。

苏立群：《混血亚当》，作家出版社 2003 年版。

张朴：《轻轻地，我走了》，作家出版社 2003 年版。

喻智官：《福民公寓》，香港文化艺术出版社 2003 年版。

查建英：《留美故事》，花山文艺出版社 2003 年版。

裔锦声：《华尔街职场》，世界知识出版社 2003 年版。

王蕤：《哈佛情人》，花山文艺出版社 2003 年版。

　　　《俗不可耐》，上海人民出版社 2001 年版。

施雨：《纽约情人》，百花文艺出版社 2004 年版。

秋尘：《时差》，中国文联出版社 2004 年版。

范迁：《古玩街——柏克莱童话》，上海文艺出版社 2004 年版。

　　　《错敲天堂门——曼哈顿童话》，朝华出版社 2004 年版。

卢新华：《紫禁女》，长江文艺出版社 2004 年版。

王瑞云：《戈登医生》，广西人民出版社 2004 年版。

林湄：《天望》，长江文艺出版社 2005 年版。

余曦：《安大略湖畔》，作家出版社 2005 年版。

鲁鸣:《背道而驰》,中国社会出版社 2005 年版。

秦无衣:《女人三十不愁嫁》,中国文联出版社 2005 年版。

陈友敏:《纽约女孩》,花城出版社 2005 年版。

李小牧:《歌舞伎町案内人》,中国友谊出版公司 2005 年版。

欧阳海燕:《巴黎,一张行走的床》,春风文艺出版社 2005
　　年版。

苏炜:《迷谷》,作家出版社 2006 年版。

吕红:《美国情人》,中国华侨出版社 2006 年版。

章平:《红皮影》,澳大利亚原乡出版社 2006 年版。

　　　《天阴石》,澳大利亚原乡出版社 2006 年版。

　　　《桃源》,澳大利亚原乡出版社 2006 年版。

婴子:《曼哈顿的中国村》,宁夏人民出版社 2006 年版。

沈宁:《泪血尘烟》,成都时代出版社 2006 年版。

　　　《刀口上的家族》,新星出版社 2008 年版。

曾晓文:《梦断德克萨斯》,百花文艺出版社 2006 年版。

大陆:《悉尼的中国男人》,湖北人民出版社 2006 年版。

安苹:《拉斯维加斯的中国女人》,中国对外翻译出版公司 2006
　　年版。

莫男:《那情那欲那上帝》,作家出版社 2008 年版。

为力:《追踪》,中国画报出版社 2008 年版。

林达:《历史深处的忧虑——近距离看美国之一》,生活·读
　　书·新知三联书店 1997 年版。

　　　《总统是靠不住的——近距离看美国之二》,生活·读
　　书·新知三联书店 1998 年版。

　　　《我也有一个梦想——近距离看美国之三》,生活·读
　　书·新知三联书店 1999 年版。

　　　《在边缘看世界》,云南人民出版社 2001 年版。

《带一本书去巴黎》，生活·读书·新知三联书店 2002 年版。

《一路走来一路读》，湖南文艺出版社 2004 年版。

《如彗星划过夜空——近距离看美国之四》，生活·读书·新知三联书店 2006 年版。

《扫起落叶好过冬》，生活·读书·新知三联书店 2006 年版。

《西班牙旅行笔记》，生活·读书·新知三联书店 2007 年版。

李雾：《吾讲斯美——近距离读美国》，广西师范大学出版社 2007 年版。

薛涌：《直话直说的政治》，广西师范大学出版社 2004 年版。

《右翼帝国的生成——总统大选与美国政治的走向》，广西师范大学出版社 2005 年版。

《中国文化的边境》，云南人民出版社 2006 年版。

《草根才是主流》，陕西师范大学出版社 2007 年版。

后　记

　　本书是在我的博士论文的基础上修改而成，因此，它的成书有赖于许多师长和朋友的帮助。我深深地感激他们。我的导师，山东大学的谭好哲教授，治学严谨，学养深厚，在为学为人上，都给予我许多的教诲和启迪。博士论文的写作过程，更是得益于老师的引导和扶助。我的硕士导师，山东大学的张志庆教授，在我几年求学期间，始终给予我学习上的耐心提点，他的书房更是为我提供了阅读的方便。山东大学的黄万华教授，作为海外华人文学研究领域的泰斗，在我博士论文的选题和写作过程中，都给予我很多重要的启示，并不辞辛苦全文审阅了我的论文。在本书的修改过程中，我的同事和前辈季桂起教授、姜山秀教授、翟瑞青教授，都给我提出了很多重要建议，使我得以少走了许多弯路，学术进益颇大。我美丽的师妹王倩，几年来一直耐心热情地帮我查找各种资料，她的无私帮助为我省却了很多的奔波辛苦。对这些师长、前辈和朋友的指点与帮助，我铭感五内。我希望今后的岁月里，也能有机会为他们做一点什么，我将不遗余力。也许，以我微薄之力，将不能回报他们万一。但我将认真地生活，努力地工作，尽我所能回馈社会，作为对他们无私付出的回报。

　　本书的编辑李炳青女士，为本书的最终出版付出了大量的劳动，我表示由衷的感谢。

　　本书的出版得到了德州学院专著出版基金的资助，在此表示衷心的感谢。

丰　云

2009 年 7 月